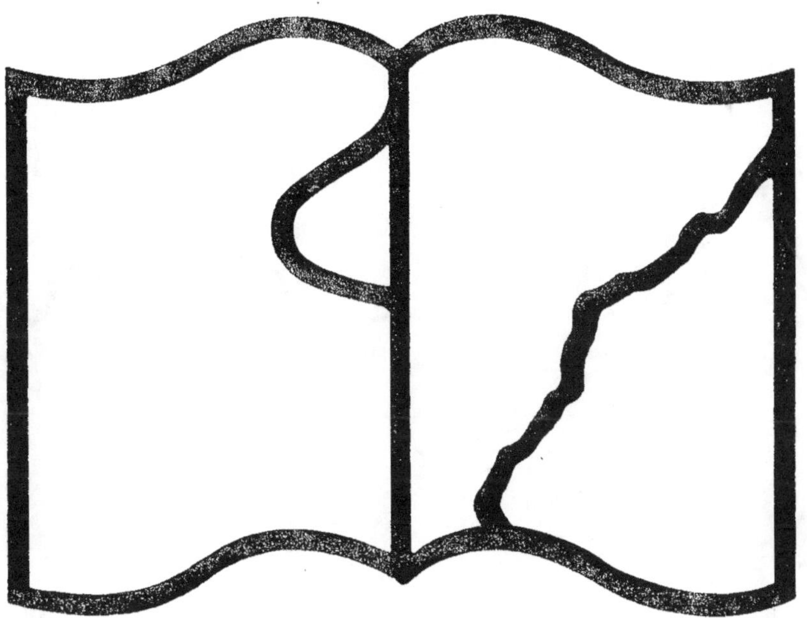

Texte détérioré — reliure défectueuse

NF Z 43-120-11

Jeanne d'Arc

A toutes celles et à tous ceux qui auront vécu,

A toutes celles et à tous ceux qui seront morts

pour tâcher de porter remède au mal universel;

En particulier,

A toutes celles et à tous ceux qui auront vécu

leur vie humaine,

A toutes celles et à tous ceux qui seront morts

de leur mort humaine

pour tâcher de porter remède au mal universel

humain;

Parmi eux,

A toutes celles et à tous ceux qui auront connu

le remède,

c'est-à-dire :

A toutes celles et à tous ceux qui auront vécu

leur vie humaine,

A toutes celles et à tous ceux qui seront morts

de leur mort humaine

pour l'établissement de la République socialiste

universelle,

Ce poème est dédié.

Prenne à présent sa part de la dédicace qui voudra.

Marcel et Pierre Baudouin.

Jeanne d'Arc

Jeanne d'Arc,

Marcel et Pierre Baudouin.

PREMIÈRE PIÈCE, EN TROIS PARTIES :

A Domremy.

PREMIÈRE PARTIE, EN CINQ ACTES

PREMIER ACTE

1425.

En plein été.

Le matin,
Jeannette, la fille à Jacques d'Arc, file en gardant les moutons de
son père, sur un coteau de la Meuse. On voit au second plan, de
la droite à la gauche, la Meuse parmi les prés, le village de Domremy avec l'église, et la route qui mène à Vaucouleurs. A la gauche
au loin le village de Maxey. Au fond les collines en face : blés,
vignes et bois ; les blés sont jaunes.

Jeannette a treize ans ;
Hauviette, son amie, environ dix ans.

HAUVIETTE

— Écoute, Jeannette : Je sais pourquoi tu veux voir madame Gervaise.

JEANNETTE

— Personne encore ne l'a deviné, ni maman, ni ma grande sœur, ni notre amie Mengette

HAUVIETTE

— Je le sais, moi, pourquoi tu veux la voir, cette madame Gervaise.

JEANNETTE

— Alors, Hauviette, c'est que tu es bien malheureuse.

HAUVIETTE

— Tu veux voir madame Gervaise parce que tu as de la tristesse dans l'âme. On s'imagine ici, dans la paroisse, que tu es heureuse de ta vie parce que tu fais la charité, parce que tu soignes les malades et que tu consoles ceux qui sont affligés. Mais moi je sais que tu es malheureuse.

— Tu le sais parce que tu es mon amie, Hauviette :
il est vrai que mon âme est dans la tristesse. Tout-à-
l'heure encore j'ai vu passer deux enfants qui descen-
daient tout seuls par le sentier là-bas ; le plus grand
traînait l'autre ; ils criaient : « J'ai faim, j'ai faim, j'ai
faim,____ ». Je les entendais d'ici. Je leur ai donné mon
manger. Ils ont sauté dessus comme des bêtes ; et leur
joie m'a fait mal parce que tout d'un coup malgré moi
j'ai pensé à tous les autres affamés qui ne mangent pas ;
j'ai pensé à tous les malheureux qui ne sont pas conso-
lés ; j'ai pensé à ceux-là qui ne veulent pas qu'on les
console ; et j'ai senti que j'allais pleurer ; alors j'ai
tourné la tête, parce que je ne voulais pas leur faire de
la peine, à ces deux-là, du moins.

Un silence bref.

Je leur ai donné mon pain : la belle avance ! Ils auront
faim ce soir ; ils auront faim demain

Un silence.

Leur père a été tué par les Bourguignons ; leur mère
a été____ tuée aussi par les soldats. Tous les deux ils ont
échappé ils ne savent pas comment. C'est le plus vieux
qui m'a dit tout ça, quand il a eu fini de manger.

Un silence bref.

Les voilà repartis sur la route affameuse. Qu'importent nos efforts d'un jour ? qu'importent nos charités ? Je ne peux pourtant pas faire manger aux pas-
sants tout le pain de mon père. Et même alors, est-ce

que ça paraîtrait? dans la masse des affamés. Pour un
blessé que nous soignons par hasard, pour un enfant à
qui nous donnons à manger, la guerre infatigable en fait
par centaines, elle, et tous les jours, des blessés, des
malades et des abandonnés. Tous nos efforts sont vains;
nos charités sont vaines. La guerre est la plus forte à
faire la souffrance. Ah! maudite soit-elle! et maudits
ceux qui l'ont apportée sur la terre de France!

Un silence.
Elle se remet à filer.

Et puis! qu'est-ce que ça lui fait? mes malédictions. Je
pourrais passer ma vie entière à la maudire, du matin
au soir, et les villes n'en seront pas moins efforcées, et
les hommes d'armes n'en feront pas moins chevaucher
leurs chevaux dans les blés vénérables.

Un silence.

J'aurais mieux fait de filer tranquille. Tant qu'il n'y
aura pas eu quelqu'un pour tuer la guerre, nous serons
comme les enfants qui s'amusent en bas, dans les prés,
à faire des digues avec de la terre. La Meuse finit toujours par passer par dessus.

HAUVIETTE

— Et c'est pour cela que tu veux voir madame Gervaise?

JEANNETTE

— ____

HAUVIETTE

— Madame Gervaise, qui n'est pas ton amie____

Jeannette

— Madame Gervaise est au couvent : elle doit savoir pourquoi le bon Dieu permet qu'il y ait tant de souffrance.

Hauviette

— Est-ce que tu sais bien comment Gervaise est allée au couvent?

Jeannette

— Oui : madame Colette, qui est une sainte, a passé par ici. Elle a converti Gervaise avec trois de ses amies.

Hauviette

— Sa mère a beaucoup pleuré dans ce temps-là.

Jeannette

— Je voulais voir madame Colette, mais elle a beaucoup d'âmes à sauver. Alors j'ai dit à mon oncle d'aller trouver madame Gervaise à Nancy.

Hauviette

— Depuis qu'elle est au couvent sa mère est seule et s'ennuie et pleure et fait peine à voir.

Jeannette

— Elle est venue aussitôt, et je l'attends ce matin.

Hauviette

— La dernière fois qu'il y a eu des soldats, sa mère s'est sauvée dans l'île avec nous; seulement il n'y avait personne, avec elle, pour emporter ses affaires; moi, je ne pouvais pas, l'aider, puisqu'il y avait maman, qui avait besoin de moi. Aussi, après ça, quand elle est rentrée dans sa maison, elle n'a plus rien trouvé du tout de tout ce qu'elle avait avant : les soldats avaient tout volé, tout brûlé.

Un silence bref.

En vérité madame Gervaise a mal choisi son temps pour délaisser le monde et pour sauver son âme____

Un silence.

Écoute, Jeannette : Il ne faut pas faire comme elle et fuir au couvent pour sauver son âme à soi. Il faut aussi penser un peu aux autres; il faut travailler un peu pour les autres.

Jeannette

— Alors tu y tiens? à ce que nous en fassions, des digues avec de la terre?

Hauviette

— Voyons, Jeannette, il ne faut pas te fâcher. Sans doute, le mieux, si l'on pouvait, ce serait de tuer la guerre, comme tu dis. Mais, pour tuer la guerre, il faut faire la guerre; pour tuer la guerre, il faut un chef de guerre; et ce n'est pas nous? n'est-ce pas? qui ferons la guerre? ce n'est pas nous qui serons jamais des chefs de guerre? Alors nous, en attendant qu'on ait tué la guerre, il nous faut travailler, nous, chacun de son mieux, à garder sauf tout ce qui n'est pas encore gâté.

Jeannette, écoute-moi bien :

Voilà bientôt cinquante ans passés, au dire des anciens, que le soldat moissonne à sa fantaisie; voilà bientôt cinquante ans passés que le soldat écrase, ou brûle, ou vole, à sa guise, la moisson mûre. Eh bien! après tout ce temps-là, tous les ans, à l'automne, les bons laboureurs, ton père, le mien, les pères de nos amies, toujours les mêmes, labourent avec le même soin les mêmes terres, les terres de là-haut, et les ensemencent. Voilà ce qui garde tout. Ils n'auraient, eux aussi, qu'à se faire soldats; ça n'est pas difficile : on reçoit moins de coups, puisqu'on en donne aux autres. Une fois soldats, ils n'auraient, eux aussi, qu'à faire la moisson sans avoir fait les semailles. Mais les bons laboureurs aiment les bons labours et les bonnes semailles; tous les ans ils font à la même époque la même besogne avec la même vaillance : voilà ce qui tient tout; ce sont eux qui tiennent tout, eux qui gardent tout, eux qui sauvent tout ce que l'on peut sauver; c'est par eux que tout n'est pas mort encore, et le bon Dieu finira bien par bénir leurs moissons.

JEANNETTE

— Voilà bientôt cinquante ans passés, Hauviette, que les bons laboureurs prient le bon Dieu pour le bien des moissons; voilà huit ans passés que je le prie de toutes

mes forces pour le bien des moissons. Madame Gervaise
est au couvent : elle doit savoir pourquoi le bon Dieu
n'exauce pas les bonnes prières.

HAUVIETTE

— Pour que le bon Dieu bénisse les moissons, Jeannette, il faut d'abord que nous ayons fait les semailles;
c'est pour cela que nous commençons par les faire tous
les ans. Puis, quand la terre est bien ensemencée, nous
faisons nos prières pour que le blé nouveau naisse et
pousse en moisson. Nous, c'est tout ce que nous pouvons faire, c'est tout ce que nous avons à faire : le reste
au bon Dieu; il est le maître; il nous exauce à sa volonté.

JEANNETTE

— Dieu nous exauce de moins en moins, Hauviette :
Les voyageurs qui passent n'apportent plus que des
nouvelles mauvaises. Les Anglais tiennent enserré le
mont de monsieur saint Michel, et voici que le blé, qui
manquait pour le pain, va manquer pour semer.

HAUVIETTE

— C'est affaire au bon Dieu : nos blés sont à lui. Quand
j'ai bien fait ma tâche et bien fait ma prière, il m'exauce
à sa volonté; ce n'est pas à nous, ce n'est à personne à
lui en demander raison. Vraiment, Jeannette, il faut
que tu aies une grande souffrance pour oser ainsi
demander compte au bon Dieu.

Jeannette

— Il est vrai : je souffre encore une souffrance, une souffrance inconnue, au delà de tout ce que tu pourrais imaginer

Hauviette

— Tu la diras sans doute à madame Gervaise ? ta souffrance nouvelle.

Jeannette

— Je ne sais pas.

Rideau : quinze secondes

DEUXIÈME ACTE

IV

Au même endroit.

Quelques instants après.

Madame Gervaise a vingt-cinq ans environ.

JEANNETTE

— Bonjour, madame Gervaise

MADAME GERVAISE

— Bonjour, ma fille. Que Jésus le Sauveur sauve à
jamais ton âme.

JEANNETTE

— Ainsi soit-il ! madame Gervaise. Mon oncle vous
a dit que je voulais vous voir ?

MADAME GERVAISE

— Oui, ma fille, et j'ai pensé que tu étais malheureuse.
On s'imagine ici, dans la paroisse, que tu es heureuse
de ta vie parce que tu as bien fait ta première communion, parce que tu vas souvent à l'église, et que dans
les champs tu te mets à genoux au son lointain des
cloches calmes. Je sais, moi, que tout cela ne suffit
pas. J'ai pensé que tu étais malheureuse, toi aussi, et
c'est pour cela que je suis venue tout de suite.

JEANNETTE

— Savez-vous, madame Gervaise, que les soldats partout vont à l'assaut des bourgs et forcent les églises?

MADAME GERVAISE

— Je le sais, ma fille.

JEANNETTE

— Savez-vous qu'ils font manger l'avoine à leurs chevaux sur l'autel vénérable?

MADAME GERVAISE

— Je le sais, ma fille.

JEANNETTE

— Savez-vous, madame Gervaise, et que le bon Dieu me pardonne à jamais d'avoir osé vous dire ces paroles, savez-vous que les soldats boivent dans les très saints calices le vin qui les soûle?

MADAME GERVAISE

— Je le sais, ma fille.

JEANNETTE

— Savez-vous qu'ils font ripaille avec les très saintes hosties consacrées?

MADAME GERVAISE

— Je le sais, ma fille.

Et je sais que la damnation va comme un flot montant où les âmes se noient.

Et je sais que ton âme est douloureuse à mort, quand tu vois l'éternelle damnation des âmes.

JEANNETTE

— Savez-vous, madame Gervaise, que nous, qui voyons tout cela se passer sous nos yeux sans rien faire à présent que des charités vaines, et sans vouloir tuer la guerre, nous sommes les complices de tout cela? Nous qui laissons faire les soldats, savez-vous que, nous aussi, nous sommes les tourmenteuses des corps et les damneuses des âmes?

MADAME GERVAISE

— Je sais, ma fille, que vous êtes, vous toutes, les damneuses des âmes. Et je sais que ton âme est douloureuse à la mort, de savoir qu'elle est complice du Mal universel,

et tu te sens désespérément lâche.

Un silence.

Mais ce n'est là rien encore.

Un long silence.

Ma fille, pardonne-moi les paroles que je vais t'oser

dire ; après, je m'en irai, si tu le veux, sans te voir
plus jamais.

Un silence bref.

Je sais aussi ta souffrance nouvelle ; je sais la souffrance qui te paraît effroyable au delà de toute souffrance : Tu as connu que tous ceux-là sont lâches, que
tu avais aimés ; tu as connu que ton père est lâche ;
que ta mère est lâche,

JEANNETTE baisse la tête.

et tes frères, et ta grande sœur,
et tes amies : Mengette, que j'ai vue ce matin ; Hauviette, qui ne veut pas me voir ; tu as connu qu'ils sont
lâches tous, et complices du Mal universel, et qu'ils en
sont responsables ; responsables des âmes qui se damnent à ces âmes elles-mêmes, et responsables à Dieu,
car les âmes sont à lui, et vous les laissez damner sans
rien faire, et vous vous damnez vous-mêmes à laisser
ainsi damner les âmes de Dieu.

Un silence.

Depuis que tu as connu cela, tu es menteuse : Menteuse à ton père, menteuse à ta mère, à tes frères, à ta
grande sœur, à tes amies, car tu fais semblant de les
aimer, et tu ne peux pas les aimer ; menteuse à toi-
même, car tu veux te faire croire que tu les aimes, et tu
ne peux pas les aimer. Et tout s'est à jamais faussé
dans ta vie : faussée l'amour filiale et faussée l'amour
fraternelle ; faussées tes amours ; faussées tes amitiés ;
faussés tous tes sentiments : Ta vie tout entière est
menteuse et fausse. Et tu vis dans ta maison, parmi les

tiens, et tu te sens plus irréparablement seule et malheureuse qu'une enfant sans mère.

JEANNETTE

Un long silence.

— C'est vrai.

Il est vrai que mon âme est douloureuse à mort; je n'aurais jamais cru que la mort de mon âme fût si douloureuse.

Tous ceux-là que j'aimais sont absents de moi-même : c'est ce qui m'a tuée sans remède; et je sens pour bientôt venir ma mort humaine.

Ô que vienne au plus tôt, mon Dieu, ma mort humaine.

Ô mon Dieu j'ai pitié de notre vie humaine où ceux que nous aimons sont à jamais absents.

MADAME GERVAISE

— Enfant ! ayez pitié de la vie infernale, où les damnés maudits ont la pire souffrance : que Dieu même est absent de leur éternité.

JEANNETTE

— Ô s'il faut, pour sauver de la flamme éternelle
Les corps des morts damnés s'affolant de souffrance,
Abandonner mon corps à la flamme éternelle,
Mon Dieu, donnez mon corps à la flamme éternelle;

Un silence.

Et s'il faut, pour sauver de l'Absence éternelle

Les âmes des damnés s'affolant de l'Absence,
Abandonner mon âme à l'Absence éternelle,
Que mon âme s'en aille en l'Absence éternelle.

MADAME GERVAISE

-- Taisez-vous, ma sœur : vous avez blasphémé : Dieu,
dans sa miséricorde infinie, a bien voulu que la souffrance humaine servît à sauver les âmes ; il veut bien
accepter nos souffrances d'ici-bas pour sauver les âmes
en danger. Mais il n'a pas voulu que la souffrance infernale servît à sauver les âmes ; il n'accepterait pas, pour
sauver les âmes en danger, nos souffrances de là-bas.
C'est pour cela que notre maître à tous, le fils de l'homme
savant à donner sa souffrance, a bien voulu donner
pour sauver nos âmes la valable souffrance de la tentation, mais qu'il n'est jamais allé jusqu'à donner la vaine
souffrance du péché ; le Sauveur a bien voulu donner
toute la souffrance humaine ; mais il n'a pas voulu se
damner, car il savait que sa souffrance infernale, même
à lui, ne pourrait pas servir à nous sauver.

JEANNETTE

— S'il faut, pour tirer saufs de la flamme éternelle
Les corps des morts damnés s'affolant de souffrance,
Laisser longtemps mon corps à la souffrance humaine,
Mon Dieu, gardez mon corps à la souffrance humaine ;

Et s'il faut, pour sauver de l'Absence éternelle
Les âmes des damnés s'affolant de l'Absence,
Laisser longtemps mon âme à la souffrance humaine,
Qu'elle reste vivante en la souffrance humaine.

MADAME GERVAISE

— Taisez-vous, ma sœur : vous avez blasphémé :
Car si le fils de l'homme, à son heure suprême,
Clama plus qu'un damné l'épouvantable angoisse,
Clameur qui sonna faux comme un divin blasphème,
C'est que le Fils de Dieu savait.

C'est que le Fils de Dieu savait que la souffrance
Du fils de l'homme est vaine à sauver les damnés,
Et s'affolant plus qu'eux de la désespérance,
Jésus mourant pleura sur les abandonnés.

Comme il sentait monter à lui sa mort humaine,
Sans voir sa mère en pleur et douloureuse en bas,
Droite au pied de la croix, ni Jean, ni Madeleine,
Jésus mourant pleura sur la mort de Judas.

Car il avait connu que le damné suprême
Jetait l'argent du sang qu'il s'était fait payer,
Que se pendait là-bas l'abandonné suprême,
Et que l'argent servait pour le champ du potier.

Étant le Fils de Dieu, Jésus connaissait tout,
Et le Sauveur savait que ce Judas, qu'il aime,
Il ne le sauvait pas, se donnant tout entier.

Et c'est alors qu'il sut la souffrance infinie,
C'est alors qu'il sentit l'infinie agonie,
Et clama comme un fou l'épouvantable angoisse,
Clameur dont chancela Marie encor debout,

Et par pitié du Père il eut sa mort humaine.

Pourquoi vouloir, ma sœur, sauver les morts damnés
de l'enfer éternel, et vouloir sauver mieux que Jésus le
Sauveur ?

Jeannette

Elle cesse de filer.

— Alors, madame Gervaise, qui donc faut-il sauver ? Comment faut-il sauver ?

Madame Gervaise

— En imitant Jésus ; en écoutant Jésus :
Un silence.

Le maître sauveur n'a pas même essayé de sauver les damnés, car il avait connu que l'enfer éternel est enclos sans espoir.
Un silence.

Le maître sauveur n'a pas semé ni voulu que l'on semât, car il savait multiplier les pains ; il ne faut pas semer, car il sait encore multiplier les pains.

Un silence bref.

Le maître sauveur n'a pas voulu que Pierre tirât l'épée contre les soldats en armes : il ne faut pas faire la guerre.
Un silence.
Jeannette se remet à filer.

Jésus a prêché ; Jésus a prié ; Jésus a souffert. Nous devons l'imiter dans toute la mesure de nos forces. Oh ! nous ne pouvons pas prêcher divinement ; nous ne pouvons pas prier divinement ; et nous n'aurons jamais la souffrance infinie. Mais nous devons tâcher de toutes nos forces humaines à dire du mieux que nous pouvons la parole divine ; nous devons tâcher de toutes nos forces humaines à prier du mieux que nous pouvons selon la parole divine; nous devons tâcher de toutes nos forces humaines à souffrir du mieux que nous pouvons, et jusqu'à la souffrance extrême sans nous tuer jamais, tout ce que nous pouvons de la souffrance humaine. Voilà ce que nous devons faire ici-bas, si vraiment nous ne voulons pas lâchement laisser damner les autres, si nous ne voulons pas lâchement nous laisser ainsi damner avec eux.

Jeannette

— Je crois bien qu'au fond je ne suis tout de même pas lâche.

Madame Gervaise

— Voilà ce que nous devons faire ici-bas. Heureuses quand le bon Dieu, dans sa miséricorde infinie, veut bien accepter nos œuvres, nos prières et nos souffrances pour en sauver une âme. Trop heureuses quand sa faveur infinie veut bien choisir cette âme parmi celles que nous avons aimées. Ah! Jeannette, si tu savais____

Un silence bref.

On t'aura dit souvent que j'avais fui le monde et que j'avais été lâche, que j'étais lâche, que j'avais abandonné maman : si tu savais par combien de larmes, et du sang de mon corps et du sang de mon âme j'ai voulu sauver cette âme-là! Pardonnez-moi, mon Dieu, cet orgueil à jamais, d'avoir osé choisir une âme à la sauver.

Un long silence.

Mais quand l'âme a passé devant le Tribunal, si Dieu

l'a condamnée à l'Enfer éternel, nos œuvres ne valent
pas pour elle ; nos prières ne valent pas pour elle ; et
pour elle nos souffrances ne valent pas. Ne donnons pas
en vain pour elle nos œuvres vivantes, nos prières
vivantes, et nos souffrances vivantes : il faut laisser les
morts ensevelir leurs morts.

JEANNETTE

Elle cesse de filer pour engager la discussion.

— Alors, madame Gervaise, quand vous voyez qu'une
âme se damne____

MADAME GERVAISE

— Jamais nous ne savons si une âme se damne.

JEANNETTE

— Hélas ! nous savons bien qu'il en est qui se damnent.
Voyons ! madame Gervaise : souvent nous croyons bien
que telle âme est damnée.

MADAME GERVAISE

— Ma sœur, quand je crois bien qu'une âme s'est damnée, je suis malheureuse et je donne à Dieu la souffrance
nouvelle où mon âme est enclose à supposer damnée une
âme encore ici.

JEANNETTE

— Et quand vous voyez, madame Gervaise, que vos
prières sont vaines ?

MADAME GERVAISE

— Jamais nous ne savons si la prière est vaine ; et quand
cela serait, c'est affaire au bon Dieu : nos âmes sont à
lui. Quand j'ai fait ma prière et bien fait ma souffrance,
il m'exauce à sa volonté : ce n'est pas à nous, ce n'est
à personne à lui en demander raison.

JEANNETTE

Un peu brusquement.

— Adieu, madame Gervaise.

MADAME GERVAISE

— Adieu, ma fille. Que Jésus le Sauveur sauve à jamais
ton âme.

JEANNETTE

— Ainsi soit-il, madame Gervaise.

Elle se remet à filer.

v

Un long silence.

O mon Dieu je sais bien que madame Gervaise
A raison; je sais bien qu'Hauviette a raison;
Oui je sais bien, mon Dieu, que ma plainte est mauvaise,
Que nos blés sont à vous pour faire la moisson
Comme il vous plaît; je sais que vous avez raison.

Un silence.

Vous avez aimé tout et fait tout pour le mieux
Dans la bataille humaine et dans la paix des cieux,
Tout pour le mieux, hélas, dans l'infernale flamme,
Et vous avez raison quand vous sauvez une âme
Et vous avez raison quand vous la condamnez :
Oui nos blés sont à vous pour la moisson des blés
Et nos âmes à vous à la moisson des âmes.

Un silence.

Vous avez pour le mieux fait la souffrance infâme,
Éternelle à manger les douloureux damnés,
Et fait la vie humaine et la vie éternelle,
Et fait la mort humaine et la mort éternelle,
Et vous avez raison dans la vie et la mort,
Sur la terre à jamais et dans l'éternité.

Un silence.

Elle cesse de filer.

Pourtant, mon Dieu, quand je pense qu'il y a des âmes qui se damnent; quand je pense qu'il y avait des âmes qui n'étaient pas encore damnées au moment où j'ai commencé à vous dire cette prière et qui sont damnées à présent pour la mort éternelle; quand je pense qu'à présent que je vous parle toutes mes paroles vous trouvent occupé à damner des âmes, pardonnez-moi, mon Dieu, si je dis un blasphème : quand je pense à cela, je ne peux plus prier. Les paroles de la prière me paraissent ensanglantées du sang maudit, et mon âme s'affole à penser aux damnés; à penser aux damnés mon âme se révolte. O Maître, daignez pour une fois exaucer ma prière, que je ne sois pas folle avec les révoltés. Pour une fois au moins, exaucez une prière de moi : Voici presque un an que je vous prie pour le mont vénérable de monsieur saint Michel, qui demeure au péril de la mer océane. Exaucez, ô mon Dieu, cette prière-là. En attendant un bon chef de guerre qui chasse l'Anglais hors de toute France, délivrez les bons chevaliers de monsieur saint Michel : mon Dieu je vous en prie une dernière fois.

Rideau : trente secondes

TROISIÈME ACTE

Au même endroit.
Le même jour, dans la soirée.

HAUVIETTE

— Jeannette, ils sont sauvés !

JEANNETTE

— Ceux de monsieur saint Michel ?

HAUVIETTE

— Ils sont sauvés ! ils sont sauvés ! Ils sont sauvés
depuis trois semaines.

JEANNETTE

— O mon Dieu ! vous m'avez exaucée !

HAUVIETTE

— Ah ! il m'a exaucée aussi, moi, le bon Dieu, et
Mengette aussi.

JEANNETTE

— Le bon Dieu nous a exaucées toutes les trois ; il a
exaucé tout le monde.

HAUVIETTE

— Au revoir : Je cours le dire à Mengette.

JEANNETTE

— Attends un peu. De qui sait-on la bonne nouvelle?

HAUVIETTE

— D'un pèlerin qui a passé, qui s'en revient du Mont.
Au revoir !

JEANNETTE

— Attends! attends! Dis-moi seulement comme c'est
arrivé.

HAUVIETTE

— Ça n'est pas difficile à savoir : Il paraît qu'ils étaient
tous, dans la place, des bons Français; tous les matins
ils faisaient bien leur prière; toute la journée ils se bat-
taient bien; et puis le lendemain ils recommençaient.
C'est tout.

JEANNETTE

— Au revoir. Mengette sera contente. Au revoir.

Un assez long silence.

JEANNETTE

Mon Dieu, vous nous avez cette fois exaucées ;
Vous avez entendu ma prière de folle,
Et ma vie à présent ne sera plus faussée.
O mon Dieu, vous m'avez cette fois exaucée.

Vous avez cette fois entendu ma parole ;
Vous avez sauvé ceux pour qui j'avais prié.

Un silence.

Vous nous avez montré mieux que par la parole
Ce qu'il faut que l'on fasse après qu'on a prié :

Car les bons défenseurs de la montagne sainte,
Après avoir prié tous les matins là-bas,
Partaient pour la bataille où sans trève, et sans plainte,
Ils restaient tout le jour, capitaine et soldats.

Voilà ce qu'il nous faut : c'est un chef de bataille
Qui fasse le matin sa prière à genoux
Comme eux, avant d'aller frapper dans la bataille
Aux Anglais outrageux. Mon Dieu, donnez-le nous.

O mon Dieu, donnez-nous enfin le chef de guerre,
Vaillant comme un archange et qui sache prier,
Pareil aux chevaliers qui sur le Mont naguère
Terrassaient les Anglais.

Qu'il soit chef de bataille et chef de la prière.

Mais qu'il ne sauve pas seulement telle place
En laissant aux Anglais le restant du pays :
Dieu de la France, envoyez-nous un chef qui chasse
De toute France les Anglais bien assaillis.

Pour une fois encore exaucez ma prière :
Commencez le salut de ceux que nous aimons ;
Ô mon Dieu ! donnez-nous enfin le chef de guerre
Pareil à celui-là qui vainquit les démons.

Qu'il marche comme un saint dans la bataille humaine,
Et que tous ses soldats soient des saints avec lui ;
Qu'il soit victorieux aux batailles de plaine,
Qu'il entre dans les bourgs d'où les Anglais ont fui ;

Et les Anglais enfin chassés de toute France,
Messire le dauphin devant vous sacré roi,

Vainqueur à tout jamais de l'infâme souffrance
Et du péché mauvais, et tueur de l'effroi,

Que le chef de bataille, assemblant dans la plaine
En présence du Roi ses soldats triomphants,
Dise les premiers mots de la prière humaine
Vers le Père des cieux qui sauva ses enfants :

« Notre Père, qui êtes aux Cieux, » ;

Puis que le chef se taise et que la foule humaine,
En présence de Dieu, Roi par dessus les rois,
Fasse monter d'en bas à la céleste plaine
Une immense prière où se mêlent les voix :

« Que votre Nom soit sanctifié;
Que votre Règne arrive;
Que votre Volonté soit faite sur la terre
comme au Ciel.
Donnez-nous aujourd'hui notre pain de chaque
jour;
Pardonnez-nous nos offenses comme nous par-
donnons à ceux qui nous ont offensés;
Ne nous laissez pas succomber à la tentation ;
Mais délivrez-nous du mal :
Ainsi soit-il! »

Que s'emplisse la plaine au concert des voix calmes,
Et que le flot des voix s'en aille au ciel très haut ;
Que les pâles martyrs, penchant les lentes palmes,
Écoutent cet ensemble ainsi qu'un chant nouveau.

Un silence.

Que notre France après soit la maison divine
Et la maison vivante ainsi qu'au temps passé,
La maison devant qui tout malfaisant s'incline,
La maison qui prévaut sur Satan terrassé;

La maison souveraine ainsi qu'au temps passé,
Quand le comte Roland mourait face à l'Espagne
Et face aux Sarrasins qu'il avait éblouis,
Quand le comte Roland mourait pour Charlemagne;

La maison souveraine ainsi qu'au temps passé
De monsieur Charlemagne ou de monsieur saint Louis,
Tous les deux à présent assis à votre droite.

Un silence bref.

Ô que vienne le temps où de la France neuve
Les Français partiront pour aller au tombeau
Vénérable à jamais à la chrétienté veuve,
Au Tombeau qui demeure en la main du Bourreau,
Qui demeure à présent en la main du Bourreau.

Qu'avec tous les Français pour la croisade sainte
Partent tous les Chrétiens et que les mécréants
Soient chassés de la Terre où s'est jadis empreinte
La marche de Celui qu'insultaient les méchants.

Un silence.

Puis que le chef de guerre, ayant fini la tâche,
Avec ses bons soldats retourne à la maison,
Vainqueur à tout jamais de la souffrance lâche,
Et tous les ans laboure et fasse la moisson.

Mais, mon Dieu, donnez-nous d’abord le chef de guerre.
Ô mon Dieu, donnez-nous le chef de guerre enfin.

Rideau : deux minutes

QUATRIÈME ACTE

Plusieurs jours après.
Au même endroit.
Le matin.

A présent le village avec l'église, les blés, les vignes et les bois
sont brûlés.

JEANNETTE

Ô Mon Dieu,

Vous avez donc laissé recommencer cela.

Vous avez donc laissé les bandes ravageuses
Enflamber nos maisons, nos granges et nos blés ;
Et vous avez laissé les bandes outrageuses
Enflamber la maison qui nous garde assemblés
Pour la prière humaine et pour penser à vous.

Vous avez délaissé votre église de pierre
Où je ne sais pas, moi, tout ce qu'ils ont méfait ;
Vous avez délaissé la maison de prière :
Vous savez, avec eux, tout ce qu'ils ont forfait.

Un silence.

Et nous, nous avons fui lâchement devant eux,
Emportant nos paquets dans cette île de Meuse,
Poussant nos chevaux fous et nos moutons peureux,
Sans nous lever devant la rage ravageuse.

Pourtant ce n'étaient pas les forces qui manquaient
Aux hommes du pays, et leurs faux étaient bonnes
A faucher pour de bon. Les autres s'en moquaient :
On ne résiste pas aux bandes bourguignonnes.

Ah ! si les paysans voulaient ! si de leur faux
Bien coupante ils voulaient faucher les Bourguignons,
S'ils voulaient bien se mettre à ces travaux nouveaux,
S'ils voulaient essayer la force de leur bras,
S'ils voulaient essayer ces nouvelles moissons,____

Un silence bref.

Mais les bons paysans ne se font pas soldats.

Ils ne marcheront pas s'ils n'ont un chef de guerre
Dont la vaillance neuve aille aux âmes lassées,
Qui nous enseigne enfin l'efficace prière,
Et qui relève droit les âmes affaissées;

Un capitaine dur pour les batailles dures,
Un vainqueur pitoyable aux hommes apaisés :
Toujours prêt à braver les cuisantes morsures
Du fer, et toujours prêt à l'appel des blessés :

Ô mon Dieu, donnez-nous ce chef de guerre là.

Celui qui voudra bien se mettre aux fortes tâches,
Et les Français pourront chasser les outrageux,
Car il ne se peut pas que les Français soient lâches,
Mais ils ont oublié qu'ils étaient courageux.

Que pour les réveiller vienne le chef de guerre :

Ô je vous en supplie une dernière fois.

Rideau : quarante secondes

CINQUIÈME ACTE

Le même jour.
Au même endroit.
Dans le soir calme.

Mon Dieu,

J'aimais la cloche là ; j'aimais sa voix qui chante
Et s'épand sur la Meuse emplissant la vallée
Comme un flot de prière et de vaillance lente,
S'élançant pesamment jusqu'à vous étalée :

J'aimais la cloche là ; j'aimais sa voix puissante ;

J'aimais l'église là : d'un seul geste elle porte
Sa prière de pierre ascendante et solide,
Prière de bâtisse et de vaillance forte,
S'appuyant ici-bas pour monter plus solide :

J'aimais le geste au ciel de l'église de pierre;

Un silence bref.

Ô mon Dieu j'aime à tout jamais la voix humaine,
La voix de la partance et la voix douloureuse,
La voix dont la prière a souvent semblé vaine,
Et qui marche quand même en la route peineuse;

Et j'aime le regard humain quand il s'envole
Ainsi qu'un trait vivant droit au ciel désirable,
Encor plus douloureux et doux que la parole,
Vaillant, vite, et fidèle, et beau, presque admirable

Un silence.

Mais je ne savais pas cette voix éternelle
Et calme et large et plane et blanche et délectable,
Émouvante en mon âme et revivante en elle :
Non je ne savais pas cette voix admirable;

Ô je ne savais pas la voix noble des anges,
La voix infatigable et qui n'est pas humaine,
Voix de l'accoutumance en la demeure étrange :
Non je ne savais pas cette voix souveraine,

Voix de la demeurance en la demeure étrange.

Et je ne savais pas le regard souverain,
Le regard de là-haut, qui descend droit en l'âme
Et pénétrait en moi comme une étrange flamme,
Le regard immortel et qui n'est pas humain.

Mais à présent je sais la voix des immortels,
Et j'ai vu le regard des yeux inoubliables.

Un silence.

Ô monsieur saint Michel,
Ô madame Catherine,
Ô madame Marguerite,

A présent que je sais la voix des immortels,
A présent que je sais le regard de vos yeux,
Pourquoi m'avoir laissée aux voix de ces mortels?
Pourquoi m'avoir laissée en exil de vos cieux?

Mon âme s'est fondue à la voix bienheureuse,
Mon âme s'est unie à vos âmes sauvées;
Je n'avais plus mon âme : elle était bienheureuse,
En allée au pays des âmes en allées;

Ô j'étais bienheureuse et n'avais pas mon âme :
Elle était avec vous et n'était pas en moi;
Elle était toute à vous; je n'avais pas mon âme;
Elle vivait à vous après l'étrange émoi.

Un silence.

Pourquoi, mes sœurs, m'avoir en partant délaissée?
Pourquoi n'avoir pas pris mon âme sur vos ailes?
Faible et seule et pleurante en la terre exileuse,
Pourquoi, mes grandes sœurs, m'avoir ainsi laissée?

Pourquoi m'avoir laissée en la bataille humaine?
Seule à faire à présent la tâche difficile.

Un silence bref.

Vous m'avez commandé la tâche difficile,
Et vous m'avez laissée en la bataille humaine.

Vous m'avez dit de votre voix inoubliable :

« *Jeanne, voici que Dieu t'a choisie à présent :*
Va chasser les Anglais du royaume qu'il aime. » ;

Et vous m'avez laissée ici-bas sans conseil,
Seule à faire à présent la tâche difficile

Un silence.

Mes saintes, vous l'avez nommé, le chef de guerre,
Mais je ne peux pas, moi, conduire les soldats :
O mon Dieu je ne suis qu'une simple bergère ;
Je ne peux pas me battre, ô non je ne peux pas.

Vous voulez qu'à présent je sois le chef de guerre,
Sainte à la fois pour vous et chef pour les soldats :
Je pourrais bien encore essayer la prière,
Mais, mener la bataille, ô je ne le peux pas.

VIII

Je pourrais bien encore essayer la prière
Si vos saints revenaient pour me l'enseigner mieux,
Mais il ne se peut pas que j'essaye la guerre :
D'abord je n'aurais pas les soldats que je veux.

Il faudrait des soldats ardents à la bataille,
Mais sans colère après quand la victoire est faite,
Sachant donner sans haine et recevoir l'entaille
Où le sang coule rouge, empêcheur de défaite ;

Il me faut des soldats qui sauveraient leur âme
En délaissant le corps aux blessures du fer,
Qui mourraient sans aller dans l'éternelle flamme
Et n'enverraient personne en l'éternel enfer.

Avec de tels soldats on aurait un espoir,
Pourvu qu'on sût prier et qu'on ne fût pas lâche,
D'arriver sans savoir le métier, sans l'avoir
Jamais appris, à faire à peu près bien la tâche.

Un silence bref.

Mais vous connaissez bien que les soldats sont brutes,

Et que je ne peux pas m'en aller avec eux.

Un assez long silence.

Et je ne peux pas vaincre avec des soldats brutes :
Il faut leur envoyer un chef plus brutal qu'eux,
Pour les dompter dans la bataille et les avoir
Dans sa main qui les serre et les lance à l'assaut :

Envoyez-nous le chef encor plus brutal qu'eux.

Envoyez-nous quelqu'un qui sache la besogne,
Et soit vraiment de force à mener les soldats
Comme ils sont à présent, rallier la Bourgogne
Et chasser les Anglais.

Moi je ne pourrai pas :

Ô mon Dieu, donnez-nous un meilleur chef de guerre.

Rideau : huit minutes.

Deuxième Partie, en quatre Actes

PREMIER ACTE

1428.

Au commencement de mai.

Presque trois ans après.

Un des premiers jours de mai, le matin.

Au même endroit.

Domremy, à présent, est à peu près rebâti. L'église a été laissée telle quelle. Sur les collines en face, les blés sont hauts et verts.

Jeanne a seize ans ;
Hauviette, environ treize ans.

JEANNE

— Bonjour, Hauviette : quelles sont les nouvelles ? ce
matin.

HAUVIETTE

— Bonjour, Jeannette.

JEANNE

— Dis : Est-ce qu'il y a des nouvelles ? ce matin.

HAUVIETTE

— Pour quoi faire ? des nouvelles.

JEANNE

— Pour savoir.

HAUVIETTE

— Tu sais bien qu'il n'y en a plus, de nouvelles, à présent : c'était bon dans le temps, quand on se battait,
les nouvelles.

JEANNE

— Eh bien, on se bat encore____

HAUVIETTE

— Tu sais bien que non, puisque les Anglais sont les
maîtres partout.

JEANNE

— Comment ! partout : et les bonnes provinces du
milieu ! où monsieur le dauphin demeure, et le mont de
monsieur saint Michel ! au péril de la mer, et le pays
par ici !

HAUVIETTE

— Ça n'est pas beaucoup.

JEANNE

— Il y a même encore une ville qui tient bon, par là,
quand on s'en va en descendant la Meuse, et qu'on tourne
à gauche____

HAUVIETTE

— Et puis c'est tout. Et ça n'est pas beaucoup. Et ça
ne pourra pas durer longtemps, surtout pour les provinces du milieu.

JEANNE

— Pourquoi donc ?

HAUVIETTE

— Il paraît qu'il y a une armée anglaise qui va passer
l'eau et qui va mettre le siège devant Orléans.

JEANNE

— Ah !

HAUVIETTE

— Oui : une grande armée, à ce qu'on m'a dit ce matin.

JEANNE

— Et tu me disais que tu n'avais pas de nouvelles !

HAUVIETTE

— Ça n'est pas une nouvelle, ça : quand un malade est
à l'agonie depuis trois semaines, et qu'on vient vous
annoncer qu'à présent c'est comme s'il était mort, ça
n'est pas une nouvelle qu'on vous apporte.

JEANNE

— Mais, tu ne m'as pas annoncé la mort de la France,
Hauviette : tu m'as seulement dit que les Anglais allaient
mettre le siège devant Orléans.

HAUVIETTE

— Ça revient au même : Orléans pris, tout est pris :
Deux ou trois cents chevaux par ici, autant à monsieur

saint Michel, autant là-bas, en descendant la Meuse :
tout ça, c’est comme si c’était fait, à présent

JEANNE

— Tu ne m’as pas annoncé qu’Orléans serait pris, Hauviette : tu m’as seulement dit que les Anglais allaient
mettre le siège devant Orléans. C’est sur la Loire ?
Orléans.

HAUVIETTE

— Oui, on m’a dit que c’était sur la Loire.

JEANNE

— Ça doit être fort ? cette ville-là.

HAUVIETTE

— On a beau être fort : quand on est tout seul à résister
à toute la masse des autres, il faut bien qu’on finisse
par céder à un moment donné.

JEANNE

— ____

HAUVIETTE

— __ Et puis______ ça vaudra peut-être mieux____

JEANNE
— Comment ça?

HAUVIETTE

— ____ Tu ne sais pas ce que Mengette m'a dit ? ce
matin.

JEANNE

— Non____

HAUVIETTE

— ____ Elle m'a dit__ qu'il paraît__ qu'il y a des per-
sonnes__ qui disent comme ça__ que____, si les Anglais
gagnent tout-à-fait,______ ça vaudrait peut-être
mieux____

JEANNE

— Comment ! On dit ça !

HAUVIETTE

— Oui,__ parce qu'alors,______, si les Anglais gagnent
tout-à-fait,__ on ne se battra plus. On ne fera plus la
mauvaise guerre.

Il n'y aura plus la bataille ; il n'y aura plus la guerre.

Il n'y aura plus les soldats ; il n'y aura plus la souffrance.

Il n'y aura plus la souffrance des corps ; il n'y aura
plus la souffrance des âmes.

Les maisons seront gardées sauves, et sauves les
églises.

Il n'y aura plus d'enfants qui s'en vont en pleurant
par la route affameuse.

Et nous pourrons enfin moissonner nos moissons.

JEANNE hausse les épaules.

HAUVIETTE

— Tu sais, Jeannette, ce n'est pas moi qui dis ça : ce sont les personnes que je t'ai dit que Mengette m'avait dit.

Un silence.

JEANNE

— Ecoute un peu : ton père a une maison, dans le bourg ?

HAUVIETTE

— Dame! oui : comme le tien, comme tout le monde.

JEANNE

— La maison de ton père, elle n'est pas au grand Pierre, le couvreur; ni à Louis Vaslin, qui fait des voitures; ni à mon père, à moi ?

HAUVIETTE

— Dame! non! puisqu'elle est au mien.

JEANNE

— Eh bien! le royaume, c'est pareil : le royaume, c'est la maison du roi; le royaume, il est au roi : il ne peut pas être aux Anglais. C'est bien simple.

Hauviette

— Je le sais bien, que le royaume est à monsieur le dauphin. Mais ça n'est pas tout, d'avoir son bon droit; il y a tout de même des fois où il faut bien qu'on cède à la force.

Jeanne

— Pas avant d'avoir usé toutes les ressources de guerre jusqu'au bout. Tant qu'il y a de reste un homme d'armes pour donner un bon coup d'épée, tant qu'il y a de reste un seul paysan pour donner un bon coup de faux, il ne faut pas céder

Hauviette

— Mais, Jeannette, s'il y a le droit de monsieur le dauphin, sur la France, il y a aussi, tout de même, les droits des Français : nous avons bien le droit, nous, d'éviter enfin la souffrance de nos âmes et la souffrance de nos corps, et les enfants ont le droit de ne pas s'en aller à jamais orphelins.

Jeanne

— Écoute un peu, Hauviette : la terre de France est bonne ?

Hauviette

— Par ici, du moins.

Jeanne

— Ailleurs aussi. Et tu penses bien que les hommes d'armes, dans les pays voisins, ne l'ignorent pas ?

HAUVIETTE

— Ils doivent le savoir : on doit le savoir un peu partout.

JEANNE

— Eh bien, puisqu'ils savent que la terre de France
est bonne, quand ils sauront aussi qu'on nous la prend
comme on veut, ils viendront tous.

HAUVIETTE

— ____

JEANNE

— Ils viendront tous au galop de leurs chevaux; ils se
battront chez nous pour nous avoir; et il n'y aura pas
de raison pour que la mauvaise guerre finisse.

HAUVIETTE

— ____ Mais____

Elle hésite.

____ une fois que les Anglais seront
les maîtres____

Elle hésite encore.

JEANNE

— Eh bien?

HAUVIETTE

— ____ Ils nous défendront____

JEANNE

— Tout beau! ma fille : si tu crois que les Français pourront jamais manger de ce pain-là____

HAUVIETTE

— ____

JEANNE

— Les Français ne pourront jamais supporter comme ça des maîtres : ils n'ont pas ça dans le sang, les Français.

HAUVIETTE

— ____

JEANNE

— Ils ne pourront jamais endurer des maîtres,__ surtout endurer les Anglais.

HAUVIETTE

— Pourquoi? On dit que les Anglais se montrent bons chrétiens.

JEANNE

— ____

HAUVIETTE

— Quand ils forcent les villes, on dit qu'ils font beaucoup moins de massacre et de ravage que les Français.

JEANNE

— ____

HAUVIETTE

— On dit qu'ils sont bien disciplinés.

JEANNE

— Ils sont très bien disciplinés : Dans une bataille, un jour, on leur a commandé de tuer tous leurs prisonniers, parce que ça les embarrassait.____ Ils les ont tués tous, en rang : ce sont des soldats très bien disciplinés.

Un long silence.

HAUVIETTE

— Mais enfin, comment veux-tu que l'on résiste ? à présent. On a fait tout ce que l'on a pu.

JEANNE

— Non.

HAUVIETTE

— Monsieur le dauphin fait tout ce qu'il peut : on dit

qu'il vient d'envoyer jusqu'en Écosse, pour demander
du secours.

JEANNE

— Justement : c'est trop loin, l'Écosse. Le secours de la
France, il est en France.

HAUVIETTE

— On dit que monsieur le dauphin veut marier son
garçon avec la fille du roi d'Écosse.

JEANNE

— Justement : ce n'est pas celle-là qu'il nous faut, la
fille du roi d'Écosse. Pour sauver la France, il faut une
fille de France.

HAUVIETTE

— Comment ça? une fille de France?

JEANNE

— ____

HAUVIETTE

— Tout de même, si le roi d'Écosse nous envoyait dix
mille hommes, avec sa fille, on s'en apercevrait!

JEANNE

— On ne saurait manquer de s'en apercevoir : ils seraient
dix mille étrangers de plus, à manger la France.

HAUVIETTE

— ----

JEANNE

— Ce n'est pas aux Écossais, à sauver la France.

HAUVIETTE

— C'est à qui donc? alors.

JEANNE

— C'est aux Français à sauver la France.

HAUVIETTE

— Il n'y en a plus, de Français.

JEANNE

— Ma fille, je t'assure qu'il y en a beaucoup : il y en a
beaucoup par toute la France ; il y en a beaucoup par ici.

HAUVIETTE

— Il n'y en a plus pour faire une armée.

JEANNE

— Il y en a beaucoup pour faire une armée ; il y en a
beaucoup par ici pour faire une armée.

Hauviette

— Ils ne feront pas d'armée, parce qu'il y faut un chef,
et qu'il n'y a pas de chef.

Jeanne

— ......

Hauviette

— Il n'y a pas de chef : il n'y a que des capitaines.

Jeanne

— ......

Hauviette

— Il n'y a que des capitaines : ils sont bons à conduire des bandes ; ils savent leur métier de capitaine ;
ils sont braves ; mais ils ne sont pas des chefs d'armée,
ils ne sont pas des chefs de guerre ; il n'y a pas un seul
chef de guerre.

Jeanne

— ......

Hauviette

— C'est toi qui me l'as dit, il y a trois ans : tu avais
raison, dans ce temps-là.

Jeanne

— ......

Hauviette

— Tu me disais, dans ce temps-là, qu'il fallait quelqu'un

pour tuer la guerre. Ce quelqu'un là, je l'ai demandé
bien souvent au bon Dieu ; toi aussi, n'est-ce pas ?

JEANNE

— ————

HAUVIETTE

— Eh bien, malgré tes prières, malgré les miennes, le
bon Dieu n'a pas envoyé le chef de guerre ; c'est la
preuve qu'il veut que les Anglais soient les plus forts.

JEANNE

— ————

HAUVIETTE

— Si le bon Dieu avait voulu nous sauver des Anglais,
il nous l'aurait envoyé, le chef de guerre : il n'en a
pas pour longtemps, lui, le bon Dieu, à trouver un chef
de guerre, quand il veut.

JEANNE

— ————

HAUVIETTE

— Je l'ai prié longtemps pour cela, mais à présent c'est
bien fini. Aussi je ne lui demande plus rien à présent
que la paix. Puisqu'il n'a pas voulu nous donner la paix
de la victoire, que son nom soit béni et qu'il nous donne
au moins la paix de la défaite.

JEANNE

— Écoute, Hauviette : continue à prier pour que le chef
de guerre s'en aille à sa besogne.

HAUVIETTE

— Pour quoi faire ?

JEANNE

— Et prie aussi pour le chef de guerre, je t'en supplie.

HAUVIETTE

— Pour quoi donc faire? Jeannette.

JEANNE

— Reviens me voir ce soir : il se peut que je te le dise.
Vraiment, Hauviette, quand tu m'as annoncé que les
Anglais allaient mettre le siège devant la ville d'Or-
léans, tu m'as fait part d'une grande nouvelle.

HAUVIETTE

— Ah !____

JEANNE

— Bien plus grande que tu ne peux l'imaginer. Reviens
me voir ce soir. Il se peut que j'aie aussi, moi, une
grande nouvelle à t'annoncer.

HAUVIETTE

— Comment ça? Tu ne bouges pas d'ici.

JEANNE

— Il y a aussi des nouvelles qui viennent du dedans.
A ce soir.

HAUVIETTE

— A ce soir, alors.

Un long silence.

JEANNE

Mon Dieu,

> Pardonnez-moi d'avoir attendu si longtemps
> Avant de décider ; mais puisque les Anglais
> Ont décidé d'aller à l'assaut d'Orléans,
> Je sens qu'il est grand temps que je décide aussi :

Un silence.

Moi, Jeanne, je décide que je vous obéirai.

Un silence bref.

Moi, Jeanne, qui suis votre servante, à vous, qui êtes mon maître, en ce moment-ci je déclare que je vous obéirai.

Un silence.

Vous m'avez commandé d'aller dans la bataille :
j'irai.

Vous m'avez commandé de sauver la France pour
monsieur le dauphin : j'y tâcherai.

Je vous promets que je vous obéirai jusqu'au bout :
je le veux. Je sais ce que je dis.

Quoi qu'il m'arrive à présent, je vous promets que
je vais commencer et que je vous obéirai jusqu'au
bout : je l'ai voulu. Je sais ce que j'ai fait.

Rideau : trente secondes

DEUXIÈME ACTE

Au même endroit.
Le même jour, dans la soirée.

Hauviette

— Bonsoir, Jeannette : et la nouvelle ?

Jeanne

— C'est fait.

Hauviette

— Comment ? c'est fait.

Jeanne

— Je veux dire qu'elle est arrivée.

Hauviette

— Bonne ?

Jeanne

— Bonne : Le chef de guerre a décidé qu'il s'en irait dans la bataille.

Hauviette

— Ah ! tant mieux.

Jeanne

— Tant mieux.

— Alors il est désigné ? le chef de guerre.

— Il y a longtemps que le chef de guerre était désigné, mais il ne voulait pas quitter sa maison.

— Il avait tort, puisque c'est lui qui doit marcher.

— Il avait tort. Il a bien vu qu'il avait tort, et c'est pour cela qu'il a décidé qu'il s'en irait.

— Il ne fait que son devoir, de s'en aller.

— Il ne fait que son devoir

— Mais comment sais-tu qu'il va commencer ?

— ————

Le chef de guerre a décidé qu'il partirait le plus tôt qu'il pourrait.

HAUVIETTE

— Dame ! il faut bien qu'il rattrape le temps qu'il a perdu.

JEANNE

— Il essaiera de le rattraper.

HAUVIETTE

— Alors, il pourra se faire pardonner un peu d'avoir attendu jusqu'à présent.

JEANNE

— Il tâchera de se le faire pardonner.

HAUVIETTE

— Mais, ____ dis-moi, Jeannette : qui est celui-là ?

JEANNE

— On le saura bientôt, dès qu'il aura quitté son pays.
____ En attendant, Hauviette, écoute, il faut prier pour le chef de guerre

HAUVIETTE

— Moi je veux bien, si tu es sûre qu'il va partir.

JEANNE

— J'en suis sûre.

HAUVIETTE

— Écoute, Jeannette : veux-tu que je te parle bien franchement ?

JEANNE

— Je te prie de me parler aussi franchement que d'habitude, Hauviette : j'en ai plus besoin que jamais, à présent.

HAUVIETTE

— Eh bien, tu m'as dit là plusieurs paroles où je n'ai pas tout compris, mais ça ne fait rien, je crois en tes paroles tout de même et j'ai confiance, parce que ta voix est calme, aujourd'hui, parce que tu n'as pas l'air de t'affoler, comme des fois____

JEANNE

— M'affoler ? Hauviette : rassure-toi : c'est à présent que mon âme est saine ; c'est à présent que je suis à peu près sûre de ne jamais le devenir, folle.

HAUVIETTE

— Si tu savais comme tu m'as fait peur, des fois.

JEANNE

— Ces temps-là sont passés. A présent, ce qu'il faut, c'est que tu pries pour le chef de guerre.

HAUVIETTE

— Tu sais bien que je veux bien toujours faire comme toi.

JEANNE

— Le chef de guerre te supplie de prier bien pour lui.

HAUVIETTE

— Je t'assure que je prierai pour lui du mieux que je
pourrai.

JEANNE

— Il en aura besoin, parce que son œuvre sera bien
difficile à faire. Il aura beaucoup à travailler.

HAUVIETTE

— Ça se comprend, puisque c'est lui qui mènera tout.

JEANNE

— Il faudra qu'il s'en aille à monsieur le dauphin

HAUVIETTE
— Bien entendu.

JEANNE

— Avant de commencer la guerre, il faudra qu'il fasse
porter aux Anglais un message pour les inviter à laisser
en paix la terre de France.

HAUVIETTE

— A quoi bon ce retard encore et ce temps perdu?

JEANNE

— Il ne faut jamais commencer la guerre avant d'avoir
essayé la paix. Si les Anglais ne veulent pas s'en
aller____,

HAUVIETTE

— Dame! pour eux, ils seraient joliment bêtes, à présent, de s'en aller.

JEANNE

— Ils ne seraient pas bêtes; ils seraient chrétiens.

HAUVIETTE

— On ne l'est jamais tant que ça.

JEANNE

— On doit l'être en entier, sans qu'il y manque rien.
Espérons que les Anglais le seront ainsi.

HAUVIETTE

— Tu sais bien que cela ne sera pas.

JEANNE

— Espérons toujours, et prions le bon Dieu pour que
les Anglais soient tout à fait bons chrétiens.

HAUVIETTE

— Oh! je veux bien, moi. _ _ _ _
Et quand ils auront dit non?

JEANNE

— Si par malheur ils ne veulent pas s'en aller, avant
de commencer la guerre il faudra que le chef tourne à
la bonne vie les capitaines et les soldats.

HAUVIETTE

— Pourquoi ce nouveau retard encore? et pourquoi
tout ce temps perdu?

JEANNE

— Ce n'est pas du temps perdu, c'est du temps gagné,
le temps que l'on met à sauver les âmes.

HAUVIETTE

— Ce sont des âmes aussi, et aussi des âmes en danger,
qui attendent.

JEANNE

— _ _ _ _

Avant de commencer la guerre, il faudra que le chef
tourne à la bonne vie son armée : si le chef n'avait
pas une bonne armée, il ne pourrait pas faire une bonne
guerre.

HAUVIETTE

— ————

JEANNE

— Quand l'armée sera bonne, le chef de guerre n'aura
plus qu'à sauver la France pour la donner à monsieur
le dauphin, qui sera le roi.

HAUVIETTE

— ————

Un silence.

JEANNE

— A présent, si tu veux, tu vas me faire une commis-
sion.

HAUVIETTE

— Je veux bien : Laquelle?

JEANNE

— Tu irais trouver le père Jean, qui s'en retourne ce
soir à Burey; il dirait à mon oncle de venir me voir le
plus tôt qu'il pourra.

HAUVIETTE

— C'est tout ?

JEANNE

— C'est tout.

HAUVIETTE

— Au revoir, Jeannette.

JEANNE

— Au revoir. Moi, il faut que ie reste à garder mes bêtes jusqu'à la nuit.

Un assez long silence.

XI

A présent, ô mon Dieu, que je vais commencer,
Si les Anglais ne veulent pas s'en aller bien,
Donnez-moi la rudesse et la force qu'il faut
Pour entraîner les durs soldats et les lancer
Comme un flot débordant qui s'emporte à l'assaut

A présent, ô mon Dieu, que je vais commencer,
Si les Anglais ne veulent pas s'en aller bien,
Donnez-moi la douceur et la force qu'il faut
Pour calmer les soldats et pour les apaiser
Dans leur pleine victoire, ayant fini l'assaut.

Mais si, dans la bataille où je vais travailler,
Cette ouvrière est faible, ou maladroite, ou lâche,
Si l'ouvrière est faible à mener les soldats;

Et si, dans la victoire où je vais travailler,
Cette ouvrière est faible à sa deuxième tâche,
Si l'ouvrière est faible à calmer les soldats;

Si je travaille mal en bataille ou victoire,
Et si l'œuvre est mal faite où j'ai voulu servir,

Ô mon Dieu pardonnez à la pauvre servante.

Rideau : cinquante secondes

TROISIÈME ACTE

Au même endroit.
Le lendemain, dans la matinée.

Durand Lassois, le cousin de Jeanne, a trente ans passés.

Durand Lassois

— Bonjour, Jeannette.

Jeanne

— Bonjour, mon oncle.

Durand Lassois

— Bonjour, bonjour. J'ai vu le père Jean, hier au soir ;
il est venu à la maison ; il m'a dit que tu avais besoin
de moi ?

Jeanne

— Oui mon oncle.

Durand Lassois

— Il m'a dit que tu étais pressée ?

Jeanne

— Oui mon oncle.

Durand Lassois

— Alors, moi, je me suis mis en route ce matin de

bonne heure, parce que je fais toujours tout ce que tu
veux. J'espère que tu ne vas pas m'envoyer chercher
encore madame Gervaise?

JEANNE

— Non, mon oncle : à présent je n'ai plus besoin d'elle.

DURAND LASSOIS

— Allons, tant mieux. Si tu savais, la première fois,
— on peut se dire ça, puisque tu dis que c'est passé, —
si tu savais comme j'ai eu peur ! à cause d'elle. Pense
donc ! si elle t'avait emmenée au couvent !_____ Non, tu
sais, si tu étais partie avec elle, on n'aurait jamais pu
s'en consoler, à la maison. Elle t'aurait peut-être
emmenée jusqu'à Nancy._____ C'est loin, Nancy.

JEANNE

— Pas si loin qu'Orléans.

DURAND LASSOIS

— Orléans? ça n'est pas dans nos pays, ça, Orléans._____
Mais qu'est-ce que ça nous fait? Orléans.

JEANNE

— Vous ne savez pas que les Anglais vont l'assiéger?

DURAND LASSOIS

— Si, on m'a dit ça la semaine dernière. Ma foi, tant
mieux !

Jeanne

— Comment? tant mieux!

Durand Lassois

— Pas tant mieux pour eux, les pauvres gens, mais
tant mieux pour tout le monde : si les Anglais s'y
mettent pour de bon, la guerre ne pourra pas durer
longtemps.

Jeanne

— Vous aussi, mon oncle, vous dites ça?

Durand Lassois

— Je dis comme tout le monde, moi____

Jeanne

— Mon oncle, vous n'entendez rien aux affaires du
royaume.

Durand Lassois

— Les affaires du royaume, ça ne nous regarde pas,
ma fille, ni moi, ni toi.____ Parlons de nos affaires, à
nous.____ Pourquoi m'as-tu fait venir?

Jeanne

— Faites-moi d'abord la promesse de m'écouter jusqu'au bout

DURAND LASSOIS

— Ça n'engage à rien, ça : je veux bien. Je te le
promets.

JEANNE

— Vous allez vous en aller trouver mon père.

DURAND LASSOIS

— Bien.

JEANNE

— Avant midi.

DURAND LASSOIS

— Bien.

JEANNE

— Vous lui direz que vous avez besoin de moi._ _ _ _

DURAND LASSOIS

— Mais ça n'est pas vrai! ça.

JEANNE

— Laissez-moi dire, mon oncle : je prends tout sur moi.

DURAND LASSOIS

— _ _ _ _

JEANNE

— Vous m'emmenerez avec vous à Burey le plus tôt
que nous pourrons.

DURAND LASSOIS

— ----

JEANNE

— Vous me logerez chez vous, à la maison.

DURAND LASSOIS

— ----

JEANNE

— Après ça, vous me conduirez à Vaucouleurs.

DURAND LASSOIS

— ----

JEANNE

— A Vaucouleurs, nous logerons chez Henri le Royer :
il voudra bien.

DURAND LASSOIS

— ----

JEANNE

— Vous me conduirez à messire de Baudricourt, le
capitaine.

Durand Lassois

— Mais qu'est-ce que tu lui veux? à messire de Baudricourt.

Jeanne

— Je lui dirai : « Messire, Dieu vous commande que vous me fassiez conduire à monsieur le dauphin,___ »

Durand Lassois

— Mais ça n'est pas vrai non plus! ça.

Jeanne

— Ah si! mon oncle : c'est vrai, ça, par exemple!

Durand Lassois

— Voyons, Jeannette; voyons, mon enfant : tu n'es pourtant pas devenue folle.

Jeanne

— Folle? mon oncle : C'est à présent que mon âme est saine, à présent que je suis à peu près sûre de ne jamais le devenir, folle.

Durand Lassois

— Voyons, tu n'es pas folle, et tu dis que c'est vrai, que le bon Dieu commande à messire de Baudricourt de te faire conduire à monsieur le dauphin?

XII

Jeanne

— Oui mon oncle, c'est vrai; et je ne suis pas folle; et si je ne disais pas que c'est vrai, c'est alors que je serais folle, ou que je serais menteuse !

Durand Lassois

— Voyons, Jeannette; voyons, mon enfant : dis-moi d'abord ça tout doucement, que je comprenne bien.

Jeanne

— Mon oncle, ça n'est pas difficile à comprendre : Le royaume de France n'appartient à personne qu'à Dieu; mais Dieu ne veut pas le gouverner lui-même : il veut seulement le surveiller; c'est pour cela qu'il en a donné le gouvernement à ses serviteurs les rois de France; depuis que le bon roi Charles est mort, c'est à son garçon, monsieur le dauphin, que revient la France pour la gouverner; les Anglais veulent s'en emparer quand même; le bon Dieu ne veut pas les laisser faire; et c'est pour les en empêcher qu'il veut que j'aille à monsieur le dauphin. C'est bien simple.

Durand Lassois

— Mais alors, il t'a dit tout ça lui-même ? le bon Dieu.

Jeanne

— Non, mon oncle : il m'a envoyé monsieur saint

Michel, madame sainte Catherine et madame sainte
Marguerite, pour me parler.

DURAND LASSOIS

— ____ Dis-moi, Jeannette : est-ce qu'il y a longtemps
qu'il te les a envoyés? tout ce monde-là.

JEANNE

— Il y aura trois ans à la moisson prochaine.

DURAND LASSOIS

— Trois ans! Jeannette : et l'on n'en savait rien!

JEANNE

— Ah mon oncle! si vous saviez comme le temps m'a
pesé! pendant ces trois ans là; si vous saviez comme les
saintes m'ont pressée de partir! et même quand elles
n'étaient pas là, toutes les fois qu'on parlait de la guerre
devant moi, toutes les fois qu'on parlait des Anglais
devant moi, toutes les fois qu'on disait devant moi qu'ils
avaient encore avancé dans la France,____ ma désobéissance me pesait sur l'âme à l'étouffer!________
Mais j'avais peur;____ j'avais peur de la partance,____
peur de la bataille,____ peur de la défaite,____ et je
crois bien de la victoire aussi;________ J'avais peur
de tout;____ et d'abord j'avais peur de moi, car je
me connaissais, et je savais bien qu'une fois partie
j'irais jusqu'au bout;________ J'avais peur comme une
bête; et j'étais seule sous ma désobéissance, et j'étais

malheureuse, et mon âme s'étouffait sous la désobéissance lourde,____ et j'avais peur, j'avais peur, j'avais
peur____

Un silence.

Pourtant je sens bien au fond que je ne suis pas
lâche. Mais voyez-vous ! mon oncle, quand j'étais
petite, j'ai trop eu peur, et trop souvent, pour tous
ceux que j'aimais, pour tous ceux que j'aime, et il y
en a beaucoup ; c'est ça qui m'avait rendue lâche, et
qui m'avait donné la peur aussi pour moi. Mais à présent, c'est bien fini, d'avoir peur ! c'est bien fini d'être
lâche ! à présent. Mon oncle, quand partons-nous ?

DURAND LASSOIS

— Un mot seulement, Jeannette :____

JEANNE

— Mon oncle, à présent il ne faut plus m'appeler Jeannette : c'est bon pour ceux qui ne savent pas ; ceux qui
savent m'appellent Jeanne : c'est monsieur saint Michel
qui a commencé à m'appeler Jeanne.

DURAND LASSOIS

— Eh bien, Jeanne, tu m'as bien dit toutes les raisons
qui t'empêchaient de partir?

JEANNE

— ____ Non, mon oncle; ____ mais les autres, c'est
bien assez que j'aie à les savoir, moi.

Un silence.

DURAND LASSOIS

— ____ Dis-moi, Jeanne : Est-ce que c'est aussi monsieur saint Michel? qui t'a conseillé de mentir à ton
père pour quitter la maison.

JEANNE

Un silence.

— Non, mon oncle. ____ Je n'ai pas même voulu leur en
parler, à eux, parce que, voyez-vous, ils sont trop blancs.
C'est bon pour nous, toutes ces affaires-là.

Durand Lassois

— ____ C'est toi qui as décidé toute seule que tu men-
tirais à ton père pour t'en aller?

Jeanne

— C'est moi qui l'ai décidé toute seule, et je prends
tout sur moi.

Durand Lassois

— ____

Jeanne

— Voyons, mon oncle : Dieu m'a commandé de partir,
et vous connaissez bien mon père____

Durand Lassois

— C'est un homme qui n'a jamais rien fait que ce qu'il
a voulu.

Jeanne

— S'il savait que je veux m'en aller____

Durand Lassois

— S'il sait que tu veux t'en aller, je t'assure que tu ne
partiras pas.

Jeanne

— Vous voyez bien qu'il faut que je mente.

DURAND LASSOIS

— Ma pauvre enfant !

JEANNE

— Il faut que nous mentions.

DURAND LASSOIS

— C'est vrai.

____ C'est pourtant vrai : il n'y a pas moyen de faire autrement.

______ Il n'y a pas moyen : il faut que nous mentions.

Mais c'est égal : quand je pense que je vais faire semblant de t'emmener à Burey passer deux ou trois semaines, et que tu vas t'en aller en France, et pour combien d'années ! si jamais tu reviens____ Non, Jeanne, tu ne sais pas ce que ça me fait ! d'avoir à mentir comme ça.

JEANNE

— Mon oncle, je vous assure que je prends tout sur moi.

DURAND LASSOIS

Vivement :

— Non, Jeanne. Je vois bien qu'à présent tu vas avoir à porter une tâche lourde ; je suis un homme, et je suis

assez fort, mon enfant, pour porter la part qui m'en
revient; je prends sur moi mon mensonge à moi; que le
bon Dieu nous pardonne à tous deux si nous faisons mal.

JEANNE

— Ainsi soit-il.

DURAND LASSOIS

— Mais tu ne peux pas t'imaginer, Jeanne, la peine
que ça me fait, d'aller mentir, un homme de mon âge.

JEANNE

— Et moi, mon oncle, croyez-vous que la parole menteuse ne me soit pas douloureuse à dire, depuis trois
ans qu'elle était là, et que je ne pouvais pas la prononcer.

DURAND LASSOIS

— Voyons, Jeannette! un bon mouvement, ma fille!
Tu vois bien que tu pleures, d'être menteuse pour ta
partance. Mais il est encore temps, Dieu merci! : à
l'heure qu'il est, rien n'est fait encore; tout à l'heure il
serait trop tard : tout serait fait. Tout serait fait à
jamais.

JEANNE

— Mon oncle, tout est fait. Tout est fait à présent; tout
est fait à jamais. Tout est fait depuis hier matin :
C'est hier matin que j'ai voulu. J'ai voulu tout. Je me
suis décidée. Les Anglais ont bien décidé d'aller à
l'assaut d'Orléans, eux. — A tout à l'heure, mon
oncle,_____ à tout à l'heure,_____ et bon courage.

Durand Lassois

— A tout à l'heure, alors, ma pauvre enfant. A tout
à l'heure et que Dieu nous pardonne.

Jeanne

— Hélas !

Un long silence.

Adieu, Meuse endormeuse et douce à mon enfance,
Qui demeures aux prés, où tu coules tout bas.
Meuse, adieu : j'ai déjà commencé ma partance
En des pays nouveaux où tu ne coules pas.

Voici que je m'en vais en des pays nouveaux :
Je ferai la bataille et passerai les fleuves ;
Je m'en vais m'essayer à de nouveaux travaux,
Je m'en vais commencer là-bas les tâches neuves.

Et pendant ce temps là, Meuse ignorante et douce,
Tu couleras toujours, passante accoutumée,
Dans la vallée heureuse où l'herbe vive pousse,

Ô Meuse inépuisable et que j'avais aimée.

Un silence.

Tu couleras toujours dans l'heureuse vallée ;
Où tu coulais hier, tu couleras demain.
Tu ne sauras jamais la bergère en allée,
Qui s'amusait, enfant, à creuser de sa main
Des canaux dans la terre, — à jamais écroulés.

La bergère s'en va, délaissant les moutons,
Et la fileuse va, délaissant les fuseaux.
Voici que je m'en vais loin de tes bonnes eaux,
Voici que je m'en vais bien loin de nos maisons.

Meuse qui ne sais rien de la souffrance humaine,
Ô Meuse inaltérable et douce à toute enfance,
Ô toi qui ne sais pas l'émoi de la partance,
Toi qui passes toujours et qui ne pars jamais,
Ô toi qui ne sais rien de nos mensonges faux,

Ô Meuse inaltérable, ô Meuse que j'aimais,

Un silence.

Quand reviendrai-je ici filer encor la laine?
Quand verrai-je tes flots qui passent par chez nous?
Quand nous reverrons-nous? et nous reverrons-nous?

Meuse que j'aime encore, ô ma Meuse que j'aime.

Elle va voir si son oncle revient.

Ô maison de mon père où j'ai filé la laine,
Où, les longs soirs d'hiver, assise au coin du feu,
J'écoutais les chansons de la vieille Lorraine,
Le temps est arrivé que je vous dise adieu.

Tous les soirs passagère en des maisons nouvelles,
J'entendrai des chansons que je ne saurai pas;
Tous les soirs, au sortir des batailles nouvelles,
J'irai dans des maisons que je ne saurai pas.

XIII

Maison de pierre forte où bientôt ceux que j'aime,
Ayant su ma partance, — et mon mensonge aussi, —
Vont désespérément, éplorés de moi-même,
Autour du foyer mort prier à deux genoux,
Autour du foyer mort et trop vite élargi,

Quand pourrai-je le soir filer encor la laine ?
Assise au coin du feu pour les vieilles chansons ;
Quand pourrai-je dormir après avoir prié ?
Dans la maison fidèle et calme à la prière ;

Quand nous reverrons-nous ? et nous reverrons-nous ?
Ô maison de mon père, ô ma maison que j'aime.

Un long silence.

Elle va voir.

Mon oncle revient triste : il aura réussi;
Ma partance à présent est certaine, ô ma Meuse.

Un silence.

Ô mon père, ô maman, quand on vous aura dit
Que je suis au pays de bataille et d'alarmes,
Pardonnez-moi tous deux ma partance et vos larmes,
Pardonnez ma partance et mon mensonge aussi,
Ma partance menteuse et vos souffrances lentes,
Et de vous dire adieu quand vous n'êtes pas là.

Pardonnez-moi tous deux ; et vous aussi, mes frères,
Pardonnez tous les trois à votre sœur menteuse,
Et remplacez-moi bien auprès de notre père,
Et consolez maman de ma partance fausse,

Ô consolez maman de mon absence lente.

— Voici mon oncle :
            C'est à présent qu'il faut que je
                    vous dise adieu.

            Vous que j'aime, à présent ma
                    partance est prochaine.

— Adieu, tous.

Un long silence.

DURAND LASSOIS

— Tu faisais ta prière? Jeanne.

Un silence.

JEANNE

— Non.

Un silence.

Je n'ai pas osé.

Un silence bref.

Je n'ai pas pu oser pendant que nous faisions le mensonge.

Un long silence.

JEANNE

— Eh bien? mon oncle.

DURAND LASSOIS

— C'est fait.

J'ai trouvé ton père à la maison.____ Il était rentré un peu plus tôt,__ parce que,_ en déracinant le grand chêne,_ là-bas,_ au-dessus de la route,_ en allant à Coussey,____ il s'était fait une espèce de gourfoulure au poignet.

JEANNE

— Il s'est foulé le poignet !

DURAND LASSOIS

— Oui, mais ça ne sera pas grave : Il n'aura qu'à se reposer une quinzaine.

____ Je lui ai dit : « Vous savez, père Jacques, il faut que j'emmène Jeannette à la maison. » Je tremblais comme la feuille, en parlant ; mais il ne s'en est pas aperçu, il était occupé à serrer son poignet dans un morceau de toile ; il m'écoutait sans faire attention. « Je vous demande ça, » que je lui ai dit, « parce que j'ai besoin d'elle. » Ma voix tremblait. S'il m'avait seulement dit : « Pour quoi faire ? » j'aurais crié : « Mais non ! mais non ! vous voyez bien que ça n'est pas vrai ! vous voyez bien que c'est menti ! » J'aurais été joliment content. Mais il m'a dit : « Tu sais, mon gars, que Jeannette, c'est comme si c'était ta fille ; elle est aussi bien dans ta maison là-bas que dans la maison ici ; tu la garderas le temps que tu voudras. Va seulement lui dire qu'elle prévienne Mengette, ce soir, en passant, à cause des moutons. » C'était encore plus lâche, de l'écouter comme ça, que de mentir moi-même. Ça m'étouffait ; je

me mordais les lèvres pour ne pas parler. Je n'ai pas
dit un mot. Et je me suis sauvé comme un voleur.

JEANNE

Mon Dieu,
    Pardonnez-nous le mal que je fais à tous ceux
Qui m'aiment sans savoir que je m'en vais loin d'eux.
Je sens bien, à présent, que je les aime aussi.
Je n'ai jamais cessé de les aimer vraiment.
Pardonnez-nous le mal que leur fait ma partance,
Pardonnez-nous le mal que je fais à présent,
Et si plus tard je fais encor du mal en France
Dans la bataille où j'ai voulu, moi, vous servir,

Ô mon Dieu pardonnez à la pauvre servante.

— Quand partons-nous ? mon oncle.

DURAND LASSOIS

— Dame ! le mieux, c'est demain matin, puisqu'à présent il faut que tu gardes tes moutons jusqu'à la nuit.

JEANNE

— Nous partirons de bonne heure.

Durand Lassois

— Si tu veux.

Jeanne

— De très bonne heure, pour ne pas rencontrer Hauviette.

Durand Lassois

— Tu ne veux pas la voir ? avant de partir.

Jeanne

— Non, mon oncle. C'est bien assez que je voie Mengette ce soir, pour mes moutons, et que je mente avec elle. Avec Hauviette, je ne pourrais pas. Si vous saviez la souffrance que c'est, quand il faut qu'on dise au revoir au moment où il serait si bon de se consoler au moins à dire adieu.

Durand Lassois

— Ma pauvre Jeannette !

Jeanne

— Nous passerons tout droit et nous sortirons du bourg sans tourner la tête ; je ne veux pas partir en plusieurs fois : ce serait trop douloureux.

Durand Lassois

— Ma pauvre enfant !

JEANNE

— Mais quand nous serons à Burey, pas chez vous, mon
oncle, à Burey la Côte, nous nous arrêterons ; il y a une
croix de pierre à l'entrée du village ; on voit de là toute
la vallée en par-ici____

DURAND LASSOIS

— Pas toute : on ne voit pas Domremy, ni Greux____,
de là-haut.

JEANNE

— Justement, mon oncle : j'aurai fini ma partance.

DURAND LASSOIS

— Dans tout le voisinage, on ne voit guère que Maxey,
de là-bas.

JEANNE

— Justement, mon oncle.

DURAND LASSOIS

— Comment ça? Je croyais que tu les détestais, les
Bourguignons de Maxey.

JEANNE

— Mon oncle, ce sera la première fois que je pourrai
les voir et ne pas les détester. Quand je serai là, je ne

détesterai plus personne, parce que j'aurai commencé
mon voyage et que les temps seront proches.

Durand Lassois

— Quels temps ?

Jeanne

— Le temps où les Bourguignons et nous, Domremy et
Maxey, nous serons tous de bons Français, pêle-mêle.

Rideau : une minute

QUATRIÈME ACTE

Le lendemain matin, au soleil levant.
Jeanne file dans la maison de son père.

Jacques d'Arc.
Sa femme Isabeau.
Deux de ses trois garçons, Jean et Pierre.
Durand Lassois.

JACQUES D'ARC

— Allons! les gars! Il va falloir commencer de bonne
heure, ce matin. Vous finirez de manger en nous en
allant.

Les deux gars vont à pas lents chercher leurs outils.

Voilà le temps parti comme hier; il fera chaud, tantôt;
on sera content de se reposer.

Les deux gars s'en vont à pas lents vers la porte.

Vous avez tout ce qu'il vous faut? Vous savez : il a la
peau dure, cet animal de chêne-là. Seulement, vous,
vous en viendrez toujours à bout : vous êtes jeunes. Ça
n'est pas comme moi : hier, j'ai été le moins fort. Ah!
dame! On vieillit.

Les gars sortent lentement.

Enfin, je vais toujours m'en aller avec vous. Les
vieux, ça peut toujours servir un peu : c'est toujours
bon à donner des conseils.

Dis donc, la mère : tu leur feras une bonne soupe, à
tes gars, parce que, tu sais, ils auront faim, quand ils
reviendront, à dix heures.

Allons ! au revoir, les enfants. Au revoir, Durand, et bon voyage !

Ah ! dis donc ! Jeannette : est-ce que tu as parlé à Mengette ? hier au soir.

JEANNE

— Oui, père.

JACQUES D'ARC

— Elle gardera tes moutons en gardant les siens ?

JEANNE

— Oui, père.

JACQUES D'ARC

— Ça va bien, ça va bien. Tu garderas les siens quand tu seras revenue, un jour qu'elle en aura besoin. Entre camarades____

JEANNE

— ____

JACQUES D'ARC

— Allons, au revoir ! Voilà déjà les gars qui sont en allés.

DURAND LASSOIS

— Au revoir.

Sort Jacques d'Arc.

Un silence.

DURAND LASSOIS

— Il va falloir partir aussi, nous, ma tante : voilà le soleil qui va monter.

Jeannette, est-ce que tu es prête ?

Isabeau

— Vous avez bien le temps, mes enfants ; il faut commencer par manger un morceau ; il y a tout ce qu'il faut dans la maie.

Durand Lassois

— ____ Merci, ma tante : je n'ai pas faim.

Il regarde Jeanne.

____ Nous n'avons pas faim.

____ Nous mangerons mieux en arrivant.

Isabeau

— Ça sera comme vous voudrez, mes enfants.

Jeanne regarde longuement sa laine et ses fuseaux. Sa mère croit qu'elle ne sait pas où les mettre.

Tiens, Jeannette, mets donc ta laine et tes fuseaux là-haut sur la planche. On n'y touchera pas. Tu la finiras quand tu reviendras.

Jeanne obéit.

Ils s'en vont tous les trois à pas lents vers la porte.

Jeanne et son cousin sortent. Isabeau reste sur le seuil.

Isabeau

— Allons, mes enfants, au revoir, et bon voyage !

JEANNE

Du dehors.

— Au revoir, maman.

Rideau : cinq minutes

TROISIÈME PARTIE, EN UN ACTE

ACTE

Janvier 1429.

Avant la fin de l'hiver suivant.

Dans la matinée.

Jeanne file dans la maison de son père.

Jeanne a dix-sept ans.

DURAND LASSOIS

Entrant :

— Bonjour tout le monde!

JEANNE

— Bonjour! mon oncle.

DURAND LASSOIS

— Tiens! tu es toute seule!

JEANNE

— Oui, mon oncle : ils sont tous occupés à faire le pain. C'est pour ça que je vous ai fait venir aujourd'hui : nous serons tranquilles pour nous en aller.

DURAND LASSOIS

— Alors tu veux t'en aller? comme il y a huit mois.

JEANNE

— Mieux qu'il y a huit mois : cette fois-ci, je m'en vais pour de bon.

DURAND LASSOIS

— Mais si messire de Baudricourt nous dit comme la
première fois? Tu te rappelles? ce qu'il nous a dit, la
première fois : « Vous voyez bien qu'elle est folle! »
qu'il nous a dit, « et vous êtes encore plus fous qu'elle!
de l'écouter. Donnez-lui donc deux ou trois bonnes
claques sur les oreilles! et ramenez-la chez son père! »

JEANNE

— Il ne redira pas cela.

DURAND LASSOIS

— Pourquoi donc?

JEANNE

— Parce qu'il n'est pas sûr de ses affaires comme il
était.

DURAND LASSOIS

— C'est un homme entêté.

JEANNE

— S'il ne veut pas me faire conduire à monsieur le
dauphin, j'assemblerai les hommes d'armes : il y a monsieur Jean de Metz, qui voudra bien me conduire, lui,
et monsieur Bertrand de Poulengy. Et si les hommes
d'armes ne veulent pas, j'assemblerai les bonnes gens du

peuple. Et si le peuple ne veut pas, je m'en irai toute
seule. Et si je n'ai pas de cheval, je m'en irai à pied,
quand je devrais user mes jambes jusqu'aux genoux!____

Durand Lassois

— Voyons, voyons, ma fille! parle doucement.

Jeanne

— Je vous assure, mon oncle, que je suis bien calme.
Je vais aller à monsieur le dauphin; je ferai lever le
siège d'Orléans.

Voilà déjà trois mois! que les bonnes gens d'Orléans
sont assiégés. On dit qu'ils se défendent bien. Seulement ils ne savent pas, qu'il faut que j'aille à leur
secours, et alors ils ne comptent pas sur moi____

Quand je pense que les Anglais tiennent en prison
monsieur le duc d'Orléans! et qu'ils en profitent pour
venir attaquer sa ville! pendant qu'il n'est pas là pour
la défendre!

Quand j'aurai fait lever le siège d'Orléans, quand
j'aurai sauvé de sa prison monsieur le duc d'Orléans, je
ferai sacrer monsieur le dauphin à Reims, dans la belle
cathédrale.

Et puis, si le bon Dieu veut bien m'aider jusqu'au
bout, je mettrai les Anglais hors de toute France.

Durand Lassois

— Ma pauvre enfant, rappelle-toi ce que je te disais la

première fois : en ce moment-ci tu n'es pas partie encore:
tout à l'heure____

JEANNE

— Je suis partie depuis huit mois. Mon âme n'est jamais
revenue en ce pays où nous sommes à présent. Ma partance est faite, et c'est pour cela que je suis si calme
en quittant ceux que j'aime____

DURAND LASSOIS

— Ton pauvre père! Il doit se méfier un peu. La semaine
dernière il m'a dit comme ça : « J'ai rêvé que Jeannette s'en allait avec les soldats. Si ça devait jamais
arriver, j'aimerais mieux y faire boire tout de suite le
grand coup dans la Meuse. »____

JEANNE

— Mon père se méfie, et c'est pour cela qu'il nous
faut nous en aller tout de suite, et lui donner un prétexte sérieux. Est-ce que vous en avez un? mon oncle.

DURAND LASSOIS

— Malheureusement, ma pauvre enfant, j'en ai un.____
Seulement j'ai peur____

JEANNE

— Qu'est-ce que c'est donc? mon oncle.

DURAND LASSOIS

— Ta tante ne va pas bien.

JEANNE

— Elle est malade?

DURAND LASSOIS

— Oui.

JEANNE

— Je croyais qu'elle allait se relever.

DURAND LASSOIS

— Justement : elle s'est relevée trop tôt. Sa petite fille
n'aura que dix jours demain. Hier, pendant que je n'étais
pas là, elle a voulu se lever un peu pour faire le ménage.
Avec un temps comme ça, elle a eu froid. A présent,
elle est malade. C'est la grand Pierrette qui la soigne.

JEANNE

— Vous allez dire à mon père qu'il faut que j'aille soigner ma tante Jeanne ?

DURAND LASSOIS

— Seulement j'ai peur que ça ne nous porte malheur,
de nous servir comme ça d'un malheur____

— Que voulez-vous? mon oncle : il faut bien.

— Il faut bien____. Et puis c'est le dernier des derniers, dans le mensonge, que de se servir comme ça de la vérité pour mentir encore plus sûrement.____

— Il faut bien, mon oncle.

— Il faut bien.
Je m'en vais trouver ton père.

Il sort à droite.

Un silence.

Ô Meuse inépuisable et douce à mon enfance,
Qui passes dans les prés auprès de la maison,
C'est en ce moment-ci que je m'en vais en France :

Ô ma Meuse, à présent je m'en vais pour de bon.

Un silence bref.

Ô maison de mon père où je filais la laine,
Maison de pierre forte, ô ma douce maison,
Je m'en vais pour de bon dans la bataille humaine,

Ô voici que je vais m'en aller pour de bon.

Un silence.

Pourtant je ne sens pas l'émoi de la partance
Et ne viens pas vous faire à présent mes adieux :
C'est que voilà huit mois que mon âme est en France,
Voilà huit mois déjà qu'elle est où je la veux.

Mon âme est en allée en la ville du siège,
Avec les défenseurs qui s'acharnent là-bas.
Mes pas vont s'éloigner tout à l'heure en la neige,
Mais mon âme a passé dans le pays là-bas.

Un silence.

Vous tous, que j'aimais tant quand j'étais avec vous,
Ô vous que j'aimai tant quand je m'en fus en France,
A présent je vous aime encor plus, loin de vous :
Mon âme a commencé l'étrange amour d'absence.

A présent loin de vous, je vous aime encor plus
Qu'au temps de la partance ou de la demeurance ;
Ô j'aime étrangement la demeure où je fus,
A présent que mon âme a sa demeure en France.

Et j'aime étrangement ceux que j'aimais déjà,
Car je sens comme on aime alors qu'on est fidèle ;
Mon âme sait aimer ceux qui ne sont pas là ;
Mon âme sait aimer ceux qui restent loin d'elle.

Un assez long silence.

Durand Lassois rentre.

Jeanne

— Partons, mon oncle.

Durand Lassois

— Partons.

Jeanne

cesse de filer ; elle met la laine et les fuseaux sur la planche.

Durand Lassois

— Partons..____ Si tu savais, ton pauvre père, il m'a dit : « Ça vaut mieux, mon gars, ça vaut mieux, que tu l'emmènes un peu à Burey ; ça va la distraire : elle a l'air, en ce moment-ci, d'avoir des idées,____ enfin des idées qui ne sont pas ordinaires. Tu la garderas quelques semaines, comme la dernière fois.____ ».

Jeanne

— Partons. Vous avez mangé ? mon oncle, avant de nous en aller.

Durand Lassois

— Non, Jeanne, je n'ai pas pu. Et toi ?

Jeanne

— Moi j'ai mangé : il fait grand froid, ce matin____

DURAND LASSOIS

— Il a gelé dur.

JEANNE

— Et quand il a gelé dur il ne faut jamais sortir à jeun :
nous n'avons pas le droit, ni vous, ni moi, de tomber
malades, à présent.

DURAND LASSOIS

— Non, décidément, Jeanne, je ne peux pas. J'ai le
cœur tout retourné.

Il s'en va vers la porte.

JEANNE

— Attendez, que je leur dise au revoir.

Elle sort à droite.

Après quelques instants elle rentre en disant :

C'est ça! Au revoir! tout le monde; au revoir!

Ils s'en vont.

Rideau : vingt minutes

DEUXIÈME PIÈCE, EN TROIS PARTIES :

Les Batailles.

Première Partie, en trois Actes :

A Orléans.

PREMIER ACTE

Le samedi 30 avril 1429.

Trois mois après.

A Orléans,

en l'hôtel de Jacques Boucher, argentier de Charles, duc d'Orléans,
et trésorier de la ville,

la salle de famille.

Dans la matinée.

Jeanne a dix-sept ans.

Honorable personne, messire Jacques Boucher,
environ quarante-cinq ans;

Honorable dame, madame Jacqueline, sa femme,
environ quarante ans;

Didier le Portant, étudiant en l'Université es lois
d'Orléans,
environ vingt ans;

*Vénérable et religieuse personne, frère Jean Pas-
querel, de l'ordre des Frères Hermites de saint Au-
gustin, chapelain de Jeanne,*

environ quarante ans.

Messire Jacques Boucher

Entre, à droite, Didier le Portant.

Messire Jacques Boucher

— Tu sais, Didier, tu as de la chance, d'être mon filleul :
sans ça, tu n'aurais pas mis les pieds ici, ce matin.

Didier le Portant

— Pourquoi donc? mon parrain.

Messire Jacques

— Parce que je ne veux pas qu'on fasse du bruit dans la
maison : madame Jeanne est là-haut; je ne veux pas
qu'on l'empêche de dormir.

Didier

— Elle est là-haut?

Messire Jacques

— Oui, avec ta marraine.
Si j'avais voulu les écouter, ce matin, la maison serait

pleine, à présent : — « Monsieur le trésorier, laissez-
moi donc entrer : vous savez bien que c'est moi qui vous
ai payé le premier, la semaine passée. » — « Mon bon
monsieur Jacques, laissez-moi donc entrer : vous savez
bien que c'est moi qui vous fournis de la viande. » Monsieur Jacques par ci, monsieur Jacques par là, j'ai fermé
la porte au nez à tout le monde. C'est tout de même un
peu fort : voilà une enfant qui vient pour nous sauver,
et ils ne peuvent pas la laisser dormir tranquille ! Ma
parole, ils sont tous à moitié fous, dans la ville d'Orléans, depuis qu'ils la savent là.

DIDIER

— Ça, c'est vrai, mon parrain : Tenez, hier au soir,
quand elle est entrée————

MESSIRE JACQUES

— Par la Porte-Bourgogne ?

DIDIER

— Oui, mon parrain, puisqu'elle arrivait de Saint-
Loup.

Moi, je m'étais mis dans la rue Bourgogne. Il y
avait un monde ! on se portait. Il y en avait qui jetaient
des branches, des jonchées de feuilles et de fleurs sur le
pavé ; il y en avait qui sonnaient de la trompette ; il y
en avait qui criaient : « Noël ! Noël ! » ; il y en avait qui
chantaient des cantiques : tout ça ensemble, c'était beau !
C'était encore plus beau que la grand procession de la

Fête-Dieu ; c'était plus beau que la grand messe à Sainte-
Croix, le jour de Pâques. On entendait les cloches qui
sonnaient à toute volée. Il y avait des torches, des
cierges : il faisait clair comme en plein jour, et pourtant
il était au moins huit heures et demie. On aurait dit que
c'était le bon Dieu qui allait passer. On était la moitié
qu'on pleurait comme des enfants. Tout à coup il a soufflé
un grand silence : elle s'avançait, blanche, droite, le
regard au ciel____

Un silence.

MESSIRE JACQUES

— Mais, elle n'était pas toute seule?

DIDIER

— Ah oui! il y avait____ il y avait aussi des capitaines,
avec elle ; mais on n'y faisait pas attention.

Tout le monde se pressait pour seulement toucher le
bord de ses habits. Moi, je la regardais. Je n'ai pas
bougé. Je la regardais. Elle a passé, toute blanche, toute
droite, calme, le regard au ciel____

Un silence.

MESSIRE JACQUES

— On m'a dit qu'elle était allée d'abord à Sainte-
Croix?

DIDIER

— Oui, mon parrain : elle est allée rendre grâces à

XVII

Dieu et lui reporter tout le bien qu’on avait dit d’elle
dans la journée. Il paraît qu’elle est comme ça.

MESSIRE JACQUES

— Elle a l’air d’une bonne fille. Elle est arrivée ici
avec ses deux frères, son chapelain, qui a l’air d’un
bien brave homme, son maître d’hôtel, messire Jean
d’Aulon, qui a l’air aussi d’un bien brave homme, ses
deux pages, et les deux gentilshommes qui l’ont amenée
de son pays. Ça en faisait, du monde, à loger.

DIDIER

— Son pays, mon parrain, est-ce que ça n’est pas la
Lorraine?

MESSIRE JACQUES

— C’est du moins ce que l’on m’a dit : Elle est de la
Champagne, ou du Barrois, ou de la Lorraine, enfin de
ces pays-là, toujours.

DIDIER

— Si elle est de la Lorraine, il faudra que j’en parle à
maître Jean.

MESSIRE JACQUES

— Qui ça? maître Jean : le coulevrinier?

DIDIER

— Oui, mon parrain : celui qui a une si belle couleuvrine. Vous le connaissez bien.

MESSIRE JACQUES

— Si je le connais! Je ne connais que lui. Je lui ai
encore donné sa paye la semaine dernière : il a touché
trois sous parisis.

DIDIER

— C'est un de mes vieux copains. Il est de la Lorraine
aussi, lui.

MESSIRE JACQUES

— Alors tu ne fréquentes plus que les soldats? à présent.

DIDIER

— Dame ! c'est encore ce qu'on a de mieux à faire, mon
parrain, par le temps qui court. Ils nous apprennent un
peu le métier ; on ne sait pas : il y a des fois, ça peut
servir,

MESSIRE JACQUES

— Tu ne feras jamais qu'un mauvais sujet. C'est seulement honteux, d'avoir un filleul comme toi. Est-ce que
tu ne ferais pas mieux de finir tes études? que tu as
laissées en train depuis qu'il y a les Anglais. Est-ce
que tu ne ferais pas mieux d'ouvrir un peu tes livres.
Il doit y en avoir, de la poussière, dessus.

DIDIER

— Ah pour ça! les bouquins, il n'en faut plus. D'abord
ça ne sert à rien.

MESSIRE JACQUES

— Comment! malheureux : ça ne sert à rien ?

DIDIER

— A rien du tout. Tenez, la preuve : madame Jeanne____

MESSIRE JACQUES

— Eh bien ? madame Jeanne____

DIDIER

— Il paraît qu'elle ne sait pas lire.

MESSIRE JACQUES

— Ça, c'est vrai : c'est son chapelain, frère Jean Pasquerel, qui lui fait ses lettres.

DIDIER

— Vous voyez bien : elle ne sait pas lire. Eh bien! ils
se mettraient tous ensemble, mes maîtres de l'université,
tous ensemble pour essayer seulement de commencer ce
qu'elle aura fini de faire dans huit jours, je vous dis,
moi, qu'ils n'y arriveraient pas.

MESSIRE JACQUES

Un silence.

— On ne peut pas causer, avec toi : il faut toujours que
tu vous donnes des raisons comme ça.

DIDIER

— Mais aussi, mon parrain, vous êtes là, vous ne me dites rien. Vous ne me dites seulement pas ce qu'elle disait, hier au soir, en arrivant.

MESSIRE JACQUES

— Hier au soir? elle disait qu'elle avait envie de dormir.

DIDIER

— Ah !

MESSIRE JACQUES

— Elle a dit aussi qu'il ne fallait rien faire ce matin tant qu'elle n'aurait pas donné des ordres.

DIDIER

— Ah ah !

Vous entendez? mon parrain : voilà qu'on descend l'escalier.

MESSIRE JACQUES

— Oui, c'est ta marraine. On va savoir un peu.

MESSIRE JACQUES

— Bonjour, Jacqueline.

DIDIER

— Bonjour, marraine.

MADAME JACQUELINE

— Bonjour, mes enfants, bonjour.

MESSIRE JACQUES

— Eh bien! marraine, on s'est réveillée tard? ce matin.

MADAME JACQUELINE

— Mais oui, mon ami, mais oui : c'est qu'aussi on dor-
mait bien, va!

DIDIER

— Et madame Jeanne? marraine.

MADAME JACQUELINE

— Hier au soir, en arrivant, elle était bien lasse, mais
elle n'a pas voulu aller au lit sans faire sa prière.

DIDIER

— Ainsi!

MADAME JACQUELINE

— Jamais je n'avais vu faire la prière comme ça : on
dirait que le bon Dieu est là, dans la chambre, et qu'elle
parle à sa personne.

Didier

— C'est peut-être qu'elle le voit? aussi.

Madame Jacqueline

— Elle m'a dit que non. Elle voit seulement monsieur saint Michel, madame sainte Catherine, et madame sainte Marguerite, qui lui donnent des conseils pour ce qu'il faut qu'elle fasse.

Un silence.

Aussitôt levée, ce matin, elle a fait sa prière. Et puis j'ai bien vu qu'elle avait à causer avec ses frères du Paradis. Alors je l'ai laissée toute seule, parce que j'ai bien pensé qu'il ne faut pas les déranger, quand ils ont à causer ensemble____

Messire Jacques

— Tu as bien fait, marraine.

Madame Jacqueline

— Elle m'a dit aussi, quand elle a vu que je descendais, qu'il faut aller chercher frère Jean, son chapelain : elle aura besoin de lui tout-à-l'heure.

Didier

— J'y cours tout de suite, marraine.

MESSIRE JACQUES

— Ça n'est pas la peine de courir, mon filleul, ça n'est
pas la peine : il est dans la grand salle.

Didier sort, au fond.

MESSIRE JACQUES

— Tu vas voir, Jacqueline, tu vas voir : tu n'auras
qu'à demander à frère Jean, ce qu'il pense d'elle_____

Entrent frère Jean Pasquerel et Didier.

MESSIRE JACQUES

— Bonjour, mon père.

MADAME JACQUELINE

— Bonjour, mon père.

FRÈRE JEAN PASQUEREL

— Bonjour, mes enfants.

MESSIRE JACQUES

— Nous parlions de madame Jeanne, justement.

FRÈRE JEAN

— Ah ! mon fils ! Pour en parler, il faut l'avoir vue
recevoir le corps sacré de Notre-Seigneur-Jésus-Christ.

Elle pleure toutes les larmes de ses yeux. Jamais je n’avais vu ça.

MESSIRE JACQUES

— Je l’entends qui descend.

FRÈRE JEAN

— Vous allez voir ce qu’elle va me commander.

Entre Jeanne, à gauche, en armes.

JEANNE

— Bonjour, mon père. Bonjour, mes amis.

FRÈRE JEAN

— Bonjour, ma fille.

MESSIRE JACQUES

— Bonjour, madame Jeanne

FRÈRE JEAN

— Eh bien ! Jeanne : avez-vous dormi comme il faut ?

JEANNE

— Mais oui, mon père : on dort toujours bien dans les bonnes maisons.

Un silence.

— Mon père, s’il vous plaît, vous m’entendrez en con-

fession, ce matin ; puis vous direz,_____ pour nous tous,
la sainte messe.

Frère Jean

— Bien, ma fille.

Jeanne

— Mais avant, il faut que j'aille porter un message aux
Anglais._____

Frère Jean

— Encore un ! ça va faire au moins le sixième.

Jeanne

— Je ne sais pas, mon père, si ça fait le sixième, et
quand cela serait je ne l'enverrais pas moins, car mes
saintes le veulent.

Un silence.

Vous avez ce qu'il faut ? pour écrire.

Didier

— Oui, madame Jeanne.

Il installe frère Jean.

Jeanne

— Bien
Mettez en tête : « Jésus Marie. »

Frère Jean

— « Jesus Maria. » : c'est fait.

JEANNE

— Avec deux croix.

Bien.

A présent, écrivez : « Roi d’Angleterre____ »

FRÈRE JEAN

— Mais il n’est pas là, le roi d’Angleterre.

JEANNE

— Ça ne fait rien, mon père : c’est toujours à lui, qu’on
s’adresse, puisque les Anglais, eux, ils viennent toujours nous attaquer de sa part.

FRÈRE JEAN

— Bien. « Roi d’Angleterre____ »

JEANNE

— « Roi d’Angleterre ; et vous, duc de Bedford, qui
vous dites régent le royaume de France ; vous, Guillaume de la Poule, comte de Sulford ; Jean, sire de
Talebot ; et vous____ vous____. » Attendez un peu :
Messire Jacques, voulez-vous me dire si vous connaissez
un endroit commode ? pour aller porter mon message
aux Anglais.

DIDIER

— Le mieux, madame Jeanne, c’est encore d’aller au
boulevard de la Belle-Croix, sur le pont.

Jeanne

— Il y a un capitaine anglais? qui commande en face.

Didier

— Mais oui, Glacidas, à la bastille des Tourelles.

Jeanne

— Alors, écrivez : « Jean, sire de Talebot ; et vous, Glacidas, qui vous dites lieutenants du dit duc de Bedford,
faites raison au Roi du ciel ; rendez à la Pucelle, qui est
ci envoyée de par Dieu, le Roi du ciel, les clefs de toutes
les bonnes villes que vous avez prises et violées en
France. »

Frère Jean

— Vous allez un peu vite, Jeanne.

Jeanne

— « Elle est ci venue de par Dieu réclamer le sang
royal.
Un silence.

« Elle est toute prête à faire paix, si vous lui faites
raison, par ainsi que France laisserez là, et paierez ce
que vous l'avez tenue.

Un silence bref.

« Et entre vous, archers, compagnons de guerre,

nobles et autres qui êtes devant la ville d'Orléans, allez-
vous en chez vous, de par Dieu ; et si ainsi ne le faites,
attendez les nouvelles de la Pucelle qui vous ira voir
en bref à vos bien grands dommages. »

FRÈRE JEAN

— Écoutez, Jeanne : je vous assure que je ne peux pas
écrire aussi vite que ça.

DIDIER

— Mon père, si vous vouliez____, moi____

MESSIRE JACQUES

— Oui, mon père : c'est un garçon qui va dans les écoles.

FRÈRE JEAN

— Alors,____ mon ami____

DIDIER s'installe pour écrire.

JEANNE

— « qui vous ira voir en bien bref à vos bien grands dommages. Roi d'Angleterre, si ainsi ne le faites, je suis
chef de guerre, et en quelque lieu que j'atteindrai vos
gens en France, je les en ferai aller, veuillent ou non
veuillent, et si ne veulent obéir, je les ferai tous tuer.

Un silence.

« Et si veulent obéir, je les prendrai à merci.

Un silence bref.

« Mais si ne voulez croire les nouvelles de par Dieu
et la Pucelle, en quelque lieu que vous trouverons, nous
bouterons dedans, et y ferons un si grand hahay que la
terre en sonnera, si vous ne faites raison. »

DIDIER

— « si vous ne faites raison. »

JEANNE

Un silence.

— « Vous, duc de Bedford, la Pucelle vous prie et
vous requiert que vous ne vous fassiez point détruire. Si
vous lui faites raison, encore pourrez venir en sa compagnie, où les Français feront le plus beau fait qui jamais
fût fait pour la chrétienté. »

DIDIER

— « qui jamais fût fait pour la chrétienté. »

JEANNE

Un silence bref.

— « Si vous voulez faire paix, donnez réponse, au boulevard de la Belle-Croix, par un homme à vous;
et si ainsi ne le faites, de vos bien grands dommages
vous souvienne à bien bref.
« Écrit à Orléans, ce samedi____ trentième d'avril.
« Jeanne. »

Bien. Donnez, à présent, que je fasse une croix, devant mon nom.

Vous mettrez sur le dessus : « Pour Glacidas, qui est le maître aux Tourelles du pont. Ce sont nouvelles de Jeanne. »

Bien. A présent, mes amis, si vous voulez aller me chercher deux poursuivants d'armes____

MESSIRE JACQUES

— Nous y allons, madame Jeanne.

MESSIRE JACQUES, FRÈRE JEAN et DIDIER s'éloignent à droite. JEANNE et madame JACQUELINE s'en vont à gauche.

MESSIRE JACQUES

— Eh bien? mon filleul.

DIDIER

— Eh bien? mon parrain.

MESSIRE JACQUES

— Ça sert tout de même quelquefois, de savoir écrire___

DIDIER

— Ah! ne m'en parlez pas, mon parrain : là-dessus, je n'ai plus qu'à faire le mort.

FRÈRE JEAN

— Vous avez bien raison, messire Jacques : ainsi,

madame Jeanne, si elle savait seulement ce que c'est que
d'écrire, eh bien, elle ne dicterait pas aussi vite que ça.

Ils sortent.

MADAME JACQUELINE

— Vous déjeunez avant d'aller aux Anglais? madame
Jeanne : ça peut durer longtemps, les Anglais.

JEANNE

— Non, madame Jacqueline : ce matin, nous commencerons par faire la besogne. Je vais attendre ici les
poursuivants d'armes.

MADAME JACQUELINE

— Alors, madame Jeanne, je vous laisse.

Elle sort à gauche.

Un silence.

Un silence bref.

Mon Dieu, la bonne ville ! ô Dieu les bonnes gens !
Et comme il était bon ! d'avancer dans la foule.
Votre gloire passait dans la foule à pas lents ;
Votre gloire était vaste ainsi qu'un flot qui roule.

Votre gloire a passé dans la ville du siège,
Et les Orléanais, debout au seuil des portes,
Acclamaient la bonté de Celui qui protège
Et chantaient votre gloire au chant de leurs voix fortes

XVIII

Ils chantaient votre gloire au chant des voix humaines,
Et la faisaient sonner aux trompettes sonnantes;
Ils chantaient votre gloire au chant des voix humaines,
Et la faisaient chanter au chant des cloches lentes.

Votre gloire emplissait la vaste cathédrale
Et montait comme un flot jusqu'au ciel où vous êtes;
Les prêtres et la foule, à genoux sur la dalle,
Chantaient les chants latins des triomphantes fêtes

Et pendant que montait votre gloire, ô mon Dieu,
La vaillance croissait au cœur de la servante ;
Et les chants qu'on chantait pour le maître, ô mon Dieu,
Résonnaient en vaillance au cœur de la suivante.

Un silence.

Que ne ferait-on pas pour ces braves gens là ?
Que ne ferai-je pas ? mon Dieu, si vous voulez
M'envoyer mon conseil quand il me le faudra,
Le conseil infaillible et doux aux désolés ;

Le conseil de mes voix par qui je vais aller
Porter à ces Anglais mon message de paix :
Ô mon Dieu ! s'ils voulaient cette fois nous laisser
En paix dans notre France, et partir à jamais !

Un silence.

Pourtant, ça n'est pas difficile à comprendre, ça, que la France est à nous;

et ça n'est pas difficile à faire, de nous y laisser en paix.

Un long silence.

— Madame Jacqueline?

Madame Jacqueline entre à gauche.

MADAME JACQUELINE

— Me voici, madame Jeanne.

JEANNE

— Monsieur Jacques n'a pas encore trouvé? les poursuivants d'armes qu'il nous faut.

MADAME JACQUELINE

— Mais si, madame Jeanne. Il y en avait cinq ou six, dans la foule qui attend devant la porte. Ils voulaient tous venir. Jacques en a pris deux. Seulement ils vous attendent, par ici, parce que je pensais bien__ que vous faisiez votre prière____

JEANNE

— Madame Jacqueline, je vous remercie beaucoup pour tous vos bons soins, mais à présent, quand on viendra me trouver pour la besogne, il ne faudra pas avoir peur de me déranger, même dans la prière, parce que, voyez-vous, travailler à la bonne besogne, c'est encore de la prière, madame Jacqueline.

Rideau : vingt secondes

Le même jour.
Au même endroit.
Une heure après.

DIDIER

— Non ! tout de même ! c'est trop fort ! cette his-
toire-là.

Marraine !

Marraine !

Il n'y a donc personne ! dans cette maison-là.

Marraine !

En voilà ! une maison.

Marraine !

Marraine !

— Me voici, mon ami, me voici. Tu en fais, du bruit, à
toi tout seul.

DIDIER

— Dame ! si vous croyez, marraine, qu'il n'y a pas de
quoi, en faire, du bruit____

MADAME JACQUELINE

— Eh bien ? et ton parrain ? et madame Jeanne ? tu les
as donc laissés tout seuls avec les Anglais ?

DIDIER

— Ah ! les Anglais ! Ça n'a pas été long, ça, les Anglais !
Si vous saviez, marraine, ce qu'ils lui ont dit, à madame
Jeanne____

MADAME JACQUELINE

— Qu'est-ce qu'ils ont bien pu lui dire ? mon ami.

DIDIER

— D'abord ils lui ont dit que la première fois qu'ils mettraient la main dessus, ils la feraient flamber comme un fagot.

Ils ont dit ça.

MADAME JACQUELINE

— Ça n'est pas bien, mon ami, d'avoir dit ça ; non, ça n'est pas bien.

Seulement il ne faut pas non plus que ça te mette en colère comme ça : c'est une menace, pour lui faire peur, à madame Jeanne ; mais ils ne feront jamais ça ; ils ne la feront jamais flamber, madame Jeanne.

En voilà, une idée.

D'abord ils ne mettront jamais la main dessus.

Et puis, quand même ils mettraient la main dessus, ils ne pourraient pas, la faire flamber comme un fagot.

Quand on fait des prisonniers, à la guerre, on ne les fait pas flamber : on n'a pas le droit.

DIDIER

— Vous savez, marraine : avec eux, on n'est jamais sûr de rien. Ils sont capables de tout. Ils lui ont dit des mots____ Ils l'ont appelée ribaude, vachère,____ Enfin ils lui ont dit des mots____ que je ne peux pas vous dire, marraine.

Un silence.

Quand elle a entendu tous ces mots là, madame

Jeanne, ça l'a fait pleurer à grosses larmes.＿＿＿ Elle
ne voulait pas, pleurer, mais c'était plus fort qu'elle.＿＿＿
Alors, tous ceux qui étaient là, des Français, ils se sont
mis à vouloir la consoler. Seulement ils ne savaient
pas du tout lui dire les paroles qu'il fallait, marraine.
Ils ne pouvaient pas, savoir : ça n'était que des hommes.
Quand j'ai vu ça, j'ai pris le pas de course, pour vous
prévenir, vous, marraine＿＿＿
Les voilà qui arrivent : Il faut vous arranger＿＿ de ma-
nière＿＿ à trouver＿＿ un moyen＿＿ pour calmer un peu sa
peine. Vous devez savoir＿＿＿

MADAME JACQUELINE

— Le seul moyen, mon ami, c'est de la débarrasser de
nous tous.

DIDIER

— Vous ne resterez pas avec elle ? marraine.

MADAME JACQUELINE

— Et de la débarrasser aussi de moi.

Entrent, à droite, Jeanne, frère Jean et messire Jacques.

MESSIRE JACQUES

— Voyons! madame Jeanne : Il ne faut même pas y
penser, à tout ce qu'ils vous ont dit, ces mécréants-là.
Ça ne prouve rien, tout ça, madame Jeanne. Ça prouve
seulement qu'ils ont peur de vous. Tant mieux! au
contraire.

FRÈRE JEAN

— Ma fille, il ne faut pas leur en vouloir, aux Anglais :
le bon Dieu se chargera bien de les punir.

MADAME JACQUELINE

— Mon enfant, si vous voulez bien que je monte avec
vous,____ là-haut____

JEANNE

— Vous avez raison, madame Jacqueline.

Mes amis, qu'on ne fasse rien tant que je ne serai pas
redescendue.

Demain matin nous irons proposer la paix aux Anglais. Seulement, cette fois-ci, nous irons trouver ceux
de la Croix-Morin, dont vous m'avez parlé tout-à-
l'heure.

En s'en allant, à madame Jacqueline :

Vous avez raison, madame Jacqueline : il faut que je
sois seule un instant pour pleurer.

Rideau : une minute et demie

DEUXIÈME ACTE

Le jeudi 5 mai 1429.

Le jeudi suivant
jour de l'Ascension de Notre-Seigneur-Jésus-Christ,
dans la matinée,
au même endroit.

Maître Jean le Lorrain, coulevrinier,

environ quarante ans;

Louis de Contes, dit Mugot, page de Jeanne,

environ quinze ans;

*Noble et puissant homme, messire Raoul de Gau-
court, chevalier, conseiller et premier chambellan du
roi, bailli d'Orléans par provision du duc Charles
prisonnier des Anglais,*

environ soixante ans.

Messire Jacques

Didier entre vivement, à droite.

Didier

— Bonjour ! mon parrain.

Messire Jacques

— Bonjour, mon filleul : Comme te voilà de bonne heure, ce matin ; tu t'es levé à la fraîche. On m'avait pourtant dit que tu étais aussi à la bataille, à Saint-Loup, hier au soir____

Didier

— Oui, mon parrain ; mais ça ne fait rien : je viens voir ce qu'il faut qu'on fasse, aujourd'hui.

Messire Jacques

— Ma foi, mon filleul, je ne sais pas, moi, ce qu'il faut qu'on fasse. Frère Jean me disait, hier au soir, que madame Jeanne voulait se lever de bonne heure, ce matin. Il doit y avoir aussi un conseil, ici, dans la grand

xix

salle, un conseil des principaux capitaines et des principaux bourgeois.

DIDIER

— Vous y serez? mon oncle.

MESSIRE JACQUES

— Bien entendu. Seulement il est encore trop tôt, à
l'heure qu'il est, pour tout ça.

Un silence.

Dis donc, monsieur mon filleul : puisque te voilà
soldat, si tu me parlais un peu de la bataille____

DIDIER

— Celle d'hier au soir?

MESSIRE JACQUES

— Dame!

DIDIER

— Je ne peux pas vous dire, moi, mon parrain,__ parce
que je n'ai pas beaucoup vu, tout ce qui s'est passé.
Figurez-vous que j'étais dans la rue Bourgogne, avec
deux ou trois de mes copains____

MESSIRE JACQUES

— Des soldats?

DIDIER

— Non. mon parrain : des écoliers; seulement des éco-

liers____ comme moi, qui n'ont guère embarrassé l'école
depuis____ depuis six mois bien passés. Alors on causait
comme ça, ensemble, de la grande procession____. Vous
savez, mon parrain, hier matin, la grande proces-
sion____

Messire Jacques

— Je sais____ je sais____ comme quelqu'un qui n'y
était pas.

Didier

— Eh bien, mon parrain, le matin, quand on a su que
les renforts allaient arriver, de Blois, on est tous allés
au-devant d'eux, dans la plaine, avec madame Jeanne.
On les a trouvés plus loin que la bastille des Anglais.
Alors on s'est mis tous ensemble, pêle-mêle, et puis on
est revenu comme ça, les capitaines, les soldats, les
prêtres, les hommes, les femmes, les enfants, les éten-
dards, les bannières, les cierges, les bombardes, les
reliques. On chantait des cantiques, des psaumes____

Messire Jacques

— Et les Anglais?

Didier

— Les Anglais?____ Eh bien ils nous regardaient.____
Ils nous regardaient passer.

Messire Jacques

Un silence.

— Jamais on n'a vu ça, tout de même.

DIDIER

— Non mon parrain, jamais. Aussi, dans le tantôt,
tout le monde en parlait, en ville. Mes copains et moi,
comme je vous dis, on en parlait aussi, dans la rue
Bourgogne. Tout-à-coup, voilà que partout on criait :
« Bataille ! bataille ! bataille !____ Bataille à Saint-
Loup ! » Nous, on regarde : la rue était déjà pleine de
monde qui couraient comme des fous. — « Ça y est ! »,
que je dis à mes copains, « Rassemblement à Saint-Loup,
après la bataille. » Ils n'étaient déjà plus là. Moi je cours
à la maison. Je saute sur ma petite hache, qui est toujours toute prête____ parce que, il faut vous dire, mon
parrain, quand on n'a pas l'habitude, quand on n'est pas
bien du métier, il vaut mieux prendre une hache : on
n'a qu'à faire comme si on fendait du bois ; on sait toujours, fendre du bois. En sortant de la maison, vous ne
savez pas ce que je vois ?

MESSIRE JACQUES

— Non.

DIDIER

— Le vieux Jean-Marie : le maréchal qui demeure à
côté de chez nous, à l'enseigne du Cheval-qui-danse ; il
était en train d'administrer une paire de claques à son
gars, le plus jeune, celui qui a douze ans, Lucien____

MESSIRE JACQUES

— Pourquoi donc ? le pauvre gars____

Didier

— Parce qu'on ne pouvait pas l'empêcher d'aller aussi
à la bataille.

Messire Jacques

— Mais il était donc fou?

Didier

— Je ne sais pas. Quand il a vu que ça chauffait comme
ça pour ses oreilles, il a fini par filer à la maison, ou par
faire semblant. Alors le père est parti avec nous et ses
trois autres gars, les trois plus vieux_____

Messire Jacques

— Il est parti avec vous? le père Jean-Marie : c'était
seulement pour aller voir, alors : il a au moins cinquante ans passés____

Didier

— Je ne sais pas si c'est qu'il allait voir ; seulement il
avait mis son grand tablier de cuir, et sur son épaule
il avait son gros marteau d'enclume____

Un silence.

Alors, mon parrain, pour vous en finir, on courait
comme des fous. A la Porte-Bourgogne, il y avait une
presse ! pour sortir : on s'écrasait. On est arrivé à Saint-
Loup : il y avait déjà longtemps qu'on se battait.

MESSIRE JACQUES

— C'était déjà commencé? ainsi.

DIDIER

— Il y avait longtemps, mon parrain.

MESSIRE JACQUES

— C'était qui donc? qui avait commencé.

DIDIER

— On ne sait pas, mon parrain. D'abord on ne sait
jamais, dans ces affaires-là : c'est tout le monde, qui
commence.

MESSIRE JACQUES

— Et alors?

DIDIER

— Alors, on s'est battu, mon parrain.

MESSIRE JACQUES

— Longtemps?

DIDIER

— Je n'ai pas fait attention, mon parrain.

MESSIRE JACQUES

— Alors, tu ne sais rien?

DIDIER

— Non, mon parrain. Tout ce que je sais, moi, c'est
qu'en arrivant là, devant la bastille, on avait beau ne
pas être du métier, on sentait que les Anglais seraient
forcés de plier. Je ne peux pas vous dire ça, moi, mon
parrain, il faut y avoir été; mais on sentait que ça plie-
rait, de leur côté, qu'il le fallait, que c'était forcé. Nous,
on montait, on montait : c'était pire que la Loire, les
années d'inondation. Moi, j'avais chaud, je suais à
grosses gouttes; j'avais soif, j'avais la gorge comme de
la pâte, qui me brûlait. A la fin, il y en a qui ont crié :
« Ça y est ! ça y est! » On est tous entrés dedans. C'était
fini.

MESSIRE JACQUES

— Ainsi!

DIDIER

— Alors on s'est appelés, tous les copains, pour s'en
aller ensemble.

MESSIRE JACQUES

— Et madame Jeanne?

DIDIER

— Écoutez, mon parrain : je ne sais pas comment elle
faisait, seulement elle était toujours la première partout.
On avait beau aller vite : elle était toujours devant
nous.

MESSIRE JACQUES

— Est-ce qu'elle a tué beaucoup d'Anglais?

DIDIER

— Mais non, mon parrain : elle ne veut pas, elle, en
tuer : il paraît qu'elle est comme ça.

MESSIRE JACQUES

— Tiens !

DIDIER

— Elle ne veut tuer personne : aussi, ce qu'elle a, dans
sa main, ça n'est pas son épée ; c'est son étendard, quand
elle se bat.

MESSIRE JACQUES

— Peut-être que le bon Dieu la garantit des blessures ?

DIDIER

— C'est ce qu'on se demandait, après la bataille, en s'en
allant.

MESSIRE JACQUES

— Elle devait être bien contente ? après la victoire.

DIDIER

— Eh bien, mon parrain,____ on ne peut pas dire qu'elle
avait l'air contente. Et puis, aussi, parce qu'il vaut
mieux que je vous dise tout, il y a une histoire qui est
arrivée, qui lui a fait de la peine, en revenant____

— Il n'y avait pourtant plus d'Anglais à craindre ? à ce moment-là.

Didier

— Justement, mon parrain : On s'en allait tous ensemble, avec madame Jeanne. Il y avait avec nous un tueur de bœufs, de l'abattoir, un gros, qu'on appelle toujours le Garrau, seulement je ne sais pas si c'est son nom. Il emmenait deux Anglais, qu'il avait faits prisonniers. Il les avait attachés par le poignet, tous les deux ensemble, avec une espèce de corde. Arrivés à la Porte-Bourgogne, il faut croire que dans les deux il y en avait un qui ne marchait pas tout à fait à sa guise : « Attends! mon vieux! » qu'il y a dit, « Je vais t'apprendre à marcher droit, si on ne sait pas, dans ton pays. » Alors il y a donné sur la tête un coup de sa masse à tuer les bœufs : l'autre est tombé raide. Madame Jeanne a vu ça. Elle a sauté de cheval, comme un éclair. L'Anglais était couché tout de son long par terre, à plat sur le dos, comme ça. Madame Jeanne s'est penchée, lui a soulevé tout doucement la tête avec ses deux mains, lui a posé tout doucement la tête sur son genou. Elle lui a défait son casque : c'était affreux à voir. Il avait, là-dedans, la tête écrasée, les os broyés, la cervelle écrabouillée. Il bavait du sang. Il râlait comme une bête. Il est mort là, sur son genou.

Un silence.

Madame Jeanne le regardait mort. Elle avait de grosses larmes dans les yeux. Tout à coup elle a sursauté : « — Mais il faut sauver son âme! il faut sauver son âme! » Il était mort si vite qu'on n'avait pas eu le temps d'y penser. — « Voyons! vite! quelqu'un! qu'on lui donne l'absolution! » Il y avait justement là un Franciscain, frère Jean Vincent, qui revenait de se battre. Il avait mis une cuirasse par dessus sa robe. Il s'est approché : « Madame Jeanne, moi, je veux bien, lui donner l'absolution, seulement il est mort. » — « Ça ne fait rien! ça ne fait rien! allez! allez toujours! il faut sauver son âme! il faut sauver son âme! » Frère Jean Vincent lui a donné l'absolution, mais je ne sais pas si ça compte, l'absolution donnée dans ces conditions-là.____

Un silence.

Vous ne pouvez pas savoir, mon parrain, ce que ça m'a fait, de voir ça.____ Parce que, j'avais oublié de vous dire : dans la bataille, à Saint-Loup, j'en. avais peut-être tué deux ou trois, moi, des Anglais. Seulement on n'y faisait pas attention. Tandis que là, je ne peux pas vous dire ce que ça m'a fait.

Un silence.

Là-dessus, voilà cet imbécile de gros Garrau qui se baisse tout tranquillement, qui se met à détacher l'autre Anglais, qui était resté attaché après le mort, et qui va pour l'emmener. Madame Jeanne voit ça : « Comment! vous croyez que vous allez l'emmener? celui-là. » — « Dame! » qu'il lui répond de sa grosse voix, « il est à moi : je peux bien en faire ce que je veux. C'est à moi,

tout ça. L'autre aussi, c'était à moi. Celui-là aussi. » —
« En nom Dieu, vous ne l'emmenerez pas. » — « Pourquoi donc? » — « Parce que vous avez tué l'autre. » —
« De quoi! de quoi! On en fait des manières! à présent.
Si je l'avais tué à Saint-Loup, on m'aurait fait des
compliments. Parce que je l'ai tué à la Porte-Bourgogne,
voilà qu'on se met à me regarder de travers. Eh bien! je
me suis trompé d'endroit : en voilà une affaire! Et puis
d'abord, je ne veux pas qu'on me vole mon bien, moi.
Et puis, celui-là, je vais l'emmener avec moi, n'est-ce
pas? les gars? » Il avait derrière lui deux ou trois gars
de l'abattoir. — « En nom Dieu, vous ne l'emmenerez
pas. Il n'est pas à vous; il est à moi. » — « Comment!
il est à vous! Il ne peut pas être à vous, puisqu'il est à
moi. » — « Il est à moi parce que je le prends à moi. Je
le prends. » — « Ah! c'est comme ça! Eh bien! je vais
lui faire son affaire aussi, en ce cas-là. Ça fait
qu'on ne se disputera plus pour l'avoir. » Il levait déjà
sa masse____ Alors, moi, j'ai sauté devant : « Dis
donc, le Garraù, il n'y a pas besoin de savoir assommer
les bœufs, pour te casser la gueule. » Il m'a regardé
dans les deux yeux. Moi aussi. J'ai cru que ça y était.
Il avait toujours sa masse en l'air. Moi, je guettais le
coup. Je serrais ma hache dans ma main. Je sentais que
j'étais blanc. Il n'a pas osé. Ils ont vu mes copains derrière moi, et tout le monde qui était pour nous. Ils nous
ont tourné le dos et ils sont partis en grognant.

Un silence.

Madame Jeanne est remontée à cheval. Elle ne pleurait pas, mais elle avait l'air encore plus malheureuse.

On est reparti en silence. On est venu jusqu'à la porte
ici, mon parrain, pour accompagner madame Jeanne et
son Anglais____

Messire Jacques

— En arrivant, elle m'a dit de bien le mettre en sûreté :
il est là-haut, dans le grenier. Il m'a promis qu'il ne
bougerait pas, et il n'a pas l'air d'en avoir envie, le
pauvre homme____

Un silence.

Aussitôt qu'elle m'a eu confié son Anglais, madame
Jeanne a demandé son chapelain. Elle s'est confessée____

Didier.

— Elle n'avait pourtant pas fait de mal?____

Messire Jacques

Un silence.

— Après ça, elle est montée sans souper____

Un silence.

Didier

— C'est bien dommage, mon parrain, qu'il y en ait
comme ça, dans les Français. Sans ça, c'était une belle
journée,____ une bonne journée,____ une journée comme
on n'en avait jamais vu____

Messire Jacques

— Tu n'as pas remarqué? Didier : c'est toujours ça

qu'on dit, quand on parle d'elle : « on n'a jamais vu
ça. » Voyons! toi qui as lu dans les livres les histoires
du temps passé, alors, c'est vrai? qu'on n'a jamais
vu ça____

DIDIER

— Non, mon parrain : jamais.____ Il y a bien eu Judith,
aussi, dans le temps; mais ça n'était pas du tout ça,
Judith____

MESSIRE JACQUES

— Ce qui m'étonnerait, moi, c'est qu'un si grand miracle
du bon Dieu, il n'en fût point parlé dans les Livres
saints. Car enfin! c'en est! un miracle : à présent deux
cents Français qui mettraient le pied dans la plaine
feraient fuir l'armée tout entière des Anglais____

DIDIER

— Attendez! mon parrain;____ attendez!____ atten-
dez.____ Justement! mon parrain; écoutez ce qu'il y a
dans les Livres Saints :

> « *Vous poursuivrez vos enne-*
> *mis et ils tomberont en foule devant vous.*
> « *Cinq d'entre vous en pour-*
> *suivront cent, et cent d'entre vous en poursuivront*
> *dix mille : vos ennemis tomberont sous l'épée devant*
> *vos yeux.* »

MESSIRE JACQUES

— Ah! c'est frappant!

DIDIER

— C'est évidemment d'elle qu'il s'agit là.

MESSIRE JACQUES

— Évidemment. Et ça ne doit pas être la seule fois, que
les Livres saints parlent d'elle : il faudra que je le
demande à ton professeur, dom Clément Calmet, quand
il viendra nous voir à la maison.

DIDIER

— Il pourra vous dire ça, lui, mon oncle : c'est un homme
qui sait tout, et d'une patience !

MESSIRE JACQUES

— Voilà madame Jeanne qui descend.

JEANNE

— Monsieur Jacques, l'Anglais que je vous ai confié ?
hier au soir____

MESSIRE JACQUES

— N'ayez pas peur, madame Jeanne : il est en sûreté,
soyez tranquille.

JEANNE

— Merci, monsieur Jacques.

Un silence.

MESSIRE JACQUES

— Madame Jeanne, monsieur de Gaucourt m'a chargé

de vous dire qu'il y aurait ce matin conseil ici, dans la
grand salle____

JEANNE

— Et qui donc y aura-t-il ? à ce conseil.

MESSIRE JACQUES

— Madame Jeanne, les principaux capitaines et les
principaux bourgeois____

JEANNE

— C'est bien : qu'ils aillent à leur conseil ; moi, je suis
allée au mien.

DIDIER

— Alors, madame Jeanne, vous n'irez pas à leur conseil ?

JEANNE

— Je ne pense pas, monsieur Didier.

DIDIER

— Je vous demande ça, madame Jeanne, parce que j'ai
un de mes amis qui voulait vous voir, ce matin____

JEANNE

— Qui donc celui-là ? monsieur Didier.

DIDIER

— C'est un de vos pays, madame Jeanne, c'est un Lorrain : maître Jean, le coulevrinier____

Jeanne

— J'ai vu hier comme il travaillait. Vous pouvez l'envoyer chercher.

Didier sort, à droite.

Messire Jacques

— Je vous assure, madame Jeanne, qu'il y a des conseillers qui sont excellents, dans le conseil._____ Tenez! monsieur Regnauld de Chartres, par exemple, qui est archevêque de Reims____ Vous le connaissez bien____

Jeanne

— Je l'ai vu plusieurs fois chez le roi.

Messire Jacques

— ____ C'est tout-à-fait un fin conseiller, celui-là____

Rentre Didier.

Jeanne

— Eh bien, monsieur Didier?

Didier

— On est allé le chercher, madame Jeanne : il va venir tout de suite.

Messire Jacques

— C'est tout-à-fait un fin conseiller, monsieur

Regnauld de Chartres : c'est lui qui est allé demander
la fille du roi d'Écosse.

Jeanne

— Oui : je sais.

Messire Jacques

— Mais ce n'est rien encore, le roi d'Écosse : on peut
toujours, s'arranger avec lui, puisque c'est un allié. Ce
qui est difficile, c'est de s'arranger avec ses ennemis;
c'est là qu'on voit ceux qui savent les finesses du métier.
Eh bien, monsieur de Chartres, il passe presque tout
son temps, lui, à négocier avec les Bourguignons, et
même avec les Anglais. C'est cela, qui est fort.____ Avec
des hommes comme lui dans un parti, on finit toujours
par gagner.

Jeanne

— Dieu le veuille.

Messire Jacques

— Et puis, il y a aussi de bons capitaines, chez
nous____

Entre, à droite, maître Jean.

Didier

— Avance donc, maître Jean, avance donc____

Il va le chercher.

N'aie donc pas peur comme ça : tu n'as pourtant pas
l'habitude, d'avoir peur.

xx

MAITRE JEAN

— Monsieur,____ madame,____ la compagnie,____ monsieur Jacques,____ madame Jeanne, ça ne me regarde pas : seulement j'étais venu à seule fin de vous faire des compliments.

JEANNE

— Pourquoi donc? mon maître.

MAITRE JEAN

— Parce que,____ ça n'est pas pour dire,____ j'ai vu bien souvent des capitaines qui montaient à l'assaut, mais je n'en ai jamais vu qui allaient comme vous.

JEANNE

— Et moi, maître Jean, je ne m'y connais pas beaucoup, mais j'ai vu, hier, de vous, deux ou trois coups de couleuvrine : je ne pense pas qu'on puisse faire mieux.

MAITRE JEAN

— Oh! moi, madame Jeanne, c'est mon métier.

JEANNE

— Moi aussi, maître Jean, c'est mon métier, à présent.

MAITRE JEAN

— Voilà bien longtemps, moi, que c'est mon métier.

JEANNE

— ____

Si les Anglais en avaient seulement cinq ou six comme vous, maître Jean____

MAITRE JEAN

— D'abord, ils n'en ont point.____ Et puis, madame Jeanne, quand même ils en auraient,____ ça ne vous ferait rien, vous____

JEANNE

— Comment ça? maître Jean.

MAITRE JEAN

— Dame! on disait, hier, que le bon Dieu vous garde contre les blessures.

JEANNE

— On se trompait : Je ne suis pas gardée contre la blessure; et je ne suis pas gardée contre la prison; et je ne suis pas gardée contre la mort.

MAITRE JEAN

— Ah!

Un silence.

MESSIRE JACQUES

— N'est-ce pas? maître Jean, qu'il y a beaucoup de bons capitaines? chez nous____

MAITRE JEAN

— Pour ça, monsieur Jacques, vous avez raison : pour
des bons capitaines, il y a des bons capitaines. Il y en
a même beaucoup____

MESSIRE JACQUES

— Monsieur de Gaucourt?

MAITRE JEAN

— C'est un bon, celui-là, et un solide, un homme
sérieux.

MESSIRE JACQUES

— Monsieur le bâtard d'Orléans?

MAITRE JEAN

— C'en est, un, qui est un bon, celui-là.

MESSIRE JACQUES

— Et monsieur de Vignolles?

MAITRE JEAN

— Ah oui! La Hire : c'est un bon aussi, La Hire. Il est
un peu brigand : il ressemble à son copain, monsieur
de Saintrailles; mais ça ne fait rien, c'est des bons tous
les deux.

MESSIRE JACQUES

— Vous voyez bien, madame Jeanne, qu'il y en a beaucoup, des bons capitaines____

JEANNE

—____

Vous êtes aussi de la Lorraine? à ce qu'on m'a dit,
maître Jean.

MAITRE JEAN

— Oui, madame Jeanne.____ C'est un beau pays____

JEANNE

— Et c'est un bon pays. Mais Orléans aussi, maître
Jean, c'est un bon pays____ Et puis, c'est la France, qui
est le bon pays.

Un silence.

Entre, au fond, Mugot.

MUGOT

— Madame Jeanne, il y a monsieur de Gaucourt,
dans la grand salle, avec monsieur le bâtard d'Orléans.
Monsieur de Gaucourt veut vous parler avant le con-
seil____

JEANNE

— Attendez un instant. Maître Jean, au revoir!

MAITRE JEAN

— Au revoir, madame Jeanne. C'est égal : je suis bien
content, d'être venu. Il y avait des copains qui voulaient
m'emmener faire un tour avec eux dans la plaine. Je
les ai laissés aller tout seuls⸺⸺

JEANNE

— D'abord dites bien à tous vos amis, et vous aussi,
monsieur Didier, qu'on n'aille jamais plus à la bataille
avant de s'être bien confessés. Dites-leur aussi qu'on
veille bien à donner à temps l'absolution aux blessés.

MAITRE JEAN

— Soyez tranquille, madame Jeanne.

DIDIER

— Soyez tranquille : on va le dire à tout le monde.

JEANNE

— Au revoir, mes amis.

Maître JEAN et DIDIER sortent à droite.

JEANNE

à Mugot :

— Faites entrer monsieur de Gaucourt.

RAOUL DE GAUCOURT

— Bonjour, monsieur le trésorier. Bonjour, madame.

MESSIRE JACQUES

— Bonjour, monsieur le gouverneur.

JEANNE

— Bonjour, monsieur.

RAOUL DE GAUCOURT

— Monsieur le trésorier vous a dit sans doute, madame, que les principaux capitaines avaient bien voulu
se réunir en conseil dans son hôtel, ce matin?

JEANNE

— Oui, monsieur.

MESSIRE JACQUES

— Est-ce qu'ils sont arrivés? monsieur le gouverneur

RAOUL DE GAUCOURT

— Il y a là monsieur le bâtard d'Orléans et monsieur
Gilles de Rais. Les autres ne vont sans doute pas tarder.

MESSIRE JACQUES

— Je m'en vais les recevoir, alors.

Il sort au fond.

Un silence.

RAOUL DE GAUCOURT

Un silence.

— Madame Jeanne, les principaux capitaines et les principaux bourgeois vont s'assembler ici, tout-à-l'heure, pour le conseil : voulez-vous prendre part à ce conseil ?

JEANNE

— Messire, je veux bien, moi, vous aller dire ce qu'il faut faire.

RAOUL DE GAUCOURT

— Voyons, madame Jeanne : allons un peu moins vite, s'il vous plaît. Vous savez bien qu'il ne s'agit pas de cela. Si les principaux capitaines s'assemblent dans votre maison, ce n'est pas pour prendre vos ordres, madame : c'est pour tenir conseil avec vous, c'est pour que vous teniez conseil avec eux sur ce qu'il faut faire.

JEANNE

— Mais puisque je le sais, moi, messire, tout ce qu'il faut faire.

Raoul de Gaucourt

— Eh bien ! madame Jeanne : puisque vous le savez,
vous viendrez au conseil, vous nous direz tout ce que
vous savez, nous vous écouterons bien posément, puis
nous discuterons_____

Jeanne

— Mais c'est que je ne veux pas, messire, que l'on discute ce que je dis.

Raoul de Gaucourt

— Voyons, madame Jeanne, écoutez-moi bien : Voilà
quarante ans passés que je fais la guerre; j'ai fait la
guerre aux Turcs; j'ai fait la guerre, hélas, à beaucoup
de chrétiens pour le bien du royaume; j'ai traîné treize
ans dans les prisons des Anglais : eh bien, madame
Jeanne, quand je parle, à mon tour, en conseil, je per-
mets qu'on me discute, et même, ce que je dis, je le dis
justement pour qu'on le discute. Et pourtant, voici que
je vais avoir mes soixante ans sonnés. Et vous, Jeanne,
vous qui êtes arrivée d'hier parmi nous, vous qui allez
à peine sur vos dix-huit ans, vous ne voulez pas, mon
enfant, qu'on vous discute !

Jeanne

— Monsieur de Gaucourt, il ne s'agit pas de moi : Je
n'ai rien à commander, moi, qui soit de moi. Je n'ai

pas de commandement qui soit à moi. Mais je viens de
Celui qui a commandement sur tout le monde ; et celui
qui me dit ce que Dieu m'ordonne, c'est un bien ancien
capitaine aussi, monsieur de Gaucourt, un bien ancien
chef de guerre, puisqu'il menait l'armée céleste à l'assaut des maudits

RAOUL DE GAUCOURT

— Vous êtes bien sûre, madame Jeanne, que c'est monsieur saint Michel qui vient vous voir ?

JEANNE

— Quelle étrange idée avez-vous là? monsieur de Gaucourt ; et pourquoi voulez-vous que ce ne soit pas monsieur saint Michel?

RAOUL DE GAUCOURT

— Parce qu'il doit savoir faire la guerre, justement,
monsieur saint Michel, et que vous, madame Jeanne,
je suis forcé de vous dire que vous ne savez pas.

JEANNE

— Vraiment? monsieur.

RAOUL DE GAUCOURT

— Vraiment, madame : à Saint-Loup, hier, il fallait
commencer par bombarder la bastille, avant d'aller à
l'assaut.

JEANNE

— Et laisser ainsi aux Anglais le temps de se reconnaître un peu____

RAOUL DE GAUCOURT

— Je ne plaisante pas, madame. C'est une règle de la guerre, de bombarder avant d'aller à l'assaut : je ne sors pas de là.

Un silence.

Madame Jeanne, moi, je suis gouverneur d'Orléans : je suis responsable de la ville. Si, en suivant les règles de la guerre, je suis battu, c'est affaire au bon Dieu : nos villes sont à lui, nos batailles sont à lui; c'est lui qui m'aura laissé battre, ou qui m'aura fait battre, et nous bénirons son nom, car il nous envoie la victoire ou la défaite à sa volonté. Mais si c'est en manquant aux règles de la guerre que je suis battu, c'est moi qui me serai fait battre. Et l'on ira dire à monsieur le duc Charles, dans sa prison d'Angleterre, que son vieux de Gaucourt a mis son domaine aux mains des Anglais; et l'on ira dire à monsieur le dauphin, dans sa Touraine, que le vieux Raoul de Gaucourt a lui-même ouvert la porte aux ennemis anciens du royaume____ Non, madame Jeanne, je ne veux pas de ça. C'est moi qui suis responsable, ici, et c'est pour cela que je veux être le maître.

JEANNE

— Et moi, monsieur le gouverneur, je suis responsable

de cette ville avant vous, et je suis responsable de ce
royaume avant monsieur le dauphin. J'en suis responsable directement à Celui par qui les rois ont des
royaumes.

RAOUL DE GAUCOURT

— Laissons cela, madame Jeanne, si vous le voulez bien.
Les capitaines et les bourgeois sont arrivés, à présent.
Le conseil va commencer. Voulez-vous y être aux con-
ditions que je vous ai dites?

JEANNE

— Non, monsieur : le conseil de mon Dieu vaut avant
tout conseil. On ne fait pas à Dieu de conditions.

RAOUL DE GAUCOURT

— C'est votre dernier mot?

JEANNE

— C'est mon seul mot.

RAOUL DE GAUCOURT

— Adieu, madame.

JEANNE

— Au revoir, monsieur de Gaucourt.

Il sort au fond.

Un silence.

JEANNE

— Madame Jacqueline !

Entrent vivement à droite, DIDIER et maître JEAN.

DIDIER

— Alors c'est vrai? que vous n'allez pas au conseil,
madame Jeanne.

JEANNE

— Oui, monsieur Didier : c'est vrai.

DIDIER

— Je vous demandais ça, madame Jeanne, parce que
voilà maître Jean qui a besoin de vous.

Entre, à gauche, madame Jacqueline.

MAITRE JEAN

— Madame Jeanne,____ c'est encore moi qui viens
vous déranger,____ madame Jeanne; seulement on m'a
dit que ça ne faisait rien, quand c'était utile pour ce
qu'il faut faire____

JEANNE

— Qu'est-ce qu'il faut donc faire? maître Jean.

MAITRE JEAN

— Voilà, madame Jeanne : mes copains, que je vous

ai dit, ce matin, qui étaient allés faire un tour dans la
plaine, ils ont ramassé un Anglais____

JEANNE

— Ils ne l'ont pas tué?

MAITRE JEAN

— Pour quoi faire? le tuer.____ Ah! c'est parce que vous
pensez à celui d'hier au soir : n'ayez pas peur, madame
Jeanne : on ne fait pas ça, nous; il n'y a pas de dan-
ger____ Seulement, on y a demandé ce qu'ils faisaient,
les Anglais. Vous ne savez pas ce qu'il nous a répondu?

JEANNE

— Non.

MAITRE JEAN

— Il nous a dit que les Anglais, depuis ce matin de
bonne heure, ils se sont tous mis à faire leur prière,
chacun la sienne, depuis ce matin, chacun la sienne
pour le salut de son âme et de son corps.

JEANNE

— Eh bien! ils ont raison____

MAITRE JEAN

— Oui; seulement je me suis dit, moi : Si les Anglais
ils font tous comme ça toute la journée leur prière, et si

les Français ne la font pas, demain ça n'est même pas la
peine d'essayer : on est battu d'avance.

JEANNE

— Ils ne font donc pas leur prière? les Français.

MAITRE JEAN

— Mon Dieu! madame Jeanne : ils ont fait leur prière
en se levant, comme tous les matins. Seulement, depuis
ce temps-là, ils n'y pensent plus.

JEANNE

— Qu'est-ce qu'ils font donc?

MAITRE JEAN

— Eh bien, madame Jeanne, puisqu'il faut vous le dire,
ils sont toujours aussi bêtes que d'habitude : Ils s'en
vont tous dans les rues, par bandes, bras dessus bras
dessous, en chantant des chansons. Et puis tous ceux
qui s'en voulaient, comme ça, qui avaient des noises,
ensemble, ils se donnent des grandes poignées de mains,
ils s'embrassent, ils se disent qu'ils ne s'en veulent
plus, qu'ils ne s'en voudront plus jamais, qu'ils n'en
voudront plus jamais à personne____

JEANNE

— Et vous, maître Jean, qu'est-ce que vous faisiez?

MAITRE JEAN

— Moi, madame Jeanne, je faisais comme tout le
monde. Seulement, depuis que j'ai entendu parler cet
Anglais, qu'ils ont pris, ça m'a donné à penser.
Je me suis dit qu'il faudrait quelqu'un, qui ferait la
prière pour les Français._ _ _ _ Et alors j'ai pensé que
vous,_ _ _ _ madame Jeanne,_ _ _ _ vous devez savoir_ _ _ _

JEANNE

— Vous voulez, mon ami, que je fasse la prière pour
les Français ?

MAITRE JEAN

— C'est ça, madame Jeanne.

JEANNE

— Eh bien, mon ami, je vais la faire.

Madame Jacqueline se met à genoux.

Un silence.

JEANNE

Un silence.

Puisqu'il faut, ô mon Dieu, qu'on fasse la bataille,
Nous vous prions pour ceux qui seront morts demain :
Mon Dieu sauvez leur âme et donnez-leur à tous,
Donnez-leur le repos de la paix éternelle.

Rideau : une minute et demie

TROISIÈME ACTE

Le dimanche 8 mai 1429.

Le dimanche qui suit.
Au même endroit.
Dans la matinée.

*Vénérable et savante personne, dom Clément Calmet,
de la religion de saint Benoît,*

environ cinquante ans;

*Le vieux Vincent, serviteur dans la maison de mes-
sire Jacques Boucher,*

environ soixante ans;

Marie, la servante,

environ trente ans;

*Très révérend père en Dieu et seigneur, monseigneur
Regnauld de Chartres, archevêque de Reims et chancelier de France,*

environ cinquante ans.

MESSIRE JACQUES

— Oui, mon père ; j'en parlais justement à Didier, jeudi
matin ; je lui disais que je vous demanderais ce que vous
en pensez, de madame Jeanne.

DOM CLÉMENT CALMET

— Monsieur Jacques, je n'en pense rien, moi : jamais
on ne doit penser rien d'aucune personne avant d'avoir
bien examiné tout ce qu'elle a fait.

MESSIRE JACQUES

— Vous êtes un homme sage, mon père.

DOM CLÉMENT CALMET

— Voici deux mois qu'on a pour la première fois
entendu parler d'elle ; voici dix jours à peine qu'elle a
fait son entrée par la Porte-Bourgogne : on ne peut pas
savoir ce qu'elle est.

MESSIRE JACQUES

— Vous avez raison, mon père ; mais tout de même on

ne peut pas s'empêcher de trouver que c'est bien merveilleux : avant-hier la bastille des Augustins, hier la
bastille des Tourelles, aujourd'hui la grand bataille qui
va tout finir et chasser à jamais les Anglais : on ne peut
pas dire, mon père, c'est merveilleux.

DOM CLÉMENT CALMET

— On ne peut pas savoir encore ce qu'elle est.

MESSIRE JACQUES

— Vous avez raison, mon père. Didier me disait que ce
qu'il y a de plus merveilleux, c'est sa constance :
quand les Anglais ont repoussé plusieurs assauts, et que
les Français sont assis par terre, lassés, découragés,
madame Jeanne les laisse un peu souffler, fait sa prière,
et leur dit tranquillement : « A présent, mes amis, nous
allons recommencer. » Alors ils se lèvent tous, ils
recommencent; et comme ça jusqu'au soir. Le soir, il
faut bien que les Anglais finissent par se laisser enfoncer.

DOM CLÉMENT CALMET

— Monsieur Jacques, je n'entends rien aux affaires
de la guerre.

MESSIRE JACQUES

— Moi non plus, mon père; mais ça n'empêche pas
qu'hier au soir je l'ai vue arriver à la maison, lasse
après deux jours de bataille, deux jours pleins, lasse et
blessée, car elle a été blessée, hier, dans le tantôt＿＿＿

— Je le sais.

MESSIRE JACQUES

— Et que ce matin, mon père, elle était la première levée, qu'elle avait un courage tout neuf, et que je l'ai vue partir toute vaillante à la grand bataille qu'elle a déjà peut-être commencée.

DOM CLÉMENT CALMET

— On ne peut pas savoir ce qu'elle est.____ Mais ce n'est pas d'elle seule que je parle ainsi, monsieur Jacques. Tant qu'un homme n'est pas mort, on ne peut pas savoir ce qu'il est____ je veux dire ce qu'il était.

MESSIRE JACQUES

— Je vous entends, mon père.

Entre, à droite, le vieux Vincent.

VINCENT

— Monsieur, il y a monseigneur l'archevêque de Reims, qui demande si monsieur le gouverneur n'est pas là____

MESSIRE JACQUES

— Monsieur de Gaucourt? mais il doit être à la bataille. Ça ne fait rien, Vincent : priez donc monseigneur de vouloir bien entrer.

Vincent sort.

Dom Clément Calmet

— Oui, monsieur Jacques : on n'a pas le droit de juger les vivants : il ne faut juger que les morts.

Entre, à droite, Regnauld de Chartres.

Dom Clément Calmet

— Bonjour, monseigneur.

Messire Jacques

— Soyez le très bien venu, monseigneur.

Regnauld de Chartres

— Bonjour, mon fils. Bonjour, monsieur Jacques.

Messire Jacques

— Monsieur de Gaucourt n'est donc pas à la bataille ? monseigneur, que vous l'avez demandé ici____

Regnauld de Chartres

— Je ne sais pas du tout ce qui se passe, monsieur Jacques. On dit qu'il n'y a pas de bataille. En tout cas il a été entendu entre nous qu'à tout événement on s'assemblerait ici le plus tôt que l'on pourrait____

Messire Jacques

— Vous savez bien, monseigneur, que ma maison est

vôtre. Voulez-vous que je fasse préparer la grand
salle?

Regnauld de Chartres

— Je ne pense pas que ce soit la peine, monsieur Jacques : nous serons aussi bien ici; nous n'allons pas
avoir un conseil, à parler vraiment : nous voulons seulement causer un peu entre nous, à deux ou trois, ____
et surtout nous voulons causer une bonne fois avec
madame Jeanne.

Entre Vincent, à droite.

Vincent

— Monsieur, il y a monsieur le gouverneur qui
demande si monseigneur est là ____

Regnauld de Chartres

— Dites-lui que je suis arrivé.

Vincent sort.

Messire Jacques

— Soyez tranquille, monseigneur : on vous laissera
causer comme il faut.

Entre, à droite, Raoul de Gaucourt.

Raoul de Gaucourt

— Bonjour, monseigneur. Bonjour, messieurs.

REGNAULD DE CHARTRES

— Bonjour, messire.

MESSIRE JACQUES

— Bonjour, monsieur le gouverneur.

REGNAULD DE CHARTRES

— Eh bien ! messire : et la bataille ?

RAOUL DE GAUCOURT

— Il n'y en a pas eu. Les Anglais étaient rangés d'un côté, nous en face. Madame Jeanne a commencé par faire célébrer deux messes.____

REGNAULD DE CHARTRES

— Deux messes ? dites-vous.

RAOUL DE GAUCOURT

— Deux messes. Après ça, elle a dit : « Regardez si les Anglais sont tournés par ici. » — « Non, madame Jeanne, à présent ils nous tournent le dos. » — « Dieu soit loué ! de ce qu'ils s'en vont sans bataille. Laissons-les s'en aller tranquilles : Dieu le veut. Nous allons remercier le bon Dieu en faisant une grande et belle procession. » Quand j'ai vu ça, j'ai pris les devants, pour causer un peu avec vous.

MESSIRE JACQUES

— Monsieur le gouverneur, grâces vous soient rendues
pour cette bonne nouvelle. Ainsi, à présent, il n'y a
plus d'Anglais : ça va tout nous changer nos habitudes,
à présent.____ Monseigneur, nous vous laissons.

Dom Clément Calmet et messire Jacques sortent, à gauche.

RAOUL DE GAUCOURT

— Oui monseigneur, c'est une bonne nouvelle, et
surtout pour moi, que ce soit fini. A présent que nous
pouvons causer un peu, — car on n'a guère eu le temps,
ces deux jours passés, — ____

REGNAULD DE CHARTRES

— Le fait est, messire, qu'il a fallu batailler dur, ces
deux jours-ci, à ce qu'il paraît.

RAOUL DE GAUCOURT

— A présent que nous pouvons causer un peu, je ne
vous cache pas que je me demandais comment ça finirait, cette équipée,____

REGNAULD DE CHARTRES

— On pouvait cependant le supposer, messire,____

RAOUL DE GAUCOURT

— Monseigneur, je suis forcé de vous dire que non.

Les hommes du métier n'étaient pas rassurés du tout.
Vous savez ce qui m'est arrivé? avant-hier.

Regnauld de Chartres

— On m'en a parlé, mais ceux qui m'en ont parlé
n'avaient pas été là.

Raoul de Gaucourt

— Eh bien, voici : le conseil avait décidé qu'on ne sortirait pas, avant-hier, par la porte Bourgogne. Il faut
croire que madame Jeanne avait décidé qu'on sortirait
par là. Enfin j'y suis allé, pour garder la porte. Ils sont
tous arrivés, monseigneur, tous à la fois. Ils couraient
comme des fous. Jamais je n'avais vu des hommes
comme ça. J'ai voulu leur parler un peu, leur expliquer : Ils se sont mis tous à pousser des cris, comme des
sauvages. Écoutez-moi bien, monseigneur : j'ai fait la
guerre plus de quarante ans sans savoir ce que c'était
que la peur; mais on apprend du nouveau à tout âge :
avant-hier j'ai eu peur; moi, le vieux Raoul de Gaucourt,
j'ai eu peur pour la première fois de ma vie; j'ai senti
que rien ne pouvait résister à cette foule folle; j'ai senti
qu'il fallait que tout pliât devant elle, et je me suis jeté
dans une encoignure de la porte pour les laisser passer.

Regnauld de Chartres

— Et vous ne vous êtes pas dit, messire, que c'était
pour cela qu'ils battraient les Anglais?

Raoul de Gaucourt

— Peut-être, monseigneur, mais si les Anglais n'avaient
pas été des imbéciles, savez-vous qu'ils en auraient fait
ce qu'ils auraient voulu, de cette foule enragée. Ils
n'avaient qu'à préparer l'embuscade la plus grossière, et
même ils pouvaient me les envoyer à moi, tous leurs plans
d'embuscade, et moi, le capitaine, je voyais tous mes
hommes se lancer tête basse dans l'embuscade anglaise,
et j'avais beau faire : je ne pouvais pas en arrêter un seul.
Voilà ce que l'on risque, avec ces manières-là d'aller à la
bataille. Je vous demande pardon, monseigneur, mais
je ne comprends pas que le conseil de notre sire le roi
Charles ait consenti à employer cette femme.

Regnauld de Chartres

— Vous savez bien, messire, qu'au moment où cette
femme est arrivée à Chinon notre sire le roi pouvait ris-
quer tout, parce qu'il n'avait plus rien à perdre ; vous
savez bien que la seule question qui se posât alors au
conseil était de savoir à qui le roi demanderait asile pour
sa vie entière, si ce serait à son allié le roi de Castille
ou bien à son allié le roi d'Écosse.

Raoul de Gaucourt

— Oui, mais enfin dites-moi donc, monseigneur, dites-
moi donc quelle force nouvelle cette femme apporte à
l'armée. Je vous assure qu'elle a ruiné la discipline.

REGNAULD DE CHARTRES

— Elle a cependant bien dompté les soldats : ils ne
pillent presque plus, ils se confessent____

RAOUL DE GAUCOURT

— Ce n'est pas la discipline, ça, monseigneur : c'est la
piété; ça regarde les aumôniers. La discipline, c'est
l'obéissance des soldats aux capitaines. Elle a ruiné la
discipline : Elle ne veut pas obéir, et elle ne sait pas
commander.

REGNAULD DE CHARTRES

— Elle ne veut pas obéir?

RAOUL DE GAUCOURT

— Elle ne veut pas obéir : Si vous saviez comme je l'ai
priée doucement, jeudi matin, de vouloir bien assister
au conseil avec nous, comme nous : Elle n'a pas voulu.
Elle ne veut rien céder, jamais, rien, rien, rien, parce
qu'il paraît que c'est monsieur saint Michel qui lui
donne des conseils____

Un silence.

Monseigneur, vous dont c'est le métier, de savoir ça,
pensez-vous vraiment que ce soit monsieur saint Michel?
qui lui donne des conseils.

— Je ne veux pas savoir, messire, ce qu'il en est.

Un silence.

Un silence.

— ____ Enfin !

Mais cette piété-là, même, c'est trop beau pour que ça
dure. Je connais les soldats, moi : Ils sont entrés dans
la dévotion parce que c'était du nouveau, parce que ça
les reposait du pillage, et de ce qui s'ensuit. C'est comme
le vrai carême pour les vrais gourmands. Ça va durer
l'espace d'un carême____

Un silence bref.

La preuve, c'est que ce sont les plus brigands des
capitaines, La Hire, Saintrailles, qui sont ses partisans
les plus enragés.

Un silence.

Non, encore une fois, je ne comprends pas quelle force
elle apporte à l'armée. Ce n'est pas un capitaine; ce
n'est pas un chef : monsieur le chancelier, dites-moi
donc ce que c'est.

— Vous voulez savoir ce qu'elle est, messire : Eh bien!
vous avez raison : elle n'est pas un capitaine, elle n'est
pas un chef. Mais quand elle est venue les capitaines

xxii

étaient tous usés : on ne les suivait plus ; et les chefs
aussi étaient tous usés : on ne les suivait plus. Il fallait
à la foule grossière quelqu'un de pareil à elle pour
l'entraîner. Il s'est présenté une meneuse d'hommes :
le conseil a bien fait de l'employer.

Raoul de Gaucourt

— C'est cela ! monseigneur ; vous avez dit le mot.____
Oui, c'est bien ça ; c'est une meneuse d'hommes, c'est
une meneuse.

Regnauld de Chartres

— Elle est une meneuse : Il y a des circonstances
graves, messire, où il en faut, pour le peuple ; et alors,
mais alors seulement, le bon conseiller n'a pas peur de
s'en servir. Une meneuse réussit à passer où pas un ne
passerait. Une meneuse, au besoin, ferait lever des
armées d'un seul geste. Une meneuse épouvante l'adversaire. Vous parliez d'embuscades anglaises ? messire :
Pensez-vous que les Anglais, depuis qu'elle est arrivée,
aient seulement gardé, dans leur pauvre tête affolée, la
pensée de ce que c'était qu'une embuscade ?

Entre vivement Didier, à droite.

Didier

— Monseigneur, je vous demande pardon, mais c'est
parce que madame Jeanne arrive dans un instant.____
Alors, j'étais venu le dire à mon parrain____

Regnauld de Chartres

— Il est sorti par là, mon ami, avec dom Clément
Calmet.

Didier

— Merci, monseigneur.

Il sort vivement à gauche.

Regnauld de Chartres

— Tenez, voilà un brave garçon, là : il fréquentait
les soldats, mais il n'allait pas se battre. Depuis qu'elle
est arrivée, il est partout le premier à l'assaut : c'est ce
que j'appelle inventer des soldats.

Un silence.

Raoul de Gaucourt

— Entre nous, monseigneur, je ne m'étonne pas que
les Anglais soient en rage contre elle : une adversaire
comme elle, ce n'est pas____ ça n'est pas ordinaire,
enfin.____ Pour tout dire, monseigneur, ça n'est pas
jouer franc jeu.

Regnauld de Chartres

— Ils lui ont promis, aussitôt qu'ils la tiendraient,
qu'ils la feraient flamber.

Raoul de Gaucourt

— Oui : « flamber comme un fagot » ; mais on ne peut
pas faire flamber les prisonniers de guerre.

Regnauld de Chartres

— On peut faire flamber les prisonniers d'Église.

Raoul de Gaucourt

— Vous croyez, monsieur l'archevêque, vous croyez____
qu'elle serait hérétique____

Regnauld de Chartres

— Je ne veux pas savoir, messire, ce qu'elle est : C'est
affaire aux Anglais, ce n'est pas affaire à nous.

Raoul de Gaucourt

— Je vous demande pardon, monseigneur, mais il me
semble que c'est aussi affaire à nous : Si, à force de
mener les hommes, cette meneuse-là les mène trop
loin ?____

Regnauld de Chartres

— Rassurez-vous, messire : les conseillers du roi sont
là, pour veiller sur tous les serviteurs du roi ; c'est leur
devoir, croyez bien qu'ils n'y manqueront pas.

*Entrent, à gauche, dom Clément Calmet, messire Jacques
et Didier.*

MESSIRE JACQUES

— Monseigneur, Didier vous a dit que madame Jeanne allait arriver ?

REGNAULD DE CHARTRES

— Oui, monsieur Jacques : nous l'attendrons ici.

Sortent, à droite, dom Clément Calmet, messire Jacques
et Didier.

REGNAULD DE CHARTRES et RAOUL DE GAUCOURT s'en vont
au fond de la salle.

RAOUL DE GAUCOURT

— Alors, monseigneur, pour l'instant, qu'est-ce qu'il faut faire ?

REGNAULD DE CHARTRES

— Pour l'instant, messire, il faut quitter au plus tôt cette ville et ramener la Pucelle auprès du roi.

RAOUL DE GAUCOURT

— On dit qu'elle veut le conduire tout de suite à Reims pour le faire sacrer ?

REGNAULD DE CHARTRES

— Le conseil, messire, décidera de ce qu'il faut faire.

Entre, à gauche, madame JACQUELINE.

MADAME JACQUELINE

— Pardon, monseigneur, mais on m'avait dit que
madame Jeanne était là＿＿＿＿

REGNAULD DE CHARTRES

— Madame Jacqueline, la voici qui entre.

Entrent, à droite, JEANNE,
dom Clément Calmet, messire Jacques et Didier.

MADAME JACQUELINE

— Madame Jeanne, je vous demande pardon, mais
depuis ce matin Marie, la servante, me supplie de vous
parler pour elle.

JEANNE

— Qu'est-ce qu'elle me veut donc? madame Jacqueline.

MADAME JACQUELINE

— Elle n'a pas voulu me le dire, madame Jeanne.

JEANNE

— Qu'elle vienne, alors.

MADAME JACQUELINE

— Marie.

MARIE entre, à gauche.

MARIE

— Madame Jeanne, c'est pour vous demander si vous voulez bien toucher seulement un chapelet,____ que j'ai là.

JEANNE

— Et pour quoi faire? mon amie.

MARIE

— Pour qu'il soit bon, madame Jeanne.

JEANNE

— En vérité? mon amie : alors donnez-le donc à madame Jacqueline, il sera tout aussi bon.

MARIE

— Madame Jeanne,____ c'est parce que c'était pour ma voisine,____ la femme au grand François,____ qui a son garçon, dans son lit, malade, qu'on a peur qu'il ne passe pas la journée. Alors elle m'a dit : « Puisque tu vois madame Jeanne, toi,____ »

JEANNE

— Eh bien, Marie, allons prier toutes les deux avec elle pour la santé de son garçon. Montrez-moi le chemin.

MADAME JACQUELINE

— Vous ne voulez pas qu'on vous débarrasse de vos armes ? Jeanne.

JEANNE

— A mon retour, madame Jacqueline. Au revoir, la compagnie.

MADAME JACQUELINE

— Au revoir, mon enfant.

MARIE et JEANNE sortent, à droite.

DIDIER

à dom Clément Calmet :

— Vous voyez bien, mon père, qu'elle ne se laisse pas adorer____

DOM CLÉMENT CALMET

— Elle a l'air de croire que ses prières ont plus d'effi-cace que celles des autres.

DIDIER

— Je persiste à penser, mon père, que c'est d'elle qu'il s'agit en plusieurs endroits des Livres Saints. N'est-il pas écrit :

> « *Un seul d'entre vous pour-*
> *suivra mille de vos ennemis, parce que le Seigneur*

*votre Dieu combattra lui-même pour vous, comme il
l'a promis. »*

Et n'est-il pas écrit :

       *« Son zèle se revêtira de ses
armes, et il armera ses créatures pour se venger de
ses ennemis. »*

Et n'est-il pas écrit :

       *« Je vous rends grâces, ô
Seigneur, de ce que vous avez caché cela aux pru-
dents et aux sages et l'avez révélé aux petits enfants. »*

Dom Clément Calmet

— En vérité, en vérité, Didier : vous n'avez jamais
tant ni si bien cité les Livres-Saints quand on vous
voyait aux cours de l'Université.

Didier

— Seulement, mon père, je ne me rappelle plus où
sont prises les deux premières citations.

Dom Clément Calmet

— Je vais vous le dire, mon fils : la première est
empruntée au livre de Josué, chapitre vingt-troisième;
et la seconde au livre de la Sagesse, chapitre cinquième.

Didier

— Vous savez tout, vous, mon père.

— Non, mon fils, mais je sais qu'il est écrit :

> « *S'élèveront en effet des faux-Christs et des faux-prophètes : et ils donneront de grands signes et des prodiges, au point de séduire, s'il se peut, même les élus.* »

C'est pour cela, mon fils, qu'il faut bien faire attention dans la vie et ne jamais suivre personne avant de bien savoir ce qu'il en est.

Un silence.

Vous vous êtes avancé un peu, ces jours-ci, mon fils, à ce que l'on m'a dit; mais on pardonne à la jeunesse. Et puis nous sommes là pour vous enseigner la sagesse, mon fils,

Un silence bref.

car on vous reverra sans doute? à l'Université.

Rideau : six minutes

Deuxième Partie, en quatre Actes :

Devant Paris.

PREMIER ACTE

Le jeudi 8 septembre 1429.

Quatre mois après.

Le jour de la Nativité de la bienheureuse vierge Marie.

Dans la matinée.

Au village de La Chapelle, entre Paris et Saint-Denis. Quelques maisons pillées et noircies; au fond, à gauche, à une lieue environ, Paris.

Jeanne a dix-sept ans et demi.

Très révérend père en Dieu, et seigneur, monseigneur Patrice Bernard, évêque in partibus infidelium,

environ cinquante ans,

Noble et puissant homme, messire Gilles de Laval, seigneur de Rais, Ingrande et Chantocé, maréchal de France,

environ vingt-trois ans.

Raoul de Gaucourt sort d'une maison, à gauche.
Regnauld de Chartres arrive par la route, à droite.

Raoul de Gaucourt

— Comment! monseigneur : c'est vous! qu'on signalait, vous, dans ce pauvre petit village perdu de La Chapelle. Vous n'avez donc pas voulu rester à Saint-Denis? avec notre sire le roi.

Regnauld de Chartres

— Messire, je n'ai pas dû rester avec le roi. Je suis venu ici pour savoir les nouvelles à mesure qu'il y en aura. Je ne m'y connais pas beaucoup, mais il se pourrait que la journée fût décisive.

Raoul de Gaucourt

— Alors, monseigneur, vous croyez que c'est aujourd'hui? que nous allons enlever Paris, là-bas.

Regnauld de Chartres

— Je n'ai pas dit cela, messire : j'ai dit qu'il se pourrait que la journée fût décisive.

Raoul de Gaucourt

— Alors, monseigneur, s'il se peut que la journée soit décisive, comment se fait-il que vous soyez venu tout seul?

Regnauld de Chartrés

— Je ne serai pas le seul qui soit venu, messire : monseigneur Patrice Bernard m'a dit qu'il me suivait.

Raoul de Gaucourt

— C'est celui qui est évêque?

Regnauld de Chartres

— Oui, mais il n'est pas évêque de ces pays-ci. L'évêché dont il est le titulaire est aux mains des infidèles.

Raoul de Gaucourt

— Ça n'empêche pas, monseigneur, que notre sire et son conseil vont rester à Saint-Denis,____ à ce qu'on disait, du moins.

Regnauld de Chartres

— On disait vrai : le conseil doit veiller sur la personne et sur la gloire du roi; le conseil n'a pas failli à sa tâche. A Saint-Denis la personne royale est en sûreté. Quoi qu'il arrive aujourd'hui, la gloire du roi sera sauve.

RAOUL DE GAUCOURT

— Comment cela? monseigneur.

REGNAULD DE CHARTRES

— Cela est simple : Si l'armée s'empare de Paris, ce que Dieu veuille! notre sire sera ce soir le Roi très victorieux, car il était aux approches de la ville____

RAOUL DE GAUCOURT

— Ça, c'est vrai!

REGNAULD DE CHARTRES

— Si, par malheur, l'armée ne s'empare pas de Paris, notre sire n'aura pas été défait, car il n'était pas avec l'armée.

RAOUL DE GAUCOURT

— ____ Cela est encore vrai.

REGNAULD DE CHARTRES

— Si l'armée s'empare de Paris, ce que Dieu veuille, nous serons mieux placés pour traiter avec Très haut et très puissant prince, monseigneur le duc de Bourgogne;____

RAOUL DE GAUCOURT

— ____

REGNAULD DE CHARTRES

— Et même il ne nous sera pas défendu, dès lors, d'espérer que nous arriverons à traiter aussi avec les Anglais, à faire avec eux une bonne paix, en ne leur cédant que deux ou trois provinces, et encore des provinces que l'on choisirait exprès, sans valeur sérieuse.

RAOUL DE GAUCOURT

— ——

REGNAULD DE CHARTRES

— Si, par malheur, l'armée ne s'empare pas de Paris, nous ne serons pas plus mal placés pour continuer les négociations. Les Bourguignons n'auront pas eu de victoire sur nous, et le roi n'a pas à payer la rançon de ce que fait une armée qui se dit l'armée royale, mais qui a marché sans son ordre.

RAOUL DE GAUCOURT

— ——

Voici monseigneur Patrice Bernard.

REGNAULD DE CHARTRES

— Ainsi les conseillers ont fait en sorte que le roi fût grandi par la victoire et qu'il ne fût pas diminué par un échec.

RAOUL DE GAUCOURT

— — Les conseillers ont fait ce qu'il fallait.

Arrive, à droite, Patrice Bernard.

Regnauld de Chartres

— Eh bien ? monseigneur.

Patrice Bernard

— Eh bien, monseigneur : j'ai voulu savoir les nouvelles à mesure qu'il y en aura : je crois bien que cette journée sera décisive.

Regnauld de Chartres

— Si vous croyez cela, monseigneur, cela est certain : vous ne vous y trompez guère.

Patrice Bernard

— Voici pourquoi : vous savez que j'étudie beaucoup, et patiemment, le cas de madame Jeanne, qui se dit la Pucelle. Je veux savoir si elle vient de Dieu, vraiment, ou si____

Raoul de Gaucourt

— Ou si elle vient____ d'ailleurs, la pauvre enfant.

Patrice Bernard

— Vous m'entendez, monsieur de Gaucourt.____ Eh bien, monseigneur, c'est aujourd'hui la fête de la Nativité de notre très vénérable Mère, la bienheureuse Vierge Marie : si, en un tel jour, madame Jeanne est

victorieuse encore, c'est évidemment qu'elle sera protégée par la très auguste et sainte Mère de Notre-Seigneur-Jésus-Christ ; si elle échoue, elle aura commis
un sacrilège, de se faire battre en un tel jour, _____ et
nous saurons enfin de qui elle vient. De toute façon, la
journée, pour moi, sera décisive.

RAOUL DE GAUCOURT

— Je crois bien, monseigneur, que vous avez raison :
car si madame Jeanne réussit aujourd'hui la bataille
qu'elle a voulue, il faudra qu'elle soit protégée par quelqu'un de bien puissant.

REGNAULD DE CHARTRES

— Vous croyez ? messire.

RAOUL DE GAUCOURT

— J'en suis sûr, monseigneur : d'abord Paris est toujours Paris ; c'est ici l'entreprise la plus grosse que madame Jeanne ait jamais faite. Et puis madame Jeanne
elle-même, elle n'est plus ce qu'elle était.

REGNAULD DE CHARTRES

— Comment cela ? messire.

RAOUL DE GAUCOURT

— On ne peut pas dire, monseigneur, qu'elle est usée ;
mais elle s'use effroyablement vite.

REGNAULD DE CHARTRES

— Je l'ai cependant connue bien vaillante à la bataille.

RAOUL DE GAUCOURT

— Elle est toujours aussi vaillante, mais c'est son âme qu'elle a oublié d'accoutumer à la guerre. Quand on est soldat, monseigneur, il faut qu'on en prenne son parti une fois pour toutes : il y a les blessés, on n'y prend pas garde, hélas ! il y a les morts, on n'y prend pas garde, il faut bien qu'on n'y prenne pas garde ; et si on y prenait garde on ferait mal son métier, on servirait mal notre sire le roi, on serait un mauvais soldat. Pourvu qu'on fasse la guerre pour son droiturier et souverain seigneur, l'honneur est sauf : à tout le reste on ne prend pas garde, on est forcé de ne pas prendre garde, on doit ne pas prendre garde.

REGNAULD DE CHARTRES

— Vous avez raison, messire : on le doit.

RAOUL DE GAUCOURT

— Madame Jeanne, elle, n'a pas compris ça. Elle continue à pleurer comme une Madeleine sur les morts et sur les mourants, sur les tués et sur les tueurs : pour moi, c'est ça qui l'a usée comme elle est.

Regnauld de Chartres

— Pourquoi ne veut-elle pas que la guerre soit la guerre?

Raoul de Gaucourt

— C'est une femme qui ne veut pas se plier aux nécessités de la vie. On a beau lui montrer que c'est forcé, que c'est dû : elle ne veut rien savoir.

Et puis elle sent bien que l'armée lui échappe : les soldats ont recommencé l'efforcement des villes et des bourgs, et la ripaille, et tout ce qui s'ensuit. C'est ça aussi, qui l'a usée comme elle est; c'est pour ça aussi, qu'elle pleure plus souvent qu'à son tour.

Regnauld de Chartres

— Pourquoi ne veut-elle pas que les hommes soient les hommes? et que les soldats soient les soldats? Pourquoi ne veut-elle pas que les soldats soient ce qu'ils ont toujours été depuis qu'il y a des soldats____

Raoul de Gaucourt

— Et ce qu'ils seront toujours aussi longtemps qu'il y aura des soldats.

Regnauld de Chartres

— Pourquoi n'en prend-elle pas tout bonnement son parti?

RAOUL DE GAUCOURT

— C'est une femme qui ne prend son parti de rien.

REGNAULD DE CHARTRES

Un silence bref.

— On disait cependant qu'elle avait des partisans
décidés?

RAOUL DE GAUCOURT

— De plus en plus décidés, mais de moins en moins
nombreux.

REGNAULD DE CHARTRÉS

— C'est naturel.

Un silence bref.

Pensez-vous qu'elle en aurait beaucoup? si elle quit-
tait le roi.

RAOUL DE GAUCOURT

— Je ne crois pas, monseigneur.

REGNAULD DE CHARTRES

Un silence bref.

— Est-ce qu'elle agit toujours par le conseil de ses
voix?

RAOUL DE GAUCOURT

— Elle en parle un peu moins souvent.

Un silence.

RAOUL DE GAUCOURT

— Voici messire de Rais.

Arrive, à gauche, Gilles de Rais.

REGNAULD DE CHARTRES

— Eh bien, messire : on s'est levé de bonne heure,
ce matin.

GILLES DE RAIS

— Il faut bien, monseigneur, il faut bien,____ puisqu'il
faut toujours qu'on se batte.

REGNAULD DE CHARTRES

— Vous n'avez pas l'air bien content, monsieur le
maréchal, de toutes ces batailles-là.

GILLES DE RAIS

— Dame! aussi, monseigneur : si ça continue, avant
six mois la guerre sera finie : on ne saura seulement
plus à quoi s'amuser.

Un silence.

Et puis, monseigneur, vraiment je n'ai pas de chance :
vous ne savez pas ce que l'on m'a dit? ce matin.

REGNAULD DE CHARTRES

— Non, messire.

Arrive à droite Jeanne, en armés.

GILLES DE RAIS

— Et vous, madame Jeanne, vous ne savez pas la nouvelle?

JEANNE

— Quelle nouvelle? messire.

GILLES DE RAIS

— Il paraît qu'il y a des bandes qui ont réussi à piller deux ou trois villages, avant-hier,____ mais alors, des villages riches, — et bien habités. Quand je pense que je n'y étais pas! et pourtant ça n'est pas loin d'ici____

JEANNE

— Où donc? messire.

GILLES DE RAIS

— A deux ou trois journées de marche, en descendant la Seine. Il paraît que c'était furieux. On dit qu'en arrivant dans les villages ils commençaient par tout massacrer, les hommes, les femmes, les enfants, pêle-mêle____

JEANNE

— Mais il faut y aller demain! messeigneurs. Il faut y aller! dès qu'on aura pris Paris! Ô mon Dieu! toujours ces brigands d'Anglais!

Gilles de Rais

— Ah! mais, vous vous trompez, madame Jeanne : ce
sont les Français qui ont fait ça.

Jeanne

— ____ Ah! bien! messire.

Elle s'éloigne un peu à pas lents.

Gilles de Rais

— Les Anglais n'auraient pas été furieux. Ils n'auraient pas été aussi bêtes que ça; ils n'auraient pas
commencé par tuer les femmes : on ne peut plus s'en
servir, quand on les a tuées.

Après réflexion :

____ C'est-à-dire que l'on peut encore se servir d'elles,
quand elles sont mortes, seulement____

Raoul de Gaucourt

— Seulement il faut laisser ça aux sorciers. Vous
n'êtes pas sorcier? monsieur de Rais.

Gilles de Rais

— Non, messire : pas encore.

Un silence.

XXIV

Raoul de Gaucourt

— Monsieur de Rais, si nous allions nous armer?

En s'en allant :

Il n'est pas bien que madame Jeanne soit ainsi toujours prête avant nous.

Raoul de Gaucourt et Gilles de Rais s'en vont ensemble
à gauche du côté des maisons.

Regnauld de Chartres et Patrice Bernard les suivent
en causant.

Un silence.

JEANNE

Un très long silence.

O mon Dieu je savais la douleur des batailles,
Quand les assaillants fous se ruaient à l'assaut ;
Je savais, o mon Dieu, la douleur des batailles,
Quand les assaillants fous se ruaient comme un flot.

Les assaillants montaient comme un flot qui s'emporte.
Et l'on sentait si bien qu'ils feraient tout plier,
Qu'ils feraient tout plier, la muraille et la porte,
Et que ce flot vivant s'en allait tout noyer.

Moi-même j'avais peur de ce flot qui déborde.

Les marteaux écrasaient les casques et les crânes;
Les flèches se glissaient aux cuirasses de fer;
Les marteaux écrasaient les casques et les crânes;
Les haches entaillaient la cuirasse et la chair.

Et j'étais chef de guerre, et tous ces marteaux-là
S'abattaient et broyaient pour m'obéir, à moi;
J'étais chef de bataille, o Dieu! ces haches-là
Taillaient et retaillaient pour m'obéir, à moi :

J'ai connu la douleur d'être chef de bataille.

Un silence.

Je savais la souffrance, aussi, des trahisons,
Quand on ne bougeait pas devant la rage anglaise,
Quand il fallait rester assis dans les maisons,
Et voir les outrageux ravager à leur aise;

Ou bien quand il fallait s'en aller en bataille
Et conduire après soi les trahisseurs tout prêts;
Je marchais la première, et face à la bataille,
Et je les savais là, qui s'avançaient après.

Quand la trahison louche avait regardé l'œuvre,
Quand la trahison fausse avait frôlé mon œuvre,
Mon âme se faussait de souffrance faussée,
Souffrance du mensonge avoisinant mon âme,

Et réveillant l'ancien mensonge inoublié :

J'ai connu la souffrance, aussi, des trahisons.

Un long silence.

Mais je ne savais pas cette souffrance là,
Cette souffrance laide et sale et salissante :

Elle hésite.

La souffrance des mots, mon Dieu, qu'il a dits là.

Un silence.

Des mots qu'il a dits là me laverez-vous l'âme?
Je n'ose vous parler des mots qu'il a dits là.

Un silence.

Comment faire à présent pour commander l'assaut?
Après ce qu'il a dit que serait la victoire.
Comment lui commander de me suivre à l'assaut?
A lui.

Un long silence.

Arrive, à droite, MAITRE JEAN, le coulevrinier.

MAITRE JEAN

— Madame Jeanne?

Un silence.

— Madame Jeanne?

JEANNE

— Ah! c'est vous, mon ami.

MAITRE JEAN

— Oui, madame Jeanne.

Il hésite.

— Oui, madame Jeanne : je viens voir ce que vos voix vous ont commandé, pour ce matin, parce que, madame Jeanne, il commence à se faire un peu tard.

JEANNE

— Mon ami, mes voix ne m'ont rien commandé.

MAITRE JEAN

— Alors, madame Jeanne, il est grand temps de leur en parler un peu____

JEANNE

— Mon ami, je ne peux pas leur en parler, ce matin,____ je ne peux pas. Je ne veux pas.

MAITRE JEAN

— Pourquoi donc? madame Jeanne.

JEANNE

— Je n'ose pas : la bataille humaine est trop laide.

Un silence.

Ah! maître Jean, comme ils sont heureux, ceux qui sont en Lorraine, et comme il ferait bon filer encor la laine en gardant les moutons dans les prés de la Meuse.

Un silence.

Je verrais la maison depuis chez Louis Vaslin, qui fait des voitures, et je dirais bonjour à mon père et à ma mère qui seraient si contents de me revoir.

Un silence.

MAITRE JEAN

— Il ne faut pas pleurer, madame Jeanne,____ il ne faut pas pleurer comme ça,____ il ne faut pas.

Un silence.

Je sais bien ce que vous avez, madame Jeanne : c'est le mal du pays; ça nous prend toutes les fois qu'on est malheureux.

Un silence.

Moi aussi, madame Jeanne, j'ai eu le mal du pays, dans le temps, quand j'ai quitté la Lorraine. Moi aussi, quand j'étais jeune, je voulais m'en retourner. Seulement on dit ça, madame Jeanne, on dit ça, et on ne retourne pas ; on reste dans les endroits où on trouve de l'ouvrage : il faut bien qu'on travaille de son métier.

JEANNE

Un silence bref.

— Vous avez raison, mon maître : il faut qu'on travaille chacun de son métier tant qu'on trouve de l'ouvrage. Voici quels sont les ordres pour aujourd'hui : nous allons attaquer Paris par la porte Saint-Honoré ; vous serez avec votre couleuvrine devant la porte même.

MAITRE JEAN

— Bien, madame Jeanne.

JEANNE

— Vous direz à vos servants de vous apporter beaucoup de boulets, parce qu'il se peut que l'assaut dure longtemps.

MAITRE JEAN

— Bien, madame Jeanne.

JEANNE

— Quoi qu'il arrive dans la journée, il ne faut pas que l'on s'en aille avant d'avoir pris Paris ; je ne le veux pas.

MAÎTRE JEAN

— C'est une affaire entendue, madame Jeanne.

JEANNE

— Je compte sur vous : la journée sera décisive.

MAÎTRE JEAN

— On fera tout ce qu'on pourra, madame Jeanne, soyez tranquille. Je m'en vais tout de suite avertir mes servants : voilà déjà monsieur de Gaucourt tout prêt à marcher.

MAÎTRE JEAN s'éloigne à droite.

Arrivent, à gauche, RAOUL DE GAUCOURT, REGNAULD DE CHARTRES et PATRICE BERNARD.

JEANNE

— Monsieur de Gaucourt, vous prendrez le commandement____

REGNAULD DE CHARTRES

— Attendez un peu, Jeanne : monsieur de Gaucourt veut bien vous obéir, mais à une condition____

JEANNE

— Quelle condition? monseigneur.

Regnauld de Chartres

— Une condition bien naturelle, Jeanne,____ et bien
facile à remplir : donnez-lui seulement l'assurance que
vous nous conduisez toujours par le conseil de vos voix.

Jeanne hésite.

Jeanne

— Monseigneur, je vous assure que mes voix m'ont
non pas conseillé, mais commandé de chasser l'Anglais
hors de toute France.

Regnauld de Chartres

— Très bien, Jeanne ; cela est bien ; mais nous ne vous
en demandons pas autant que cela : nous vous demandons simplement l'assurance que, ce matin, ce sont vos
voix qui vous ont ordonné de nous conduire à Paris.

Jeanne

— Monseigneur, je vous donne l'assurance que mes
voix m'ont commandé de chasser l'Anglais hors de toute
France : Paris est en France, monseigneur.

A Raoul de Gaucourt :

Messire, vous prendrez le commandement des hommes
qui s'en iront____

Rideau : une minute

XXV

DEUXIÈME ACTE

Le vendredi 9 septembre 1429.

Le lendemain matin.
Au même endroit.

*Illustre et très puissant prince et seigneur messire
Jean, deuxième duc d'Alençon,*

vingt-deux ans ;

Un page de Jean, duc d'Alençon ;

*Noble et puissant seigneur, messire Jean, deuxième
du nom, baron de Montmorency,*

vingt-sept ans ;

*Noble et puissant seigneur, messire Charles, pre-
mier du nom, comte de Clermont,*

vingt-huit ans;

*Noble et puissant seigneur, messire René d'Anjou,
duc de Bar,*

vingt ans;

Un héraut d'armes.

Patrice Bernard

Arrive, à droite, Regnauld de Chartres.

Patrice Bernard

— Comment! monseigneur : déjà de retour?

Regnauld de Chartres

— Vous savez bien, monseigneur, que je ne vais pas
mal vite.

Patrice Bernard

— Eh bien! qu'est-ce que l'on pense, à Saint-Denis, de
l'échec d'hier?

Regnauld de Chartres

— Je ne le sais pas, monseigneur : je suis allé seulement rendre compte à notre sire le roi de ce qui s'était
passé.

Patrice Bernard

— Vous ne savez pas ce que le conseil a décidé pour
ce matin?

Regnauld de Chartres

— Je ne sais pas, monseigneur, ce que le roi comman-
dera ce matin.

Patrice Bernard

— L'affaire d'hier a fini si tard que je n'ai pas pu
savoir au juste ce qui s'était passé____

Regnauld de Chartres

— Monseigneur, je ne saurais vous donner les renseignements qui vous intéresseraient; mais voici messire
de Gaucourt : il est resté là-bas jusqu'à la fin.

Arrive Raoul de Gaucourt.

— Bonjour, messire : êtes-vous bien reposé?

Raoul de Gaucourt

— Bonjour, messeigneurs; monseigneur, je suis encore
bien las, parce que, voyez-vous, ç'a été une rude journée.

Patrice Bernard

— C'est bien la première fois que madame Jeanne
subit un échec?

Raoul de Gaucourt

— Oui, monseigneur : c'est la première fois que madame
Jeanne subit ce qu'on peut appeler vraiment un échec.

Patrice Bernard

— Et d'après vous, monsieur de Gaucourt, d'après vous, quelles en seraient les causes?

Raoul de Gaucourt

— Mon Dieu, monseigneur : jusqu'au soir c'était une bataille comme toutes les batailles, une bataille rude, sans doute, mais qui se pouvait encore gagner.____

Patrice Bernard

— Une bataille rude, vous dites? monsieur de Gaucourt, particulièrement rude?

Raoul de Gaucourt

— Très rude, monseigneur; et nous avons tous eu beaucoup à besogner.

Patrice Bernard

— Et madame Jeanne?

Raoul de Gaucourt

— Toujours la première à l'assaut, bien entendu; toujours à l'endroit le plus dangereux. Son porte-étendard, qui était à côté d'elle, a reçu en plein une flèche, entre les deux yeux. Il est tombé mort à ses pieds.

Un silence.

PATRICE BERNARD

— Alors, d'où vient qu'elle ait échoué?

RAOUL DE GAUCOURT

— Au moment décisif on s'est aperçu qu'il y avait trop
d'eau dans les fossés, qu'il n'y avait pas assez de monde
à l'assaut, et que la nuit tombait.

REGNAULD DE CHARTRES

— Il n'y avait pas assez de monde à l'assaut.

RAOUL DE GAUCOURT

— Quand on a vu qu'il était impossible de réussir, on
s'est en allé; tout le monde s'en allait; et puis on n'en
pouvait plus; et puis on ne voyait plus clair.

PATRICE BERNARD

— Et madame Jeanne?

RAOUL DE GAUCOURT

— Le soleil était couché, quand elle reçut dans la cuisse
un trait d'arbalète. Elle n'en voulait pas moins continuer l'assaut. Nous avons dû l'arracher de force à la
bataille.

Regnauld de Chartres

— Elle sentait bien que cet échec serait décisif.

Un silence.

Patrice Bernard

— Et ce matin?

Raoul de Gaucourt

— Ce matin elle s'est levée la première et dit partout
qu'il faut recommencer.

Patrice Bernard

— Si elle était victorieuse aujourd'hui, je ne crois pas
qu'on pût la condamner pour son échec d'hier. Pensez-
vous qu'elle réussisse, aujourd'hui?

Raoul de Gaucourt

— Elle réussira comme elle pourra : moi, je ne m'en
mêle plus.

Patrice Bernard

— Vous n'irez pas à la bataille? aujourd'hui.

Raoul de Gaucourt

— Je ne marche pas, à présent, avant d'avoir les ordres
du roi.

REGNAULD DE CHARTRES

— Il se peut qu'il y en ait ce matin, messire.

RAOUL DE GAUCOURT

— Tant mieux! monseigneur : on sera certain de ce qu'il faudra faire, au moins.

PATRICE BERNARD

— Et l'armée? Marchera-t-elle selon les ordres du roi? messire.

RAOUL DE GAUCOURT

— J'en suis sûr, monseigneur : à part deux ou trois écervelés,__ comme le duc d'Alençon,____

PATRICE BERNARD

— Le voici qui vient avec madame Jeanne.

RAOUL DE GAUCOURT

— C'est pour ça que j'en parlais.

REGNAULD DE CHARTRES

— Ils ne se quittent pas.

Arrivent, à droite, JEANNE et JEAN, DUC D'ALENÇON.

JEANNE

— Bonjour, messeigneurs.

JEAN, DUC D'ALENÇON

— Bonjour, messeigneurs.

REGNAULD DE CHARTRES

— Bonjour, messire.

JEANNE

— Nous avons commencé un peu tard, hier, messeigneurs,____

RAOUL DE GAUCOURT

— Il fallait commencer plus tôt, madame : vous commandiez l'armée.

JEANNE

— C'est pour cela que ce matin____

REGNAULD DE CHARTRES

— Ce matin, madame, il faut attendre pour voir s'il n'y aurait pas des ordres du roi.

JEANNE

— Vous croyez, monseigneur, que le roi notre sire____

Regnauld de Chartres

— Je ne crois rien, madame, et je n'en sais rien, je n'en sais rien du tout, mais il faut attendre.

Voici d'ailleurs messire de Rais qui attend comme nous.

Gilles de Rais

— Bonjour, madame. Bonjour, messeigneurs.

Regnauld de Chartres

— Bonjour, messire.

Gilles de Rais

— Eh bien ! madame Jeanne : vous allez mieux, de cette maudite blessure?

Jeanne

— Je vais bien, messire.

Gilles de Rais

— Ces Bourguignons sont bien méchants, mais aussi, madame Jeanne, c'est un peu bien aussi de votre faute, à vous, si l'assaut d'hier n'a pas réussi.

JEANNE

— Comment cela? messire.

GILLES DE RAIS

— Vous ne savez point parler aux soldats.

JEANNE

— Je ne sais point parler aux soldats?

GILLES DE RAIS

— J'ai le très grand regret, madame Jeanne, d'être forcé de vous dire que vous ne le savez pas. Je vous entendais bien, hier, madame Jeanne : vous leur parliez du bon Dieu et de tous les saints du paradis; vous leur parliez de la France, et de la race royale ; vous leur parliez des bienfaits de la paix, madame Jeanne.

Un silence.

Oui, ces hommes qui ne vivent que de la guerre, qui ne vivent que par la guerre, qui ne vivent que pour la guerre, qui ne respirent que la guerre, qui ne jouissent que de la guerre, et par elle, vous allez leur vanter les bienfaits de la paix! Aussi, madame Jeanne, ils vous écoutent : hier au soir, ils ont quitté la guerre qui se faisait sur les murailles de Paris, et ils sont revenus à La Chapelle goûter les bienfaits de la paix des cantonnements.____ Non, madame Jeanne, ce n'est pas cela qu'il faut dire aux soldats.

JEANNE

— Et qu'est-ce qu'il faut donc leur dire? messire.

GILLES DE RAIS

— On les assemble autour de soi face à la ville, et on leur dit : « Soldats, vous êtes mal vêtus et mal nourris. Notre sire le roi vous doit beaucoup, mais ne peut rien pour vous; il ne peut pas même vous payer votre solde. Heureusement que vous avez devant vous la plus riche ville du monde. Vous y trouverez tout : l'or et l'argent, les belles étoffes, les grandes et les bonnes ripailles____

JEANNE

— « Des femmes,____ »

GILLES DE RAIS

— Ah! ça, madame, ce n'est pas la peine : ils y pensent toujours assez. Nous y pensons toujours assez.____ « les belles étoffes, les grandes et les bonnes ripailles____. Vous y trouverez tout : honneurs, gloire et richesses : allons! mes soldats : manqueriez-vous de courage? »

JEANNE

Un silence bref.

— Messire, écoutez bien : savez-vous ce que c'est que celui qui dit ça?

— C'est le bon capitaine, celui qui parle ainsi.

JEANNE

— Non, messire : celui qui parle comme cela, c'est le dernier des hommes.

GILLES DE RAIS

riant :

— Hélas! madame Jeanne, c'est le plus difficile de tout, cela, d'être le dernier des hommes, et parfois je me demande si ce n'est pas impossible. Pour moi, j'ai bien souvent essayé, mais je vous avoue que je ne sais pas comment faire.

Sans rire :

En attendant, madame Jeanne, si vous le voulez bien, vous nous pardonnerez si nous avons plus que vous à cœur les intérêts du roi.

Il s'en va par la gauche.

RAOUL DE GAUCOURT

— Le maréchal n'a pas l'air content. Quand il plaisante sur ce ton-là____, c'est mauvais signe.

REGNAULD DE CHARTRES

— Il est blessé jusqu'à la haine à mort. Et, comme je

XXVI

le connais, si vous aviez été un capitaine pour de bon,
madame, je vous donne ma parole que vous n'auriez pas
dit jusqu'au bout ce que vous avez dit là.

Jeanne

— Je l'ai dit comme je le pensais, monseigneur.

Raoul de Gaucourt

— Écoutez, madame Jeanne : je vous assure que je
n'aime pas beaucoup monsieur de Rais : quand il regarde,
on ne peut pas dire le contraire : il ne regarde pas comme
un homme. Je vous assure que je ne l'aime pas. Mais il
n'avait pas tout-à-fait tort, dans ce qu'il vous disait.

Un silence.

Vous vous imaginez, madame Jeanne, que tout le
monde est aussi pieux, aussi pitoyable, aussi bon que
vous : c'est une grave erreur. Si vous connaissiez la
vie,____. Mais vous n'êtes qu'une enfant, vous ne connaissez pas la vie, vous ne connaissez pas le monde.

Un silence.

Les hommes ne valent pas cher, madame Jeanne ; les
hommes sont impies ; les hommes sont cruels, pillards,
voleurs, menteurs ; ils aiment la ripaille : c'est bien triste
à dire, mais ils sont ainsi, et pendant cinquante ans que
j'ai passé ma vie avec eux, mon enfant, c'est toujours
ainsi que je les ai connus.

JEANNE

— Mon maître, les hommes sont comme ils sont ; mais
il nous faut penser, nous, à ce qu’il faut que nous soyons.

RAOUL DE GAUCOURT

— Et les meilleurs, madame Jeanne, les meilleurs ont
leurs faiblesses. Vous-même, vous finirez par vous lasser,
mon enfant.

JEANNE

— Mon maître, il se peut que je me lasse. Mais c’est à
présent que j’ai raison, quand je dis ce que je dis, et voici
ce que je dis :

« S’il fallait, pour sauver la France, prononcer les
paroles que monsieur de Rais a prononcées devant
moi____ »

RAOUL DE GAUCOURT

— Prenez garde, mon enfant : n’allez pas dire vous-
même des mots qui seraient irréparables.

JEANNE

— Le jour où j’essaierais de les réparer, messire, ce
serait ce jour-là que j’aurais tort, et je renie d’avance,
à présent que j’ai raison, les réparations que je ferais.
Voici ce que je dis, et je le pense vraiment jusqu’au
bout :

« S’il fallait, pour sauver la France, prononcer les

paroles que monsieur de Rais a prononcées devant
moi,____ j'aimerais mieux____ que la France ne fût pas
sauvée. »

—   Regnauld de Chartres

— Au revoir, madame, au revoir. Votre âme est droite
et je vous en fais tous mes compliments ; mais il vaut
mieux, croyez-moi, taire ce que vous pensez : le roi
notre sire finirait par savoir comment vous parlez du
royaume.

S'en vont, à droite, Regnauld de Chartres, Patrice Bernard
et Raoul de Gaucourt.

Un silence.

Jean, duc d'Alençon

— Oh! les imbéciles : ce sont eux qui retardent tout,
eux qui entravent tout, eux qui empêchent tout de
réussir ; et très finement ils découvrent après cela qu'il y
a des entreprises qui ne réussissent point, que la vie est
ainsi ; et comme des docteurs, avec des airs de sage, ils
veulent bien nous enseigner leur découverte, et que nous
finirons bien par nous lasser, nous aussi.____ Mon Dieu
sauvez-nous de ceux qui sont fins, sauvez-nous de ceux
qui savent la vie : mon Dieu sauvez-nous des imbéciles.

Un silence.

C'est égal ! ça fait tout de même du bien, n'est-ce pas ?
madame Jeanne, de dire une bonne fois ce qu'on pense.

JEANNE

— Oui, messire, cela fait du bien ; mais je ne sais pas s'il ne vaut pas mieux s'en passer, de ce bien-là, quand on est chef de guerre, et que l'on a besoin d'avoir des capitaines....

Arrive, à gauche, un page de Jean, duc d'Alençon.

LE PAGE

— Messire, on signale une cinquantaine de Parisiens, qui arrivent à cheval. Ils ont mis par dessus leurs cuirasses une grande croix blanche, comme les Français.

JEANNE

— Mon Dieu ! si c'était vrai !

JEAN, DUC D'ALENÇON

— Dès qu'ils seront arrivés, vous conduirez leurs chefs jusqu'ici.

LE PAGE

— Messire, les voici déjà qui sont aux premières maisons.

Il s'éloigne à gauche.

JEANNE

— Si c'était vrai ! si les Parisiens allaient se tourner pour nous !

Si c'en était fini! de la défaite, et si notre sire allait
pouvoir entrer dans sa grand ville!

Jeanne et Jean, duc d'Alençon, s'avancent un peu à gauche.

Arrivent, à gauche, le page, et le baron de Montmorency.

Le Page

— Messire, c'est messire le baron de Montmorency.

Le baron de Montmorency

— Messire, et vous, madame, que Dieu notre Sauveur vous ait toujours en sa sainte garde.

Jean, duc d'Alençon

— Et qu'il vous garde aussi, messire.

Le baron de Montmorency

— Nous venons très humblement, mes compagnons
et moi, faire pleine et entière soumission, nous venons
jurer perdurable et fidèle obéissance à notre droiturier
et souverain seigneur, le très redouté roi Charles le
septième, seul roi de France.

Jeanne

— Soyez le bien venu, messire.

Le baron de Montmorency

— Nous venons très piteusement, mes compagnons

et moi, demander à notre droiturier et souverain seigneur l'oubli et le pardon de tous les crimes, fautes et délits que nous avons pu commettre en suivant le parti de Henri, sixième du nom, de la maison de Lancastre, qui se dit roi de France et d'Angleterre.

JEAN, DUC D'ALENÇON

— Vous êtes le bien venu, messire.

LE BARON DE MONTMORENCY

— Pour mériter ce pardon, nous supplions le roi notre sire de vouloir bien nous employer dans son armée royale, où nous obéirons, sans mauvaise volonté ni défaillance, à tous les ordres qu'il voudra bien nous donner.

JEANNE

— Vous êtes les très bien venus, messire, vous et vos compagnons, dans l'armée royale, et, si vous le voulez bien, vous allez venir avec nous, ce matin même, à l'attaque de Paris.

LE BARON DE MONTMORENCY

— C'est pour cela que nous sommes ici, madame.

JEANNE

— Vous pensez sans doute que nous allons réussir, aujourd'hui?

Le baron de Montmorency

— Nous en sommes sûrs, madame : si l'attaque est menée vivement, les soldats lâcheront pied ; si vous promettez aux bourgeois qu'il n'y aura ni pillage ni châtiment, les bourgeois se tourneront pour vous.

Jeanne

— Eh bien, messire, vos nouvelles sont aussi les très bien venues dans l'armée royale.

Reviennent, à droite, Regnauld de Chartres, Raoul de Gaucourt et Patrice Bernard.

Jeanne

— Vous savez, messeigneurs, les bonnes nouvelles ? les nouvelles de Paris ? Paris est à nous, messeigneurs ! C'est aujourd'hui que nous allons voir le dedans de Paris.

Regnauld de Chartres

— Allons ! tant mieux ! madame Jeanne. C'est la matinée aux nouvelles, ce matin, car je crois bien qu'il nous en arrive aussi de Saint-Denis.

Un silence.

On vient de signaler un groupe de cavaliers français qui arrive au galop. Les nouvelles du roi sont toujours les bonnes nouvelles, n'est-ce pas ? madame Jeanne.

JEANNE

— Sans doute, monseigneur.

REGNAULD DE CHARTRES

— Voici____ messire le comte de Clermont et____ messire le duc de Bar.____ Ils ont un héraut d'armes : nous allons sans doute avoir des nouvelles sérieuses.

Arrivent, à droite, LE COMTE DE CLERMONT, LE DUC DE BAR
et un héraut d'armes.

LE COMTE DE CLERMONT

— Bonjour, messeigneurs.

REGNAULD DE CHARTRES

— Bonjour, messire.

LE COMTE DE CLERMONT

— Nous vous prions, messieurs, de vouloir bien écouter ce que vous mande le roi notre sire.

Revient GILLES DE RAIS, qui s'approche pour écouter

Pour la lecture tous les assistants, moins les deux prélats et les envoyés du roi, se découvrent.

LE HÉRAUT lit lentement :

« A nos chers et bien aimés les princes,

« capitaines et hommes d'armes assemblés devant Paris pour le fait de la guerre.

« Nous avons connu à notre grand déplaisance que certains, qui sont dans notre armée royale, ont pris sur eux, dans la journée d'hier, d'essayer une vaillance d'armes contre la dite ville de Paris, sans considérer que la dite ville ne relève plus de notre adversaire ancien, Henri de Lancastre, qui se dit roi de France et d'Angleterre, mais qu'elle a naguère été commise à notre très cher et bien aimé cousin, Philippe, duc de Bourgogne, lequel nous a ce matin même envoyé un sien héraut pour consolider les trêves consenties avec nous le vingt-huitième jour du mois d'août dernier passé; auxquelles trêves nous avons voulu et voulons que fût comprise la dite ville de Paris et avec elle tous les pays d'alentour, pour sauver la dite ville et aussi les dits pays des maux innumérables qui se font en guerre et leur assurer perdurablement, s'il se peut, le bien de la paix.

« Et pour que ne fût pas faussée notre parole royale, que nous avons ce matin même encore engagée à notre dit très cher et bien aimé cousin, Philippe, duc de Bourgogne, nous avons ordonné à tous ceux qui se disent à nous qu'il fût fait abstinence de toute guerre contre les gens de notre dit cousin de Bourgogne, et par la présente particulièrement nous ordonnons à tous les princes,

capitaines et hommes d'armes assemblés pour le fait de

la guerre devant la dite ville de Paris qu'ils s'abs-
tiennent de toute vaillance d'armes encontre la dite ville,
et qu'aussitôt qu'on aura lu devant eux ce que nous leur
commandons ils s'en reviennent vers nous avec tous
leurs habillements de guerre.

« Et ceux qui voudraient de-
meurer devant la dite ville au risque de fausser notre
parole royale et d'empêcher le bien de la paix, nous
déclarons qu'ils sont traîtres et félons envers nous et
nous ordonnons à tous nos bons et loyaux serviteurs
de les forcer, s'il est nécessaire, à l'obéissance.

« Donné en l'abbaye de Saint-
Denis, le neuvième jour de ce mois de septembre, et
scellé de notre sceau royal,

« *Charles* »

Un silence.

Regnauld de Chartres

— Monsieur le comte, vous direz à notre sire que les
capitaines vous suivent. Le temps de rassembler leurs
hommes, et nous partons tous pour Saint-Denis.

S'en vont, à droite, LE COMTE DE CLERMONT,
LE DUC DE BAR et le héraut d'armes.

Regnauld de Chartres

— Messieurs, quand vous aurez rassemblé chacun vos
hommes, si vous le voulez bien vous nous avertirez,
monseigneur et moi : nous partirons tous de compagnie.

S'éloignent, à gauche, RAOUL DE GAUCOURT,
LE BARON DE MONTMORENCY,
et GILLES DE RAIS.

S'éloignent un peu à droite, en causant,
REGNAULD DE CHARTRES et PATRICE BERNARD.

Restent

JEANNE et JEAN, DUC D'ALENÇON.

REGNAULD DE CHARTRES et PATRICE BERNARD
se retournent.

REGNAULD DE CHARTRES

— Eh bien? messire.

JEAN, DUC D'ALENÇON

— Je suis prêt, monseigneur.

REGNAULD DE CHARTRES

— Vos hommes sont avertis?

JEAN, DUC D'ALENÇON

— Mes hommes sont prêts, monseigneur.

S'en vont, à droite, REGNAULD DE CHARTRES
et PATRICE BERNARD.

Oui, madame Jeanne, vraiment oui, moi et mes hommes, nous sommes prêts, nous sommes tout prêts à recommencer l'assaut, et l'armée nous suivra malgré les chefs, et Paris est à nous!

JEANNE

Un silence.

— Ah! les négociateurs! et les négociations! Quand nous arrivons devant les villes, nous les trouvons toujours commises à notre très cher et bien aimé cousin, et très féal vassal, Philippe, duc de Bourgogne, et nous n'avons pas tourné les talons qu'elles sont à notre adversaire ancien, Henri de Lancastre, roi de France, et d'Angleterre____

JEAN, DUC D'ALENÇON

— Vous n'avez qu'à dire un mot, madame Jeanne, et je vous donne Paris!

JEANNE

— Vous savez aimer le bien du royaume, vous, messire.

JEAN, DUC D'ALENÇON

— Oui, madame Jeanne,____ et si vous saviez comme je déteste les Anglais!____ Quand je pense à tout ce qu'ils m'ont fait, quand je pense qu'ils ont tué mon bisaïeul à la bataille de Crécy en Picardie, qu'ils ont blessé grièvement mon aïeul, qui tenait le siège devant la ville de Hennebont en Bretagne, et mis à mort mon père à la journée d'Azincourt, et moi qu'ils m'ont gâté mon héritage, et qu'ils m'ont gardé trois ans dans leurs prisons, et qu'il m'a fallu leur donner deux cent

mille saluts d'or pour me sauver de leurs mains, et
qu'ils m'ont renvoyé tout malade en ma ville de Fou-
gères : oh! si vous saviez comme je les déteste! Aussi,
je vous en prie, madame Jeanne, je vous en prie :
allons à Paris! allons-y tout de suite!

JEANNE

— Non, messire, pas aujourd'hui : nous sommes trop
surveillés ; voici déjà monseigneur qui revient.____ Il
nous faut dissimuler ce que nous voulons faire ; il faut
que nous dissimulions.____ Le pont que vous avez fait
bâtir sur la Seine, au droit de Saint-Denis?

JEAN, DUC D'ALENÇON

— Il est toujours tout prêt.

JEANNE

— Demain matin, de bonne heure, de très bonne heure,
vous assemblerez tous nos partisans. Nous passerons la
Seine sans rien dire à personne. D'ici là vous n'en par-
lerez qu'à ceux dont vous êtes bien sûr, tout à fait sûr,
pour qu'ils ne s'en aillent pas trop loin, d'ici là.

Paraissent, à droite, REGNAULD DE CHARTRES
et PATRICE BERNARD.

— Nous vous suivons, monseigneur, nous vous suivons, tout de suite.

S'en vont, à droite, REGNAULD DE CHARTRES
et PATRICE BERNARD.

— Aussitôt que nous aurons passé l'eau, nous irons

attaquer Paris, de l'autre côté. Nous donnerons vite aux Parisiens toutes les garanties qu'il faudra; nous surprendrons les Bourguignons____

Ils s'éloignent à droite.

Et quand Paris sera français nous irons saluer notre sire qui sera le roi très victorieux et nous lui demanderons qu'il nous pardonne.

Rideau : une minute

TROISIÈME ACTE

Le samedi 10 septembre 1429.

Le lendemain matin.

Dans l'église de l'abbaye de Saint-Denis : au premier plan, d'arrière en avant, le transsept de droite ; en face, le transsept de gauche ; à gauche, le commencement du chœur ; à droite, le commencement de la nef.

Vénérable et savante personne, maître Basile Aguisé, docteur en théologie,

       environ cinquante ans;

Vénérable et savante personne, maître Félicien l'Eveillé, docteur en théologie,

       environ cinquante ans;

Vénérable et religieuse personne, frère Ignace Dasbrée, de l'ordre des Frères Prêcheurs,

       environ trente ans;

Vénérable et savante personne, maître Guy Huguet, docteur en théologie,

environ quarante ans;

Honorable personne, Anselme Landois, clerc marié,

environ quarante ans;

Vénérable et religieuse personne, frère Vincent Claudet, de l'ordre des Frères Mineurs,

environ trente ans.

A gauche : au premier plan, Maitre Basile Aguisé,
Frère Ignace Dasbrée,

en arrière, Maitre Guy Huguet;

Au milieu : Monseigneur Patrice Bernard;

A droite : au premier plan, Maitre Félicien l'Éveillé,
Frère Vincent Claudet,

un peu en arrière, Anselme Landois

Maitre Basile Aguisé

— Enfin, mes maîtres, voici une heure au moins que la messe est dite, et nous discutons encore, et nous ne savons pas où nous en sommes. C'est un scandale, en vérité, qu'un débat aussi confus dans cette vieille église de Saint-Denis. Cela est bon dans les écoles, mes maîtres, et pour les écoliers. Mais nous, dans cette église, il nous faut ordonner tout ce que nous avons à dire.

Il nous faut ordonner les chefs d'accusation. Pour moi, laissant de côté ceux qui sont secondaires, j'entends dans l'espèce et par comparaison, car, en eux-mêmes, ils sont très importants déjà, j'en trouve jusqu'à trois principaux, et qui me paraissent particulièrement graves :

Premier chef d'accusation : Jeanne, qui se dit la Pucelle, a menti pour quitter la maison de son père; elle a menti à ses parents et leur a désobéi : or Dieu même a donné à Moïse un commandement formel sur ce point.

Deuxième chef d'accusation : Jeanne s'est habillée en homme : or il est écrit :

> *« Une femme ne prendra point un habit d'homme, et un homme ne prendra point un habit de femme; car celui qui fait ainsi est abominable devant Dieu. »*
>
> *(Deutéronome, chapitre douze.)*

Et le concile de Chalcédoine a renouvelé la défense.

Troisième chef d'accusation : Jeanne a mis sur plusieurs de ses lettres le divin signe de la Croix pour indiquer à ceux qui les devaient recevoir qu'ils eussent à faire le contraire de ce qui leur était commandé dans ces lettres. Et, selon moi, c'est ici un abominable sacrilège.

MAITRE FÉLICIEN L'ÉVEILLÉ

— Et j'ai répondu, mon maître, à ces trois chefs d'accusation :

sur le premier chef, que la volonté du Père céleste

se doit accomplir avant celle de nos père et mère, que
Jésus, enfant, étant allé à Jérusalem avec Marie et
Joseph, demeura dans le Temple à leur insu, et qu'il
répondit à sa mère déjà douloureuse : « Pourquoi me
cherchez-vous tous deux ? Ne savez-vous pas qu'il faut
que j'accomplisse la volonté de mon Père ? qui m'a
envoyé. »

sur le second chef, que nous lisons que sainte Eugénie a vécu longtemps en habit d'homme ;

sur le troisième chef, que ce n'était pas le signe de
la Croix, mais simplement une marque en forme de
croix.

Frère Ignace Dasbrée

— Et vous ne voyez pas que tous les deux, mes maîtres, en ce moment-ci vous vous perdez dans le détail !

Maitre Basile Aguisé

— Dans le détail ! mon frère : vous croyez que nous
nous perdons dans le détail ? Et pensez-vous que l'on ne
se damne pas pour un détail ? si ce détail est un péché
mortel et qu'il ne soit pas effacé par la Pénitence. Ne
savez-vous pas que pour un tel détail, c'est le même
Enfer ?

Frère Ignace Dasbrée

— Je ne dis pas qu'il n'en soit pas ainsi, mon maître ;
mais qu'importe qu'elle se damne ? elle : ce n'est pas à
elle que je pense.

Maître Basile Aguisé

— Mon frère, la damnation d'une âme est un malheur
infini : je prie tous les jours pour que Jeanne, qui se
dit la Pucelle, cesse de se damner, même dans le détail
de sa vie

Maître Félicien l'Éveillé

— Vous avez raison, mon maître : la damnation d'une
seule âme est un malheur infini : je prie tous les jours
pour que madame Jeanne continue à sauver son âme,
ainsi qu'elle a fait jusqu'à présent.

Maître Guy Huguet s'approche.

Maître Guy Huguet

A maître Basile Aguisé :

— Pourquoi prier pour elle? mon maître, si vous
pensez qu'elle se damne :
« *Il y a un péché mortel :*
je ne dis pas qu'on prie pour celui-là. »

Maître Basile Aguisé

— Par ces paroles, mon maître, saint Jean condamne
à l'enfer les péchés mortels que n'aurait pas effacés la
Pénitence mais il ne défend pas que l'on prie pour que
le pécheur se repente.

Maître Guy Huguet

— Si la Sagesse infinie a connu, en son Éternité, qu'il

fallait que Jeanne se damnât, vos prières n'iront pas contre la Puissance infinie :

> « *Le Seigneur a tout fait*
> *pour lui, et le méchant même pour le jour mauvais.* »

Anselme Landois s'approche.

ANSELME LANDOIS

> « *Ne dites point : « C'est*
> « *lui qui m'a jeté dans l'égarement.* » *: car les méchants*
> *ne lui sont point nécessaires.* »
> « *Car Dieu n'a point fait*
> *la mort et il ne se réjouit point de la perte des vivants.* »

Maître Guy Huguet s'éloigne.

MAÎTRE GUY HUGUET,

en s'en allant :

— J'ai un texte formel, mon maître, et je m'y tiens.

Anselme Landois le suit.

ANSELME LANDOIS

— Mais, mon maître, je vous assure que mes textes ne sont pas moins formels, et j'en ai plusieurs, moi, et si vous voulez que je vous en cite encore au moins deux,_____

Ils s'agenouillent face au maître-autel.

Ils s'en vont tous deux par la nef, en causant.

FRÈRE IGNACE DASBRÉE

— Oui, mes maîtres : la damnation d'une seule âme

est un malheur infini, mais la damnation de beaucoup
d'âmes est beaucoup de malheurs infinis : Je pense à
tous ces malheureux qui se damnent avec cette femme,
en travaillant à son œuvre mauvaise.

Patrice Bernard

— Nous ne savons pas encore, mon frère, si son œuvre
est mauvaise, et quand cela serait nous ne savons pas
si tous ceux-là seraient damnés qui auraient travaillé à
cette œuvre. Vous savez quel est le texte :

    *« S'élèveront en effet des
faux-Christs et des faux-prophètes : et ils donneront
de grands signes et des prodiges, au point de tromper,
s'il se peut, même les élus. »* Le texte ne dit pas qu'il
est sûr que les élus seront trompés, et, au cas où ils
seraient trompés, il ne dit pas qu'il est sûr qu'ils seront
damnés pour cela, et même il continue à les appeler
les élus. Il me semble donc que les élus ne seront pas
damnés pour avoir suivi les faux-Christs et les faux-
prophètes, à condition, bien entendu, que les élus
soient de bonne foi.

Frère Ignace Dasbrée

— Et qu'ils aient commencé, monseigneur, par examiner de leur mieux si l'œuvre où ils allaient travailler
n'était pas une œuvre du Maudit : c'est justement ce
que nous essayons de faire en ce moment, et je dis, moi,
que l'œuvre de cette femme est mauvaise, à la considérer dans son ensemble.

Ne blasphèment-ils pas la Puissance infinie du Créateur? ceux qui osent un seul instant supposer que pour son Œuvre il ait besoin de sa créature.

MAITRE FÉLICIEN L'ÉVEILLÉ

— Mon frère, il est écrit :

> *« Son zèle se revêtira de ses armes, et il armera ses créatures pour se venger de ses ennemis. »*

(Livre de la Sagesse, au chapitre cinq.)

FRÈRE IGNACE DASBRÉE

— Ne blasphèment-ils pas la Sagesse infinie du Créateur? ceux qui osent un seul instant supposer que pour son Œuvre il ait choisi un tel outil, une si faible femme.

MAITRE FÉLICIEN L'ÉVEILLÉ

> *« Isaï fit donc venir ses sept fils devant Samuel; et Samuel lui dit : « Dieu n'en a « choisi aucun de ceux-ci. »*

> *« Alors Samuel dit à Isaï: « Sont-ce là tous vos enfants? » Isaï lui répondit : « Il en reste encore un petit qui garde les brebis. » — « Envoyez-le chercher, » dit Samuel; « car nous ne « nous mettrons pas à table qu'il ne soit venu. »*

Mon frère, ce petit que l'on avait oublié aux champs à garder les bêtes, c'était David.

FRÈRE IGNACE DASBRÉE

— Et ne voyez-vous pas que cette femme s'est cons-

tituée en orgueil? Ne savez-vous pas qu'elle ne se veut
pas soumettre pour le fait de la guerre aux capitaines?
et pour le fait des négociations aux négociateurs? Ne
savez-vous pas qu'elle ne se veut pas soumettre pour le
fait de ses voix à l'Église? Ne savez-vous pas que jamais
elle n'a voulu parler de ses voix au curé de sa paroisse?
Ne savez-vous pas que depuis qu'elle est arrivée, jamais
elle ne les a voulu soumettre aux prélats, aux docteurs,
aux Prêcheurs? Monseigneur m'en est témoin.

PATRICE BERNARD

— Tout cela est vrai.

FRÈRE IGNACE DASBRÉE

— Ne reconnaissez-vous pas là le vieil Orgueil par qui
se fit la première damnation? le vieil Orgueil par qui se
sont damnés les Anges?

MAITRE FÉLICIEN L'ÉVEILLÉ

— Mon frère, « *l'Esprit souffle où il veut* »; l'Esprit
souffle quand il veut; l'Esprit souffle comme il veut : là
où est l'Esprit, là est la liberté, l'entière indépendance.

FRÈRE VINCENT CLAUDET

Brusquement.

— Mais enfin, mon frère, et vous, mon maître, vous
êtes là tous les deux qui discutez depuis au moins une

heure et demie, à présent, sur le cas de madame Jeanne,
comme vous appelez ça. Vous, mon frère, vous condamnez madame Jeanne, et je crois bien, Dieu me
garde! que vous la damnez, vous-même, et sans appel;
vous, mon maître, vous la défendez; mais tous les deux
avec des textes et des raisonnements qui n'en finissent
pas. Je n'en sais pas si long, moi; je ne sais pas discuter les cas; mais il ne faut pas en savoir si long; il
suffit de regarder; il suffit d'avoir vu madame Jeanne,
il suffit de la voir une seule fois pour voir que c'est
une sainte. En ce moment-ci, pendant que vous discutez son cas, depuis la messe de ce matin, ne savez-
vous pas qu'elle est à genoux là-bas, à l'autel de
notre Dame? et qu'elle fait sa prière? et qu'elle prie
pour nous, tous? et qu'elle prie pour vous? mon frère.
En vérité! vous ne l'avez donc jamais regardée? mon
frère! vous n'avez donc jamais vu comme elle fait son
oraison! vous n'avez donc jamais vu comme elle reçoit
le corps de notre Sauveur!

FRÈRE IGNACE DASBRÉE

— C'est justement pour cela! mon frère, qu'elle est si
dangereuse. Croyez-vous que le Maudit ne sache pas
contrefaire les Saints? Croyez-vous que ce soit en vain?
qu'il ait habité si longtemps le Ciel? Ne savez-vous pas
que c'est alors surtout? qu'il faut se méfier? quand la
contrefaçon est à ce point réussie. Écoutez bien, mon
frère : J'étais à Montpellier, il n'y a pas plus de douze
ans, quand fut condamnée au feu et brûlée, à la Portalière,____ Vous ne connaissez pas Montpellier?

Frère Vincent Claudet

— Non, mon frère.

Frère Ignace Dasbrée

— La Portalière, c'est à côté du couvent. — La sentence
fut prononcée par le vicaire de l'inquisiteur de la dépravation hérétique. La femme qu'on brûlait s'appelait
Catherine Sauve; elle était aussi de la Lorraine. Elle
aussi elle avait l'air d'une sainte.

Frère Vincent Claudet

— Mon frère, quand j'étais à Tours, j'ai connu la dame
de Sillé-le-Guillaume; on l'appelait aussi Sainte-Jeanne-
Marie-de-Maillé; il n'y a pas plus de quinze ans qu'elle
est morte. Elle aussi elle avait l'air d'une sainte : Eh bien!
tout le monde à présent l'implore comme étant vénérable, et déjà on a commencé les démarches qu'il faut
pour qu'on puisse l'implorer comme étant tout-à-fait
une sainte. Je vous dis qu'on finira bien par canoniser
aussi madame Jeanne.

Frère Ignace Dasbrée

s'éloignant :

— Et moi qu'on finira bien par la brûler comme hérétique.

S'éloignent maître Basile Aguisé et maître Félicien l'Éveillé

Patrice Bernard

— Me permettrez-vous, mes frères, une simple obser-
vation?

Frère Ignace Dasbrée revient.

Maître Basile Aguisé et maître Félicien l'Éveillé s'agenouillent face au
maître-autel et s'en vont par la nef, causant ensemble.

Vous, mon frère, vous voulez que madame Jeanne
soit damnée; vous, mon frère, vous voulez qu'elle soit
sauvée : ce sont là des solutions extrêmes, et ce que j'appelle des solutions entières. Ne voyez-vous pas qu'entre
les deux il y a place pour beaucoup de solutions que
j'appellerais des solutions partielles? Il se peut très bien
que madame Jeanne soit comme la plupart de nous,
qu'il y ait des jours où elle se damne, hélas! et des jours
où elle sauve son âme.

Frère Ignace Dasbrée

— Je ne crois pas.

Frère Vincent Claudet

— Moi non plus.

Patrice Bernard

— Je ne saurais vous dire encore, mes frères, ce qu'il
m'en semble, car il ne s'est rien passé qui fût décisif.
J'attendais pour avant-hier, à La Chapelle, une victoire
décisive ou un échec décisif : l'échec n'a pas été décisif,

puisque madame Jeanne voulait recommencer dès le
lendemain matin. J'attendais pour hier : la défense
formelle du roi notre sire a tout suspendu

Frère Ignace Dasbrée

— Elle a tout arrêté.

Patrice Bernard

— Je vous demande pardon, mon frère : tout suspendu seulement. Il se peut qu'il y ait du nouveau ce
matin.

Frère Ignace Dasbrée

— Vous croyez? monseigneur.

Patrice Bernard

— Oui, mon frère : je crois que cela se peut.

Frère Ignace Dasbrée

— Jeanne, pourtant, n'est pas armée? ce matin.

Patrice Bernard

— Vous n'avez pas vu qu'elle a ses éperons?

Un silence.

Frère Vincent Claudet

— La voici qui vient, monseigneur.

Frère Ignace Dasbrée

— Mais enfin, monseigneur, quand nous direz-vous ce que vous pensez d'elle?

Patrice Bernard

— Mes frères, je vous dirai ce qu'il me semblera d'elle aussitôt que je le saurai.

Vous venez tous les matins dans cette église?

Frère Ignace Dasbrée

— Oui, monseigneur.

Frère Vincent Claudet

— Oui, monseigneur.

Patrice Bernard

— Alors, mes frères, nous nous verrons toujours.

Jeanne

— Vous, les prêtres et gens d'église, faites processions et prières à Dieu.

XXVIII

Patrice Bernard

— Vous allez donc en avoir besoin? madame Jeanne.

Jeanne

— Monseigneur, nous en avons toujours besoin tous.

Un silence.

Arrive brusquement, par la nef, Jean, duc d'Alençon. Il s'agenouille face au maître-autel et se relève brusquement.

Jean, duc d'Alençon

— Madame Jeanne!

Il s'arrête en voyant Patrice Bernard et les deux religieux.

— Monseigneur_____

Patrice Bernard

— Messire, nous vous saluons très humblement. Il y a donc des nouvelles? ce matin, que vous arrivez si vite.

Jean, duc d'Alençon

— Mais oui, monseigneur, il y en a, des nouvelles, mais oui; la ville en est pleine; il y en a plein l'armée. Vous pouvez y aller voir.

Patrice Bérnard

— C'est ce que nous allons faire, messire.

JEANNE

— Eh bien ! messire : nous partons ?

Un silence.

Nous allons passer la Seine ?

JEAN, DUC D'ALENÇON

— C'est fini, madame Jeanne, c'est fini, de passer la
Seine : le pont est rompu !

JEANNE

— Le pont est rompu ?

JEAN, DUC D'ALENÇON

— Rompu, cassé, brisé, haché, en miettes.

JEANNE

— Comment ! les Anglais ?____

JEAN, DUC D'ALENÇON

— Mais non ! madame Jeanne : c'est le roi !

Un silence.

JEANNE

Un silence.

— Ah! bien : c'est le roi____

Un silence.

C'est la deuxième fois que je me trompe comme ça.

JEAN, DUC D'ALENÇON

— Et on dit que c'est un roi qui n'a pas d'énergie! le roi notre sire.

Un silence.

Il a mis des tas de soldats pour garder la rivière : il a sans-doute peur qu'on ne le refasse, le pont.

Un silence.

Il n'y a pourtant pas de danger, qu'on le refasse : les charpentes sont parties à vau-l'eau et les Anglais de Rouen pourront les ramasser dans la Seine à leur guise!

JEANNE

— Et qu'est-ce que l'on fait? messire, ce matin?

JEAN, DUC D'ALENÇON

— On tient conseil, madame Jeanne, on tient conseil. Le roi notre sire est un roi très sage : il tient très souvent conseil. Il tient conseil de préférence les jours de bataille : je vous dis que c'est un roi très sage!____

Un silence.

Ah! ils ont du bonheur, d'être Anglais, ceux qui sont Anglais.

JEANNE

— Taisez-vous, messire : vous avez blasphémé.

JEAN, DUC D'ALENÇON

— Je ne parle pas pour nous, madame Jeanne : puisque nous sommes Français, nous, il faut bien que nous restions Français. Je parle pour ceux qui sont nés Anglais : quand ils font les affaires du roi d'Angleterre, ceux-là, ils font ce qu'ils doivent, et on ne peut pas les faire passer pour des imbéciles. Tandis que nous! Etre un des premiers princes français, et travailler avec le roi de France, et par son ordre, à faire les affaires du roi d'Angleterre : non, c'est trop bête!

JEANNE

— Messire, il nous faut aller tout de suite au conseil.

JEAN, DUC D'ALENÇON

— Pour quoi faire? madame Jeanne : Est-ce que tout n'est pas décidé d'avance? Est-ce qu'on ne va pas vigoureusement s'enfuir jusqu'à la Loire? C'est un bon fleuve, la Loire, madame Jeanne, en ce moment-ci, un fleuve tranquille,____ une eau calme,____

JEANNE

— Il ne faut pas vous moquer de la Loire, messire :
beaucoup de nos amis sont morts là-bas au service du
roi.

JEAN, DUC D'ALENÇON

— Lequel était resté sur la Vienne ou sur le Cher, madame Jeanne : il me souvient.

Un silence.

JEANNE

Un silence.

— Croyez-moi, messire : il y a des paroles qu'il ne
faut pas prononcer.

Un silence.

— Allons quand même au conseil : je veux y batailler
désespérément pour qu'on reste ici.

Tous deux s'en vont par le bas-côté.

Parce que si l'on ne réparait pas cet échec d'avant-
hier____ je sens bien que je serais finie____

Rideau : une minute et demie

QUATRIÈME ACTE

Le mardi 13 septembre 1429.

Le mardi de la semaine suivante,
Le matin,
Au même endroit.

Noble et puissant homme, Étienne de Vignolles,
dit La Hire,

environ quarante ans.

Frère Ignace Dasbrée, Patrice Bernard,
frère Vincent Claudet.

Frère Vincent Claudet

— Ainsi, monseigneur, on a décidé qu'on s'enfuirait
sur la Loire ; et il a fallu délibérer pendant trois jours
pour inventer ça !

Patrice Bernard

— Attendez un peu, mon frère, s'il vous plaît : on n'a
pas décidé que l'on fuirait sur la Loire. Le roi notre
sire, pour assurer le bien de paix finale, a consenti avec
son très cher et bien aimé cousin très haut et très puissant prince monseigneur le duc de Bourgogne une
assez longue trêve : jusqu'à la Noël prochaine, ce qui
fait____ trois mois et demi.

En attendant que soit mise au dernier point la paix
finale, pour épargner à ces pays si lourdement éprouvés
les maux innumérables que feraient les gens de guerre,
ne se pouvant plus payer de leurs peines sur l'habitant
des territoires ennemis, et aussi pour ménager ses res-

sources de manière à pouvoir se remettre sur les champs avec une plus grande armée si par malheur il était nécessaire, le roi notre sire a décidé qu'il s'en irait faire un tour sur la rivière de Loire, et que, de là-bas, il renverrait chez eux la plupart de ceux qui l'ont suivi

Frère Vincent Claudet

— De sorte que si les Anglais veulent aussi faire un tour, mais par ici, eux, sur la rivière de Seine en par-ici, ça ne sera pas long : ils n'auront qu'à nous envoyer leurs fourriers, leurs fourriers tout seuls, pour marquer avec du blanc la porte de nos maisons.

Patrice Bernard

— Attendez un peu, mon frère, s'il vous plaît : le roi notre sire a commis à la garde et gouvernement de ces pays très haut et puissant seigneur, beau cousin le comte de Clermont, qui sera lieutenant-général, et pour besogner en sa compagnie beau cousin le comte de Vendôme, qui sera chancelier, beau cousin Christophe de Harcourt, et plusieurs autres du grand conseil, auxquels sont baillés pleins pouvoirs et autorité pour défendre et garder ces pays de toutes oppressions jusqu'au retour du roi.

Frère Vincent Claudet

— Le roi notre sire est un roi très sage.

Un silence.

FRÈRE IGNACE DASBRÉE

— Et Jeanne? qui se dit la Pucelle : Est-ce qu'elle
ne va pas encore désobéir un peu ?

PATRICE BERNARD

— Non, mon frère, car notre sire le roi veut garder
sauve son autorité royale.

FRÈRE IGNACE DASBRÉE

— Le pourra-t-il? monseigneur.

PATRICE BERNARD

— Oui, mon frère, car le roi, grâce à Dieu, n'est plus
ce qu'il était l'année passée : il est vraiment le roi, il
a repris une bonne part de son royaume, il s'est fait
sacrer à Reims, il a une armée solide, en un mot il
peut forcer l'obéissance.

FRÈRE IGNACE DASBRÉE

— Le ferait-il ?

PATRICE BERNARD

— Toutes les mesures sont prises pour le cas où il serait
nécessaire.

Frère Ignace Dasbrée

— Pourtant, monseigneur, est-ce que La Hire ne
s'en va pas en Normandie?

Patrice Bernard

— La Hire n'est qu'un chef de bande, mon frère : on le
laisse aller pour s'en débarrasser, de lui et de sa bande.

Frère Ignace Dasbrée

— Et Jeanne? monseigneur : est-ce que ce n'est pas
un chef de bande aussi? est-ce que ce n'est pas une
meneuse de soldats?

Patrice Bernard

— Il se peut, mon frère, mais elle n'était pas cela, puisque le roi notre sire, au voyage de Reims, a bien voulu
se laisser accompagner par elle.

Frère Ignace Dasbrée

— La Hire aussi, monseigneur, y était.

Patrice Bernard

— Pas au même titre. Par égard pour ce qu'elle était,
le roi ne veut pas qu'à présent elle s'en aille à l'aven-
ture.

FRÈRE VINCENT CLAUDET

— Alors, il faut qu'elle s'en aille sur la Loire avec
l'armée royale ?

PATRICE BERNARD

— Oui mon frère : il faut qu'elle s'en aille et ne pense
plus à Paris ; si bien qu'à présent nous pouvons considérer l'échec de jeudi comme un échec définitif, comme
un fait acquis.

FRÈRE IGNACE DASBRÉE

— Moi, monseigneur, je n'ai pas attendu qu'il fût
définitif pour savoir que Jeanne a fait un sacrilège en
bataillant un jour de fête.

FRÈRE VINCENT CLAUDET

— Comment ! est-ce que ce ne sont pas les meilleurs
jours ? pour exécuter les ordres de Dieu.

PATRICE BERNARD

— Il y a deux manières de sanctifier les jours de fête :

La première consiste à ne pas se défendre ces jours-
là, même si l'on est en péril de mort :

            *« Ils ne jetèrent pas une
seule pierre contre eux ; et ils ne bouchèrent point
les lieux les plus retirés.*

« *Mais ils dirent :* « *Mou-*
« *rons tous dans la simplicité de notre cœur, et le*
« *ciel et la terre seront témoins que vous nous faites*
« *mourir injustement.* »

« *Les ennemis les attaquè-*
rent donc le jour du sabbat, et ils furent tués, eux,
leurs femmes et leurs enfants avec leurs bestiaux :
mille personnes périrent en ce lieu-là. »

A frère Ignace Dasbrée :

Selon cette première manière, vous, mon frère, vous
avez raison.

La seconde manière de sanctifier les jours de fête
consiste à exécuter en effet ces jours-là les ordres de
Dieu :

« *Mathathias et ses amis*
en reçurent la nouvelle, et ils firent un grand deuil
de leur perte.

« *Alors ils se dirent les*
uns aux autres : « *Si nous faisons tous comme nos*
« *frères ont fait, et que nous ne combattions point*
« *contre les nations pour notre vie et pour notre loi,*
« *ils nous extermineront en peu de temps de dessus*
« *la terre.* »

« *Ils prirent donc ce jour-*
là cette résolution : « *Qui que ce soit* », *dirent-ils,*
« *qui nous attaque le jour du sabbat, ne faisons point*
« *de difficulté de combattre contre lui; et ainsi nous*
« *ne mourrons point tous, comme nos frères sont*
« *morts dans les lieux cachés du désert.* »

XXIX

C'est encore ainsi que Notre-Seigneur-Jésus-Christ guérissait le jour du sabbat : « *Le sabbat* », disait-il, « *a été fait pour l'homme, et non pas l'homme pour le sabbat.* »

A frère Vincent Claudet :

Selon cette seconde manière, vous aussi, mon frère, vous avez raison.

FRÈRE IGNACE DASBRÉE

— Alors, monseigneur, si nous avons raison tous les deux____

FRÈRE VINCENT CLAUDET

— Je vous demande pardon, monseigneur, mais je ne comprends pas.

FRÈRE IGNACE DASBRÉE

— Je cherche en vain quelle pourrait bien être, alors, la manière de ne pas sanctifier les jours de fête____

PATRICE BERNARD

— C'est bien simple, cependant, mes frères : la manière de ne pas sanctifier les jours de fête, la manière de les profaner même, c'est de se faire battre ces jours-là. En de tels jours, la victoire est bonne, elle est bonne et pieuse, car on l'offre à Dieu, mais la défaite est mauvaise, mauvaise et impie, car on ne peut pas en faire une offrande.

Un silence.

Quand la divine Sagesse a permis que Jeanne subît
un échec pour la fête de la Nativité de notre très vénérable Mère, la bienheureuse Vierge Marie, elle a montré
en effet qu'elle ne conduisait plus cette enfant.

Un silence.

Admirez, mes frères, admirez la sagesse de Dieu;
voyez comme il a bien su se servir de Jeanne, et comme
il a bien su nous sauver de la tentation, du scandale
qu'elle eût sans doute causé : si la victoire lui fût de-
meurée fidèle jusqu'à la fin, nous eussions été tentés de
l'attribuer, peut-être, à son âme, à sa personne, à elle-
même enfin, car nous sommes tentés de tout contre
Dieu. Il a pris ses précautions. Il a laissé l'enfant à elle-
même, et l'enfant nous est apparue ce qu'elle était, toujours aussi vaillante, aussi tenace, mais bien incapable,
à elle seule, d'achever la grande œuvre que Dieu avait
daigné commencer par elle.

Un silence.

Par là nous voyons évidemment que c'était Dieu qui
la conduisait, et qu'à présent il ne la conduit plus.

FRÈRE VINCENT CLAUDET

— Cette fois-ci, monseigneur, je crois bien que vous avez
raison, pour ce que vous dites là.

Oui, vous avez raison, et la sagesse de Dieu est
admirable.

FRÈRE IGNACE DASBRÉE

— Je persiste à penser, monseigneur, qu'elle n'a

jamais été qu'une orgueilleuse et une ambitieuse, une
ambitieuse des grandeurs humaines, mais il se peut que
vous ayez raison : Jusqu'ici elle se damnait au service de
Dieu ; à présent elle se damne____ pour se contenter.

Frère Vincent Claudet

— La sagesse de Dieu, monseigneur, est admirable. Il
sait admirablement montrer quand une œuvre cesse
d'être sienne : madame Jeanne a cessé d'être celle qui
travaillait sur terre à l'œuvre divine. Mais il ne suit pas
qu'elle se damne.

Frère Ignace Dasbrée

— La voici qui vient ! Il faut fuir cette damneuse et
cette damnée.

Il s'en va par le bas-côté.

Patrice Bernard

— Attendez-moi, mon frère, je m'en vais avec vous :
cette femme, à présent, n'est plus intéressante.

Il s'en va par le bas-côté.
Jeanne, en venant, les regarde s'en aller.
Elle s'agenouille face au maître autel ; puis elle se relève et s'avance.

Jeanne

— Bonjour, mon père.

Frère Vincent Claudet.

— Bonjour, madame Jeanne.

Un silence.

Écoutez, mon enfant, mieux vaut que je vous parle à
cœur ouvert.

Un silence bref.

Oui, mon enfant, vous avez été la bonne ouvrière du
bon Dieu, jusqu'ici ; vous avez admirablement travaillé
à la bonne œuvre du bon Dieu ; vous avez si bien tra-
vaillé____ que Dieu lui-même a jugé qu'il était temps
enfin pour vous de penser à vous reposer un peu. S'il a
permis que l'armée royale, commandée par vous, subît
un échec à l'assaut de Paris, c'était seulement pour
vous donner un avertissement paternel. Croyez-moi,
mon enfant : le temps est arrivé d'aller vous reposer
chez vous.

Jeanne

Un silence.

— Non, mon père, je n'irai pas chez nous, me reposer,
tant que mon œuvre ne sera point parfaite.

Frère Vincent Claudet

— Et que faut-il donc, mon enfant, pour qu'elle soit
parfaite ?

Jeanne

— Mes voix m'ont commandé de chasser l'Anglais hors
de toute France.

Frère Vincent Claudet

— Mais puisque vous avez subi un échec définitif_ _ _ _.

Jeanne

— Mes voix ne m'ont pas dit que je réussirais.

Frère Vincent Claudet

— Mais enfin, mon enfant, si Dieu a décidé qu'il ne
vous enverrait plus que des échecs, à vous, ne voyez-
vous pas que vous compromettez la cause royale? à vouloir ainsi rester quand même avec le roi.

Jeanne

— Mon père, tant que Dieu ne m'aura pas décommandé
ce qu'il m'a commandé, tant qu'il ne m'aura pas désœu-
vrée de l'œuvre, tant que mes voix ne m'auront pas dit
le nom de mon successeur, je m'efforcerai à faire la
bataille.

Frère Vincent Claudet

— Et la victoire? mon enfant.

Jeanne

— La victoire? mon père : elle est à Dieu. Nous le prie-
rons bien, vous et moi, tous ceux qui seront de bon cœur
avec nous, pour qu'il daigne nous l'envoyer. Mais, pour
qu'il puisse nous l'envoyer, il faut que nous commen-
cions par faire la bataille; et je la ferai, mon père; et
pourtant mon âme est bien lasse____

Frère Vincent Claudet

— Voyons! Jeanne : un bon mouvement, mon enfant :
vous le voyez bien : c'est encore un avertissement, cela.
L'échec devant Paris, c'était l'avertissement____ pu-
blic, pour tous, pour vous et pour nous. Si Dieu permet
à présent que vous ayez l'âme lasse, ne voyez-vous pas
que c'est encore un avertissement? pour vous avertir à
part? Ne reconnaissez-vous pas là, mon enfant, les aver-
tissements paternels du bon Dieu?

Jeanne

— Dieu m'a commandé par mes voix de quitter la
maison : tant que mon œuvre ne sera point parfaite ou
qu'il ne m'aura point commandé par mes voix de la
laisser imparfaite, je ne reverrai pas la maison de mon
père.

Frère Vincent Claudet

— Adieu, ma fille : Je vais prier Dieu pour qu'il vous
éclaire enfin.

Jeanne

— Au revoir, mon père.

Frère Vincent Claudet s'en va par le bas côté.
Jeanne le regarde s'en aller.
Un long silence.

Il ne peut pas savoir ce que mon âme est lasse,
Lasse de la bataille et lasse du conseil.

Mon Dieu vous savez seul comme j'ai l'âme lasse.

La défaite en bataille a ployé ma vaillance,
Et je n'ai plus à moi ma vaillance passée____

La défaite au conseil a faussé la vaillance

Que j'avais____

Un silence.

Arrive, par la nef, LA HIRE.
Il s'agenouille face au maître-autel, et s'avance au premier plan.

LA HIRE

— Madame Jeanne !

Un silence.

Madame Jeanne !

JEANNE

— Ah, c'est vous, La Hire.

LA HIRE

— Oui, madame Jeanne.

Un silence.

Madame Jeanne,____ je viens vous dire adieu____

Un silence.

Je m'en vais en Normandie, madame Jeanne, avec tous ceux qui veulent bien, parce que, voyez-vous, madame Jeanne, c'est plus fort que nous : on ne peut pas s'en passer, nous, de faire la guerre. Alors on s'est tous entendus, ensemble, pour s'en aller en Normandie, ou ailleurs, n'importe où, enfin dans un pays qu'on y fasse la guerre.

JEANNE

— Et les trêves, messire.

LA HIRE

— Qu'est-ce que vous voulez que ça nous fasse, nous,

les trêves, madame Jeanne, surtout quand c'est comme
ça. Et puis, ceux qui se mêlent de les faire, nous, c'est
pareil : on met tout ça dans le même sac.

Un silence.

C'est égal, madame Jeanne, c'est égal, on a fait des
bonnes batailles, ensemble, cette année.
Jamais on n'avait vu ça.

Un silence.

Madame Jeanne, j'ai bien peur qu'on ne le revoie
jamais____

Un silence.

C'est drôle, madame Jeanne : ça paraît déjà loin,
toutes ces batailles et toutes ces victoires là.

Un silence.

JEANNE

— Au revoir, messire.

LA HIRE

— Adieu, madame Jeanne.

Il s'en va par le bas-côté.
Jeanne le regarde s'en aller.

Un silence.

Jeanne

Mon Dieu pardonnez-moi si j'ai l'âme si lasse
Mais mon âme se lasse à rester seule, aussi

Mon Dieu, quand je pleurais parce que mes soldats
Étaient des outrageux qui pillaient et brûlaient,
Forçaient et massacraient,＿＿＿ o je ne pensais pas
Que je serais si lasse alors qu'ils s'en iraient,
Que je serais si lasse à rester seule ainsi,
A n'avoir plus à moi même de tels soldats.

Un silence.

Arrive, par la nef, JEAN, DUC D'ALENÇON.

Il s'agenouille face au maître-autel et s'avance au premier plan.

JEAN, DUC D'ALENÇON

— Madame Jeanne, je viens vous dire adieu.

JEANNE

— Vous allez aussi en Normandie? messire.

JEAN, DUC D'ALENÇON

— Non, madame Jeanne : ceux qui vont en Normandie, ce sont les brigands, ceux qui veulent faire la guerre quand même.

JEANNE

— Alors, messire, pourquoi ne venez-vous pas avec nous?

JEAN, DUC D'ALENÇON

— Ceux qui vont avec le roi, ce sont ceux qui aiment à se laisser duper. Il ne me plaît pas, moi, qu'on dise partout qu'on se sert de moi comme on veut, et que Jean, deuxième duc d'Alençon, n'est qu'un imbécile.

Un silence.

C'est pour ça, madame Jeanne, que je m'en vais en ma vicomté de Beaumont, voir ma femme.

JEANNE

— Vous me rappellerez, messire, à sa bonne souvenance ; vous lui direz que je ne l'oublierai jamais,____ et vous lui direz que je ne la verrai plus.

JEAN, DUC D'ALENÇON

— Pourquoi donc ? Jeanne.

JEANNE

— Parce que je sens bien que je ne verrai plus mes amis qui sont dans leurs maisons.

JEAN, DUC D'ALENÇON

— Adieu, Jeanne.

JEANNE

— Adieu.

Il s'en va par le bas-côté.

Jeanne le regarde s'en aller.

Un silence.

Ô mon Dieu faudra-t-il que je sois toute seule?
Faut-il qu'ils fassent tous leur partance de moi?
Que leur partance à tous me laisse toute seule?

Un long silence.

Arrive, par la nef, MAITRE JEAN, le coulevrinier
Il s'agenouille face au maître autel, puis s'avance au premier plan.

MAITRE JEAN

— Madame Jeanne?

Un silence.

Madame Jeanne!

JEANNE

— Ah! c'est vous! maître Jean. C'est aussi pour me dire adieu____

MAITRE JEAN

— Pourquoi donc? vous dire adieu? madame Jeanne.

JEANNE

— Parce qu'ils s'en vont tous, maître Jean ; parce qu'ils me disent tous adieu.

Un silence.

Ils sont bien heureux, ceux qui s'en vont; mais moi, je ne verrai jamais la maison de mon père.

MAITRE JEAN

— Vous avez encore le mal du pays? madame Jeanne, et vous pleurez encore____ Vous êtes donc bien malheureuse?

JEANNE

— Maître Jean, mon âme jamais ne se relèvera de la
défaite.

MAITRE JEAN

— Madame Jeanne____

JEANNE

— Je ne savais pas ce que c’était que la défaite.
Jeudi encore, à cette heure-ci, je ne le savais pas.
Je ne pouvais pas imaginer ce que c’est que la défaite.
Non, je ne pouvais pas le supposer.

MAITRE JEAN

— Madame Jeanne____

JEANNE

Brusquement :

— Pourtant! s’il fallait l’avoir tous les jours, la défaite! s’il fallait l’avoir tous les matins et tous les soirs,
et s’il suffisait, pour nous en sauver, de prononcer ou
de laisser prononcer les paroles qu’il a osé prononcer
devant moi____

MAITRE JEAN

— Qui donc celui-là? madame Jeanne, qui a osé prononcer devant vous des mauvaises paroles.

xxx

Jeanne

— Vous n'étiez pas là, mon ami. C'est messire Gilles de Rais.

Maitre Jean

— C'est un mauvais soldat : et je m'y connais, moi.

Jeanne

— C'est un malheureux.

Maitre Jean

— Et c'est un mauvais garçon : il ne vaut pas la corde____

Jeanne

— C'est un malheureux : il a dit les paroles qu'il ne faut pas dire, et mon âme ne s'en relèvera pas.

Maitre Jean

— Mais si, madame Jeanne, mais si. Ah ! je vois bien ce que vous avez, à présent : c'est le manque d'habitude. On est toujours comme ça, quand on commence, à faire la guerre : les soirs de victoire, on s'imagine qu'il n'y aura plus jamais, jamais, jamais de défaite, et les soirs de défaite on s'imagine qu'il n'y aura plus jamais, jamais, jamais de victoire. Mais quand on est un vieux soldat, madame Jeanne, on sait ce qu'il en est. Ce que

je n'avais pas vu encore, c'est des victoires à la file,
comme celles que vous avez gagnées; mais, à part ça,
j'ai tant vu de défaites qui arrivaient après des victoires,
et j'ai tant vu, aussi, de victoires qui arrivaient après
des défaites que je ne crois plus jamais que c'est fini.
Les jours de victoire, on essaie de gagner tout ce qu'on
peut; les jours de défaite, on essaie de sauver tout ce
qu'on peut; et le lendemain matin, sans s'occuper da-
vantage de ce qu'on a fait la veille, on recommence à
travailler de son mieux,____ et c'est ça qui fait les bons
soldats.

Un silence.

Ce matin, madame Jeanne, je venais justement vous
demander ce qu'il faut faire. Ils sont tous en train de
prendre les voitures, et de fourrer dessus tous leurs ba-
gages, tout ce qu'ils ont volé autour de Paris. Si on n'y
met pas le holà, il ne va plus y avoir de place pour les
habillements de guerre____

JEANNE

— Mon maître, nous allons essayer d'être un bon soldat.
Est-ce qu'elles sont toujours au même endroit? les deux
bombardes que nous avons laissées sur la place, dans
l'encognure de l'église____

MAITRE JEAN

— Oui, madame Jeanne.

Ils s'en vont par le bas-côté.

en s'en allant :

— Bien. Et les deux cent cinquante livres de salpêtre
que nous avons fait charger sur un tombereau?_____

Rideau : six minutes

Troisième Partie, en un Acte

ACTE

Un des derniers jours de mars 1430.

Six mois et demi après.
Un des derniers jours de mars,
Dans la matinée.
Une salle au château de La Trémouille, à Sully-sur-Loire.

Jeanne a dix-huit ans.

Très haut, très puissant et très redouté prince, notre droiturier et souverain seigneur, Charles de Valois, septième du nom, roi de France,

vingt-sept ans.

Jeanne

— Il n'y a guère plus d'un an, que j'ai passé pour la première fois par ces pays____

Maitre Jean

— C'est à Sully? que vous avez passé la Loire, madame Jeanne.

Jeanne

— C'est à Gien, mon maître, il y a treize mois; mais La Hire avait raison : ces temps là sont loin.

Un silence.

En ce temps-là j'arrivais de la Lorraine.

Un silence.

Il n'y a pas un an que Dieu, notre Seigneur, a permis que la ville d'Orléans fût délivrée des Anglais; mais ces temps là sont bien loin.

Un silence.

Il n'y a pas neuf mois que Dieu, notre Seigneur, a

permis que le roi notre sire fût sacré de l'huile sainte,
à Reims, dans la belle cathédrale; mais ces temps là
sont bien loin dans le passé.

Un silence.

Voici bientôt sept mois que Dieu, notre Seigneur, a
permis que sa servante connût pour la première fois
devant Paris la douleur de la défaite.

MAITRE JEAN

— Et que je vous ai dit, madame Jeanne, qu'il y avait
toujours des victoires après les défaites.

Un silence.

C'est ce qui est arrivé, madame Jeanne : après la
défaite il est arrivé des victoires nouvelles, et même il
n'est plus arrivé de défaite aussi grande.

JEANNE

— Parce que je ne faisais plus une guerre aussi grande.
Les défaites allaient diminuant et les victoires allaient
diminuant et la guerre aussi allait diminuant.

Un silence.

Et voici presque un mois que nous sommes à dormir
à Sully-sur-Loire, dans le château de messire de La
Trémouille.

Un silence.

Et pendant que nous dormons à Sully-sur-Loire, la
bataille a recommencé dans les pays que nous avons

XXXI

abandonnés, dans les pays de la Seine; la bataille a
recommencé, malgré les trêves.

MAITRE JEAN

— Est-ce qu'on ne les a pas prolongées pour jusqu'à
Pâques? les trêves.

JÉANNE

— Si, mon maître.

MAITRE JEAN

— Pâques est le combien? cette année.

JEANNE

— Le quinze avril, je crois. Pendant une quinzaine
encore notre bien aimé cousin Philippe, duc de Bourgogne, lieutenant en France pour notre adversaire
ancien, Henri de Lancastre, roi de France et d'Anglé-
terre, pourra se donner le plaisir d'attaquer à sa fantaisie les villes que nous avons dans son voisinage.
Notre sire le roi ne bougera pas, car il ne veut pas
fausser sa parole royale.

Un silence.

Vous rappelez-vous? maître Jean, vous rappelez-
vous? au retour de Reims, quand nous avons passé par
ces pays là_____

MAITRE JEAN

— Si je me rappelle! madame Jeanne : les bonnes gens

des campagnes et des villes couraient sur la route au devant du roi notre sire et jetaient des fleurs sous les pieds des chevaux et criaient : « Noël! Noël! »

JEANNE

— C'était un bon peuple.

MAITRE JEAN

— Les bonnes gens nous apportaient des champs de quoi manger et boire et les bourgeois nous apportaient les clefs des villes.

JEANNE

— C'est un bon peuple. ____ Et c'est ce peuple là que l'on délaisse aux Bourguignons et aux Anglais. Ils ont dit, maître Jean, qu'ils allaient tout massacrer, les hommes, les femmes, et jusqu'aux enfants de sept ans.

MAITRE JEAN

— Est-ce qu'il n'y a pas monseigneur l'archevêque de Reims? qui est particulièrement chargé de veiller sur ces pays-là?

JEANNE

— C'est bien cela qui m'inquiète.

Un silence.

C'est un négociateur très habile, que monseigneur le chancelier de France, archevêque de Reims : il avait

imaginé de donner,____ en gage, à monseigneur le duc
de Bourgogne, pour les trêves que celui-ci n'a jamais
respectées, simplement la ville de Compiègne. Heureusement que le capitaine et les bourgeois n'ont pas voulu.

MAITRE JEAN

— Ils sont restés Français quand même?

JEANNE

— Ils sont restés Français malgré les négociateurs très
habiles. C'est un bon peuple.____ Et quand je pense que
les Anglais ont dit qu'ils vont tuer jusqu'aux enfants de
sept ans!

MAITRE JEAN

— Il ne faut pas trop penser à tous ces malheurs-là,
madame Jeanne; il ne faut pas trop y penser, puisque
nous n'y pouvons rien.

JEANNE

— Oh si! mon maître, oh! je vous assure que cette fois-
ci nous y pouvons au moins tenter le remède, parce que
j'ai décidé, moi, que nous tâcherions d'y porter remède.

MAITRE JEAN

— Comment donc? madame Jeanne.

JEANNE

— Le roi notre sire va passer tout-à-l'heure par cette salle en allant à sa messe, dans la chapelle du château. Je vais le supplier pour qu'il aille au secours de son bon peuple.

MAITRE JEAN

— Il ne voudra pas.

JEANNE

— Attendez, mon maître : s'il ne veut pas, je pars sans lui.

MAITRE JEAN

— Comment ! madame Jeanne, comment ! Vous qui avez conduit l'armée royale, vous seriez à présent un chef de bande, comme La Hire !

JEANNE

— La Hire a conquis en Normandie sur les Anglais de fortes places. On dit même qu'il n'a pas été loin de Rouen.

MAITRE JEAN

— Il paraît que c'est une grande ville pour les Anglais ? la ville de Rouen.

JEANNE

— On le dit, mon maître, mais je n'en sais rien : c'est une ville que je ne connais pas.

Un silence.

Et si monsieur le duc d'Alençon, une fois arrivé en sa vicomté, s'était fait chef de bande, s'il avait pris sur lui de ne pas obéir à notre sire le roi, la Normandie tout entière sans doute serait française à présent.

MAITRE JEAN

Un silence.

— Vous avez pensé, madame Jeanne, à tous les dangers nouveaux qu'il va falloir que vous braviez?

JEANNE

— J'ai pensé à tout, mon maître, et j'ai décidé ce que je vous ai dit.

MAITRE JEAN

— ____ C'est que,____ madame Jeanne,____ un chef de bande,____ il peut lui arriver malheur.____ Ça n'est pas la même espèce de danger.

JEANNE

— Je vous entends, mon maître; mais j'ai décidé tout : j'ai décidé que je serais chef de bande. Je ne veux plus

raisonner. Je suis lasse des raisonneurs, et lasse des
raisonnements. Il y a sur la Seine, et de l'autre côté
de la Seine, des villes qui se sont données à nous :
nous devons les garder. Nous ne devons pas faillir à
leur bonne confiance. Elles sont en péril d'assaut : Je
veux aller à leur aide. J'irai. Je ne veux rien savoir
que ça.

MAITRE JEAN

Un silence.

— Et vos voix ? madame Jeanne.

JEANNE

— Quand mes sœurs du Paradis voudront me conseiller,
elles seront les très bien venues ; mais quand il ne plaira
pas à Dieu, notre Seigneur, qu'elles s'en aillent du Ciel,
je bataillerai sans le conseil de mes voix.

Un silence.

Et tous ceux qui voudront partir en campagne avec
moi seront les bien venus ; mais ceux qui ne voudront
pas, qu'ils restent : moi, je partirai.

Un silence.

S'il le faut, je partirai seule._____Et le bon Dieu fera
de moi ce qu'il voudra.

MAITRE JEAN

— Nous ne partirons pas seuls, madame Jeanne : monsieur Poton de Saintrailles viendra sûrement avec

nous,____ et il y en aura d'autres, peut-être pas beaucoup, mais des hommes qui se battent bien. Faut-il que je les avertisse?

JEANNE

— Attendez, mon maître : il faut d'abord que je voie le roi, et c'est seulement s'il ne veut point aller lui-même au secours de son peuple____

MAITRE JEAN

— Vous savez bien qu'il ne bougera pas.

JEANNE

— Et s'il ne veut y envoyer personne____

MAITRE JEAN

— Vous savez bien, qu'il n'y enverra personne.

JEANNE

— Alors vous direz à tous ceux qui, selon vous, seraient en humeur de faire campagne____

MAITRE JEAN

— Mais, madame Jeanne, si on en parle à tout le monde, le roi le saura____

JEANNE

— Ça ne fait rien, mon maître, ça ne fait rien : le roi

notre sire ne tient pas à me garder avec lui. C'était
bon dans le temps, quand j'étais dangereuse encore,
c'était bon devant Paris, de me garder malgré moi.
Mais à présent, il faut croire que je ne suis plus guère
dangereuse, hélas!

Un silence bref.

Je ne pourrais pas voir ainsi le roi, si j'étais encore
dangereuse.

Un silence.

Vous ne leur direz pas que nous partons en campagne.

MAITRE JEAN

— Ah!

JEANNE

— Vous leur direz seulement que je m'en vais faire un
tour aux champs, et que je les prie de venir avec
moi,____ et vous tâcherez qu'ils comprennent____.

MAITRE JEAN

Un silence.

— Mais, madame Jeanne, puisque vous dites que le
roi veut bien nous laisser nous en aller,____ pourquoi
toutes ces____ toutes ces précautions?

JEANNE

— Pourquoi tous ces détours? et toutes ces habiletés
encore? et pourquoi le mensonge toujours? Vous ne
comprenez pas tout cela? vous, maître Jean.

Un silence.

J'ai appris, hélas! à comprendre cela : si l'on ne sait pas ouvertement que je pars en campagne, le roi notre sire peut me laisser lui rendre ce service, de le débarrasser de moi; mais si l'on savait ouvertement que je veux partir en campagne, le roi ne pourrait plus me laisser m'en aller sans faire tort et sans faire offense à son cousin de Bourgogne.____

Un silence.

Mais à présent que je serai maîtresse de moi, je vous assure, maître Jean, oui je vous assure que je ne dirai plus le mensonge, à présent!

Non! je ne dirai pas la parole menteuse, et je ne sais pas si j'irai loin, mais je sais bien que je marcherai droit.

MAITRE JEAN

— Vous avez raison, madame Jeanne : il faut marcher droit. Parce que, ça n'est pas pour dire, mais, sauf le respect que je leur dois, il y en a tout de même trop qui marchent de travers, à présent.

Un silence.

Tout ça, madame Jeanne, ça n'est pas du monde comme vous.

JEANNE

— S'ils étaient comme nous, mon maître, ils n'auraient pas eu besoin de nous,

et je n'aurais pas eu à quitter la

maison de mon père.

MAITRE JEAN

— C'est vrai.

Un silence.

Seulement, alors, madame Jeanne, puisque vous en êtes aussi sûre que moi, que le roi ne marchera pas....

JEANNE

— Je n'ai pas dit, mon maître, que j'en étais sûre : on n'est jamais sûr que de ce qui est passé.

MAITRE JEAN

— Voyons, vous connaissez bien le roi, madame Jeanne,....

JEANNE

— Enfin, je ne veux pas même examiner cela : Le roi notre sire est celui à qui Dieu, notre Seigneur, a commis ce royaume : je ne veux pas qu'il soit jamais dit que l'on ait tenté quoi que ce fût pour le bien du royaume sans avoir d'abord proposé au roi l'honneur de le faire ou de le commander. La prière que je vais dire tout-à-l'heure à notre sire le roi, maître Jean, c'est le suprême honneur que je lui puisse faire,.... et plaise à Dieu que ce ne soit pas le dernier.

MAITRE JEAN

— Mon Dieu, madame Jeanne, si vous le voulez,.... moi, ça ne me regarde pas.

La messe du roi va commencer, madame Jeanne :
je m'en vais : Dès que le roi____, enfin, dès qu'il aura dit
non, je reviendrai voir ce qu'il faudra faire.

JEANNE

— Et vous direz à frère Jean qu'il vienne aussi. A tout-
à-l'heure. Vous direz à frère Jean que c'est pour écrire.

Sort, à gauche, maître Jean.
Un long silence.

JEANNE

Ô mon Dieu, donnez-moi la force qu'il me faut
Pour donner de la force au roi par ma parole.

Je lui dirai : « Messire, ayez pitié du peuple,
Du peuple qui chantait quand vous avez passé,
Messire ayez pitié du peuple qui vous aime,
Et qui chantait Noël quand vous avez passé.

« Les Anglais outrageux vont commencer l'assaut
Des villes qui s'ouvraient quand vous avez passé,
Messire ayez pitié des villes qui vous aiment____ »

Entre, à droite, le roi.

JEANNE

— Messire, je vous en supplie,_ _ _ _

LE ROI

— Parlez, ma fille : vous savez combien je suis content de ce que vous avez fait pour le bien de ce royaume ; il n'est rien à présent que je vous puisse refuser. Voulez-vous quelque faveur nouvelle pour votre cher village de Domremy? Voulez-vous quelque faveur nouvelle pour vos parents? à qui j'ai déjà donné l'avantage de noblesse.

JEANNE

— Messire, je voulais vous parler pour vos villes, que les Anglais vont assaillir, au-delà de la Seine.

LE ROI

— Laissons cela, Jeanne, laissez cela : vous savez, mon enfant, combien je suis content de tout ce que vous avez fait pour le bien de ce royaume ; à présent vous avez le droit de vous reposer, ma fille ; il est temps de vous reposer enfin ; il faut vous reposer. Je le veux.

Le roi passe et sort à gauche.
Un long silence.

Jeanne

A présent, ô Seigneur, ayez pitié de moi :
Je m'en vais commencer la bataille à moi seule

Un long silence.

MAITRE JEAN

— Le roi vient d'arriver à la chapelle. Il n'avait pas l'air content____

JEANNE

— C'est fini.____ Cela n'a servi qu'à lui faire dire une feintise de plus : je suis bien malheureuse.

MAITRE JEAN

— Frère Jean m'a dit qu'il me suivait.____ C'est lui.

Entre, à gauche, FRÈRE JEAN PASQUEREL.

JEANNE

— Vous avez ce qu'il faut pour écrire? mon père.

FRÈRE JEAN

— Oui, madame Jeanne.____ Vous voulez donc envoyer des lettres? madame Jeanne : c'est comme le roi notre sire, alors. Il a fait partir des lettres, ce matin.

JEANNE

— Pour qui donc? mon père.

FRÈRE JEAN

s'installant :

— Pour les villes qui sont par-delà la Seine. Il y en a une pour la ville de Reims. Il leur dit qu'ils n'ont pas besoin d'avoir peur, parce qu'il pense toujours à eux.

JEANNE

— Il pense toujours à eux!____

FRÈRE JEAN

installé :

— Et vous, madame Jeanne, à qui voulez-vous que j'écrive?

JEANNE

— Écrivez, mon père :

« A mes chers et bons amis, les gens d'église, bourgeois et habitants de la ville d'Orléans. »

FRÈRE JEAN

— Tiens! c'est pour ceux d'Orléans? Il n'y a pourtant pas les Anglais? par chez eux,____

JEANNE

— Écrivez, mon père :

« Chers et bons amis, si vous avez gardé mémoire des batailles que nous avons combattu ensemble par chez vous, je vous prie de m'envoyer, pour le plus tôt que vous pourrez, dans la ville de Melun,____ »

FRÈRE JEAN

— Mais le roi ne va pas à Melun, madame Jeanne.

XXXII

— J'y vais, mon père.----- « pour le plus tôt que vous pourrez, dans la ville de Melun, tout ce que vous pourrez en fait de poudre, salpêtre, soufre, traits, arbalètes fortes et autres habillements de guerre---- »

Rideau : une demi-heure

TROISIÈME PIÈCE, EN DEUX PARTIES :

Rouen.

Première Partie, en cinq Actes

PREMIER ACTE

Un des derniers jours de février 1431.

Onze mois plus tard.

Une des premières séances du procès.

Dans la chapelle royale du Château de Rouen, le chœur; au fond, le maître-autel; à gauche et à droite, les rangées de stalles, deux à gauche et deux à droite; au milieu un espace vide où l'on a mis, un peu à gauche, un escabeau.

Sept heures et demie du matin.

Jeanne a dix-neuf ans.

XXXIII

*Vénérable et savante personne, maître Nicolas l'Oi-
seleur, maître es arts, bachelier en théologie, chanoine
de la cathédrale de Rouen,*

environ quarante ans;

*Vénérable et religieuse personne, frère Mathieu
Bourat, de l'ordre des Frères Prêcheurs, au couvent
de Saint-Jacques-de-Rouen,*

environ quarante ans;

*Vénérable et scientifique personne, maître Fidèle
Pierret, docteur en théologie,*

environ cinquante-cinq ans;

*Vénérable et savante personne, maître Nicolas
Midi, docteur en théologie,*

environ quarante ans;.

*Vénérable et savante personne, maître Jean Beau-
père, docteur et professeur en théologie, maître es
arts, chanoine de Paris et de Besançon,*

environ cinquante ans;

*Vénérable et savante personne, maître Guillaume
Evrard, docteur en théologie, trésorier et chanoine
de la cathédrale de Langres, chanoine de Laon et
de Beauvais,*

environ trente-cinq ans;

*Vénérable et savante personne, maître Thomas de
Courcelles, bachelier en théologie, chanoine d'Amiens
de Laon et de Thérouenne,*

environ trente ans;

Vénérable et savante personne, maître William Haiton, bachelier en théologie, secrétaire des commandements de notre souverain seigneur le roi de France et d'Angleterre,

environ quarante ans;

Vénérable personne, messire Jean d'Estivet, chanoine de Bayeux et de Beauvais, promoteur du procès,

environ trente-cinq ans;

Très révérend père en Dieu et seigneur, monseigneur Pierre Cauchon, docteur en théologie, maître es arts, licencié en droit canon, conseiller de notre souverain seigneur le roi de France et d'Angleterre, évêque de Beauvais, juge au procès,

environ quarante ans;

Vénérable et savante personne, maître Jean de la Fontaine, maître es arts, licencié en droit canon,

environ quarante-cinq ans;

D'autres assesseurs, jusqu'au nombre total de quarante environ;

Vénérable personne, messire Jean Massieu, prêtre, doyen de la Chrétienté de Rouen, exécuteur des mandements et convocations au procès,

environ trente ans;

Vénérable personne, messire Guillaume Manchon, prêtre, curé de Saint-Nicolas-le-Painteur de Rouen, greffier de la cour archiépiscopale de Rouen, notaire au procès,

environ trente ans;

Vénérable personne, messire Guillaume Colles, dit Boisguillaume, prêtre, curé de Notre-Dame-la-Ronde de Rouen, greffier de la cour archiépiscopale de Rouen, notaire au procès,

environ quarante-cinq ans.

Honorable personne, messire Pierre Sureau, receveur général des finances du roi notre sire au duché de Normandie,

environ quarante ans.

Au premier plan MAITRE NICOLAS L'OISELEUR se promène les
mains derrière le dos.

Arrive au fond, à gauche, marchant vite, FRÈRE MATHIEU BOURAT.
Il s'agenouille en passant devant le maître autel, puis il s'avance
au premier plan.

MAITRE NICOLAS L'OISELEUR

— C'est vous! mon frère. Comment allez-vous? ce
matin.

FRÈRE MATHIEU BOURAT

— Je vais bien, mon maître.

MAITRE NICOLAS L'OISELEUR

— Vous arrivez de bonne heure, aujourd'hui. Vous savez
que la séance ne commence qu'à huit heures.

FRÈRE MATHIEU BOURAT

— Je le sais, mon maître.

Un silence bref.

Seulement, voyez-vous! maître Nicolas l'Oiseleur, il
faut que je parle à quelqu'un avant le commencement

de la séance, il faut que je parle à quelqu'un qui s'y connaisse......

— Alors, parlez à moi, mon frère.

— C'est pour vous dire que je ne comprends rien, mais, là, rien du tout, à tout ce qu'on fait dans ce procès-là.

Un silence bref.

Tenez ! j'ai encore là, dans ma poche, la lettre que messire Jean Massieu est venu m'apporter. Écoutez bien ça :

« Nous, PIERRE, par la divine miséricorde évêque de Beauvais, à notre très cher fils Mathieu Bourat, de l'ordre des Frères Prêcheurs, au couvent de Saint-Jacques de Rouen, nous mandons expressément qu'il nous veuille bien assister au procès que nous allons commencer en matière de foi contre une femme qui se dit la Pucelle, véhémentement suspecte d'hérésie...... »

En lisant ça, moi, je me dis : « C'est bon. C'est un procès d'hérésie. On a besoin de moi. Il faut marcher : je marcherai. » Alors, moi, toujours fidèle au poste, j'arrive à huit heures du matin, mercredi dernier, vingt-et-un février, dans cette chapelle du château, dans cette « chapelle royale »,...... et qu'est-ce que je trouve ? je trouve une accusée qui nous traitait...... comme elle

voulait, et des interrogatoires____ qui n'en finissaient
pas.____ Non, mon maître, on ne me fera jamais croire,
à moi, que c'est un procès d'hérésie, ce procès-là____

Maître Nicolas l'Oiseleur

— Mon frère, il y a lieu de distinguer____

Frère Mathieu Bourat

— Mais non! mon maître, il n'y a pas lieu de distinguer; il ne faut pas distinguer; vous commencez
toujours par distinguer. vous,____

Maître Nicolas l'Oiseleur

— Mon frère, c'est pour ne pas demeurer dans la con-
fusion.

Frère Mathieu Bourat

— Mais c'est vous qui les faites! les confusions, mon
maître; c'est vous! qui les faites. Un hérétique est un
hérétique, et on n'a pas besoin de regarder un homme à
deux fois, pour voir si c'est un hérétique. Un procès
d'hérésie est un procès d'hérésie.____ Je sais bien ce
que c'est, moi, qu'un procès d'hérésie.____ J'en ai
assez fait, moi, dans ma vie, des procès d'hérésie.____
Quand on a un procès d'hérésie, on prend l'hérétique,
on le juge, on le condamne, on le brûle, et le bon Dieu
met son âme en enfer;____ et puis c'est fini : c'est tout
de suite fait.

MAITRE NICOLAS L'OISELEUR

— Vous oubliez, mon frère, que nous ne brûlons jamais
personne : l'Église a horreur du sang. Nous abandon-
nons les hérétiques au bras séculier, et nous le prions de
vouloir bien modérer la sentence qu'il rend contre eux
en deçà de la mort et de la mutilation des membres._____

FRÈRE MATHIEU BOURAT

— Eh! mon maître, on sait ce que ça veut dire, toutes
ces formalités-là.

MAITRE NICOLAS L'OISELEUR

— Ce ne sont pas des formalités, mon frère : ce sont
des formes ; et nous n'avons pas à savoir ce qu'elles
veulent dire : il nous suffit de savoir ce qu'elles disent.
Or ce qu'elles disent est nécessaire à dire pour que
notre sainte Mère l'Église conserve intacte la vertu de
son institution première.

FRÈRE MATHIEU BOURAT

— Son institution première est tout entière en ces
paroles : « *Tout ce que vous lierez sur la terre sera lié
dans le ciel.* » Et ne savez-vous pas que le lien dont il
est parlé là, mon maître, c'est le lien dont les corps sont
liés aux flammes éternelles ? Et pourquoi ne voulez-
vous pas, si l'Église doit lier les corps des hérétiques
aux flammes infernales, qu'elle puisse et doive aussi les

lier aux flammes si peu douloureuses des bûchers pas-
sagers que nous bâtissons de nos faibles mains.

Maitre Nicolas l'Oiseleur

— Votre citation, mon frère, est exacte, et vous êtes,
mon frère, un homme éloquent. Mais ce n'est pas à nous
d'interpréter les textes sacrés. Seule notre sainte mère
l'Église a ce droit, quand elle assemble en ses Conciles
généraux les meilleurs de ses Fils. Et vous n'avez pas
oublié, mon frère, que nos très révérends Pères, assemblés dans la basilique de Saint-Jean-de-Latran, décré-
tèrent que l'Église a horreur du sang. Nous n'avons pas
à discuter leur décret. C'était, s'il m'en souvient bien,
mon frère, en l'an onze cent soixante-dix-neuvième du
règne de la grâce.

Frère Mathieu Bourat

— Il vous souvient toujours bien, vous, mon maître.

Un silence bref.

Mais ça n'empêche pas que le procès de cette
femme,____ ou de cette fille, je ne sais pas ce que c'est,
moi____

Maitre Nicolas l'Oiseleur

— De cette fille, mon frère.

Frère Mathieu Bourat

— Cela n'empêche pas que le procès de cette fille n'est

pas conduit comme on conduit un procès d'hérésie. Et
d'abord depuis quand? est-elle hérétique, d'après vous.

MAÎTRE NICOLAS L'OISELEUR

— Je pense qu'elle n'a jamais cessé d'être une hérétique
et de faire œuvre d'hérésie, sans compter le reste.

FRÈRE MATHIEU BOURAT

— Bien, mon maître.

Je vous demandais ça parce que la semaine dernière
il y en avait qui disaient devant moi qu'elle n'a pas toujours été une hérétique. Si on les écoutait, elle n'en
aurait pas été une en commençant, quand elle était victorieuse; Dieu ne l'aurait abandonnée à l'hérésie et au
péché que le jour de son échec devant Paris, le jour de
sa première défaite, il n'y a pas encore dix-huit mois.

Un silence bref.

Et même il y en avait un qui disait que Dieu ne
l'avait abandonnée que le jour où elle avait été prise à
Compiègne, il n'y a pas encore neuf mois et demi.

Un silence bref.

C'est moi qui les ai tous remis à leur place : « Comment! » leur ai-je dit, « vous vous imaginez que c'est
la défaite ou la victoire qui marquent les damnés ou les
élus? Ne savez-vous pas que Dieu, notre Maître, peut
toujours, dans son infinie Sagesse, nous envoyer cette
épreuve, de donner toujours la victoire aux mauvais et
la défaite aux bons? Non ! vous dis-je, non! cette femme

est une hérétique : il suffit de la regarder; il suffit de
voir son orgueil, son air insolent. Elle est une hérétique.
Elle a toujours été une hérétique. Et s'il y avait avec elle
à Rouen son armée tout entière, si elle avait fait son
entrée victorieuse dans cette ville avec son armée,
avec l'armée d'Orléans, l'armée de Patay, l'armée de
Reims, avec toute son armée, avec celui qu'elle appelle
son roi,____ j'irais la trouver et je lui ferais savoir,
dans sa victoire, qu'elle est une hérétique. »

Voilà ce que je leur ai dit.

Maître Nicolas l'Oiseleur

— Vous avez bien fait, mon frère, et vous êtes un homme
qui a de la bravoure, et nous sommes d'accord sur ce
point, qu'elle a toujours été une hérétique.

Frère Mathieu Bourat

— Attendez, mon maître, attendez : D'où vient, si
elle a toujours été une hérétique, d'où vient qué l'on
n'ait pas commencé plus tôt le procès d'hérésie contre
elle?

Maître Nicolas l'Oiseleur

— Mais vous savez bien qu'elle n'était pas à nous, mon
frère.

Frère Mathieu Bourat

— Les hérétiques sont toujours à nous, mon maître :
il fallait citer cette fille en cour d'Église dès qu'on a
vu ce qu'elle était.

MAÎTRE NICOLAS L'OISELEUR

— Mon frère, je vous assure____

FRÈRE MATHIEU BOURAT

— Il n'y a pas à m'assurer! mon maître, il n'y a pas à
m'assurer : ce n'est pas à vous que je m'en prends;
vous êtes aussi en sous-ordre, vous; mais n'y a-t-il pas
à Paris, et pour tout le royaume de France, un grand
inquisiteur de la dépravation hérétique? D'où vient?
qu'il n'ait pas cité cette fille par devant son tribunal
quand elle était victorieuse? alors qu'elle était le plus
dangereuse, enfin!

MAÎTRE NICOLAS L'OISELEUR

— Vous savez bien, mon frère, qu'elle n'aurait pas obéi
à la citation.

FRÈRE MATHIEU BOURAT

— Qu'importe? mon maître. Nous eussions au moins
tâché, nous, de garder sauve la Gloire de Dieu; nous
eussions tâché de garder sauve l'impérissable Foi. Oui!
mon maître : il fallait citer cette fille en cour d'Église;
et, bien entendu, il fallait citer avec elle tous ceux qui
étaient pour elle, et par elle, tous ceux qui marchaient
avec elle, tous les capitaines et tous les prélats nos
adversaires, et celui qu'elle appelle son roi; d'où vient
qu'on ne l'ait pas fait?

Maitre Nicolas l'Oiseleur

— Vous avez reconnu, mon frère, que je n'en suis pas
responsable ; je vous dirai cependant ce qu'il me semble
de tout cela, mais quand vous aurez fini vos questions,____ car vous n'avez pas l'air d'avoir fini ?

Frère Mathieu Bourat

— Certes non ! je n'ai pas fini : D'où vient qu'à présent
même, et pour le procès présent, on n'ait pas cité tous
les partisans de cette fille, tous ceux que je disais tout-
à-l'heure ?

Maitre Nicolas l'Oiseleur

— Vous oubliez, mon frère, qu'ils ne se sont jamais
portés caution pour elle envers nous ; vous oubliez qu'ils
n'ont pas fait, depuis qu'elle est en nos mains, une seule
démarche pour elle, ni par la voie de droit, ni par la
voie de fait. Comment voulez-vous, dès lors, que nous
les fassions responsables d'elle ?

Frère Mathieu Bourat

— Comment je le veux ? mon maître : est-ce qu'ils ne
gardent pas la terre qu'elle a conquise pour eux ? Il vous
suffit, à vous, qu'ils veuillent bien vous abandonner
l'hérétique et la pécheresse. Moyennant cela, vous les
laissez posséder en paix l'œuvre d'hérésie et l'œuvre de
péché. En vérité, vous n'êtes pas difficile, mon maître,

si vous vous contentez d'un pareil marché. Vous oubliez
seulement qu'il n'est pas de marché possible entre
l'Église et l'hérésie.

Maitre Nicolas l'Oiseleur

— Je vous donnais ma réponse, mon frère, pour ce
qu'elle vaut____

Frère Mathieu Bourat

— Et je la prends aussi pour ce qu'elle vaut, mon
maître : elle ne vaut pas cher.

Maitre Nicolas l'Oiseleur

— C'était dans ma pensée une réponse de détail : je
vous ferai la réponse d'ensemble quand vous aurez fini.

Frère Mathieu Bourat

— Je finirai, mon maître : D'où vient, en particulier,
qu'on n'ait pas cité avec elle en cour d'Église tous ceux
qu'on a pris à Compiègne avec elle, et qui étaient de sa
compagnie, de sa maison. Il y en avait plusieurs, mon
maître ; il y avait un de ses frères, celui qu'on appelait
Pierre, je crois ;____ il y avait son maître d'hôtel, un
nommé____ un nommé Jean d'Aulon ;____ il y avait
aussi Poton de Saintrailles, qui est un fameux capitaine
de brigands____

xxxiv

MAITRE NICOLAS L'OISELEUR

— Je ne sais pas ce qu'ils sont devenus : on les aura sans
doute considérés comme des prisonniers de guerre._____

FRÈRE MATHIEU BOURAT

— Mais alors ! elle aussi, elle est prisonnière de guerre,
à moins qu'il n'y ait à distinguer ici encore? mon
maître_____

MAITRE NICOLAS L'OISELEUR

— J'avoue qu'il me semble qu'il faut distinguer, mon
frère. C'étaient de pauvres gens, qu'elle avait séduits,
et qu'elle séduisait tous les jours_____

FRÈRE MATHIEU BOURAT

— C'est justement pour cela, mon maître, qu'il fallait
les citer en cour d'Église, et les mettre en demeure d'ab-
jurer cette séduction. La séduction des pauvres gens,
c'est encore une part d'hérésie; c'est la part d'hérésie
qui est à leur portée.

MAITRE NICOLAS L'OISELEUR

— _____

J'attends toujours, mon frère, que vous ayez fini vos
questions.

FRÈRE MATHIEU BOURAT

— J'aurai bientôt fini, mon maître : D'où vient que le
procès n'ait pas commencé dès qu'elle fut prise?

Maître Nicolas l'Oiseleur

— Vous savez bien, mon frère, qu'elle n'a pas été prise
par nous, mais par un archer qui était au bâtard de
Vendonne, lequel est à messire Jean de Luxembourg,
lequel est à monseigneur le duc de Bourgogne, lequel
n'est à personne, étant seulement le très cher et bien
aimé cousin, l'allié très loyal, mais non pas le vassal de
notre sire Henri, sixième du nom, roi de France et d'Angleterre.

Frère Mathieu Bourat

— L'Église, mon maître, n'a pas à considérer les subordinations terrestres, les subordinations des hommes à
des hommes. Elle est, en matière de foi, la seule suze-
raine, et tout homme est son vassal.

Maître Nicolas l'Oiseleur

— Il fallait cependant bien faire, auprès de ces diverses
personnes, les démarches nécessaires____

Frère Mathieu Bourat

— Il n'y avait, mon maître, qu'une seule démarche
qui fût nécessaire ; mais il fallait, celle-là, qu'elle fût
faite ; et vous ne l'avez pas faite : il fallait sommer tous
ceux qui tenaient cette fille en leurs prisons, quels qu'ils
fussent, d'avoir à la rendre aux gens d'Église pour lui
faire son procès, d'avoir à nous la rendre, à nous, et
sans aucun délai, sous peine, eux aussi, d'être consi-

dérés comme des hérétiques, et traités comme tels,
étant fauteurs d'une hérétique.

MAITRE NICOLAS L'OISELEUR

FRÈRE MATHIEU BOURAT

— Vous entendez bien? mon maître : je dis nous la
rendre, comme étant à nous, et non pas nous la faire
payer, car on n'a pas besoin d'acheter, et de payer,
ce qu'on possède, à soi, en toute propriété : or l'Église
possède les hérétiques, d'avance : elle les a de droit divin,
puisque c'est Notre-Seigneur qui les lui a donnés.

MAITRE NICOLAS L'OISELEUR

— Vous oubliez seulement, mon frère, que cette accusée
ne nous a jamais coûté un sou, à nous. Vous oubliez
que c'est notre souverain seigneur le roi de France et
d'Angleterre qui, brûlant d'un noble zèle pour la défense
de notre sainte foi catholique, a payé jusqu'à dix mille
livres tournois pour avoir cette fille en ses prisons,
après quoi, et sans aucun délai, mon frère, il a donné,
il a rendu aux gens d'Église, l'accusée d'hérésie, pour
lui faire son procès.

FRÈRE MATHIEU BOURAT

— Mais vous savez bien que ça n'est pas vrai! mon
maître. Vous le savez bien! que ça n'est pas vrai : Le
roi de France et d'Angleterre n'a jamais rendu, il n'a
jamais donné l'accusée aux gens d'Église. Vous savez

bien qu'il n'a jamais fait que nous la prêter, et que tous
les jours il nous la prête, et seulement pour la séance,
et qu'aussitôt après il faut qu'elle retourne aux prisons
des Anglais. D'où vient? mon maître, qu'une accusée
d'hérésie ne soit pas gardée aux prisons d'Église?

Maître Nicolas l'Oiseleur

— On n'avait jamais vu, mon frère, une accusée d'hérésie qui fût aussi dangereuse, une accusée d'hérésie qui
fût un capitaine, et qui eût tenté de s'évader avec l'au-
dace dont celle-ci avait déjà fait preuve. Pour garder un
capitaine, et surtout un tel capitaine, il faut, mon frère,
des soldats.

Frère Mathieu Bourat

— Mais alors il faut que les soldats soient au service
des gens d'Église. Et vous savez bien qu'il n'en est rien,
et que c'est nous, Dieu me pardonne! qui sommes au
service des soldats!

Maître Nicolas l'Oiseleur

— Jamais je ne vous laisserai dire, mon frère, que nous
ayons mis l'éternelle autorité de l'Église au service de
qui que ce fût parmi les hommes.

Frère Mathieu Bourat

— La preuve en est, mon maître, que le roi d'Angleterre a fait ses conditions, et que nous les avons subies.
Ne s'est-il pas réservé, si le tribunal d'Église absolvait

l'accusée, de la garder à lui, dans ses prisons, pour en
faire sa volonté? Depuis quand l'Église permet-elle
qu'on ose lui parler seulement de conditions?

Maitre Nicolas l'Oiseleur

— Vous ne connaissez que les grands mots, mon
frère,____

Ce ne sont pas des conditions, que l'on subit, mon
frère : ce sont des arrangements que l'on prend pour le
mieux, ce sont des concessions mutuelles que l'on se fait
au mieux de tous. Et notez que celle-ci est sans impor-
tance, puisque nous sommes sûrs, tous les deux, tout-
à-fait sûrs que l'accusée sera condamnée par le tribunal
d'Église.

Frère Mathieu Bourat

— Dans tout cela, mon maître, il ne s'agit pas tant de
l'accusée que de l'Église elle-même. Il est évident que
l'accusée est hérétique, et nous finirons bien par la
brûler. S'il ne tenait qu'à moi, mon maître, il y a longtemps que ça serait fait. Mais enfin la sentence n'est pas
rendue, et il est injurieux pour l'Église que le roi d'Angleterre, qui n'est pas d'Église, après tout, compte, pour ses
affaires de roi, sur une sentence qu'il attend de l'Église,
ou qu'il prenne ses garanties contre le défaut de cette
sentence. Et quand vous endurez cette injure, on voit
bien que vous êtes avant tout les serviteurs du roi.

Maitre Nicolas l'Oiseleur

— 'C'est un grand honneur, mon frère, que de servir un

aussi grand prince, un aussi bon chrétien que le roi
notre sire.

FRÈRE MATHIEU BOURAT

— A condition qu'à servir d'un tel service on ne hasarde
pas le suprême honneur et le suprême service, qui est
de servir Dieu, notre premier maître. Et c'est un service
que vous avez bien mal aventuré, celui-là, quand vous
avez laissé le roi conduire à sa fantaisie le présent
procès.

MAITRE NICOLAS L'OISELEUR

— Jamais je ne vous laisserai dire, mon frère, que le
roi notre sire conduise le présent procès, ni que le roi
notre sire ait des fantaisies.

FRÈRE MATHIEU BOURAT

— D'où vient ? alors ? qu'il ait choisi monseigneur Pierre
Cauchon pour être le juge.

MAITRE NICOLAS L'OISELEUR

— Il ne l'a pas choisi : c'est au contraire monseigneur
Pierre Cauchon qui, dans son zèle filial pour la défense
de notre sainte mère l'Église catholique, a réclamé l'accusée pour la juger, comme étant sienne : elle fut prise,
en effet, sur le territoire de son diocèse.

FRÈRE MATHIEU BOURAT

— L'accusée avait souillé de son hérésie tout le royaume :

il fallait la laisser juger à monsieur l'inquisiteur de la dépravation hérétique pour tout le royaume de France.

MAITRE NICOLAS L'OISELEUR

— Que voulez-vous? monseigneur Pierre Cauchon l'aura demandée sans doute avec plus d'instance, avec un plus grand zèle, et dès lors, selon la parole divine, c'était lui, mon frère, qui devait l'avoir.

FRÈRE MATHIEU BOURAT

— C'est un ambitieux. Il est ambitieux des grandeurs humaines; ambitieux des grandeurs sacrées, ambitieux des grandeurs profanes.

MAITRE NICOLAS L'OISELEUR

— Vous avez raison, mon frère : il est un ambitieux : Il ne saurait assouvir l'ambition qui le dévore de travailler toujours avec plus d'efficace à la plus grande gloire de Dieu. Et même il ne craint pas, pour y arriver, de briguer les premières places dans l'Église et dans le royaume, ces places, mon frère, où l'on peut travailler avec le plus d'effet.

FRÈRE MATHIEU BOURAT

— La belle avance! mon maître, si pour se faire donner ces places monseigneur Pierre Cauchon commence par laisser abaisser l'Église, par l'abaisser lui-même._____ Non! Tout cela n'est pas clair. Tout cela n'est pas droit.

Tout cela n'est pas digne de l'Eglise, qui est suprême,
et souveraine, en matière de foi. Tout cela ne me plaît
point. Et si cela continue ainsi, mon maître, il faudra
voir à se passer de moi, pour faire tout ça. C'est tout
ce que j'avais à vous dire.

Il fait quelques pas pour aller prendre sa place.

MAITRE NICOLAS L'OISELEUR

— Vous oubliez seulement, mon frère,————

FRÈRE MATHIEU BOURAT revient.

Vous oubliez seulement que je ne vous ai pas fait la
réponse que je vous avais promise en commençant.

FRÈRE MATHIEU BOURAT

— Ça n'est pas la peine, puisque j'ai raison.

MAITRE NICOLAS L'OISELEUR

— Attendez un peu, mon frère, attendez un peu : oui,
mon frère, vous avez raison, vous avez tout-à-fait
raison ; oui, notre sainte mère l'Église est tout-à-fait
souveraine en matière de foi : Mais savez-vous ce qui
serait arrivé? si l'on avait seulement essayé de procéder
ainsi que vous l'avez dit.

FRÈRE MATHIEU BOURAT

— Ça n'est pas difficile à savoir : il serait arrivé qu'on
aurait gardé sauve la gloire de l'Église.

MAITRE NICOLAS L'OISELEUR

— Il serait arrivé tout simplement, mon frère, qu'on
n'aurait pas fait de procès du tout.

FRÈRE MATHIEU BOURAT

— Mais si ! mon maître : il y a même longtemps, qu'on
l'aurait fini, le procès. On aurait cité tous ceux que je
vous ai dit, comme je vous l'ai dit,____

MAITRE NICOLAS L'OISELEUR

— Lesquels ne seraient pas venus____

FRÈRE MATHIEU BOURAT

— Lesquels ne seraient pas venus, non ! mon maître,
et il y a longtemps ! qu'on aurait, par défaut, rendu la
sentence contre eux.

MAITRE NICOLAS L'OISELEUR

— Laquelle sentence, bien entendu, n'aurait jamais été
mise à exécution.____

FRÈRE MATHIEU BOURAT

— Qu'est-ce que ça fait ? mon maître. La sentence,
quand elle est rendue comme il faut, est parfaite. L'exécution n'en fait point partie, et ne nous regarde pas.

Maitre Nicolas l'Oiseleur

— Vous avez tout-à-fait raison toujours, mon frère,
mais alors à quoi servent? selon vous, les procès d'hérésie.

Frère Mathieu Bourat

— Mon maître, ils ne doivent servir qu'à garder sauve
la gloire de Dieu, et avec elle inséparablement la gloire
de son Église.

Maitre Nicolas l'Oiseleur

— Ils doivent servir d'abord à cette fin, bien entendu;
mais j'avoue, mon frère, qu'il me semble qu'ils doivent
servir aussi à sauver le plus d'âmes qu'il se peut : les
âmes des hérétiques mis en cause, et les âmes des fidèles,
pour qui les hérétiques sont le pire scandale.

Frère Mathieu Bourat

— Pourquoi vouloir vous attarder tous et toujours?
mon maître, à tenter de sauver ces âmes-là? Si Dieu,
notre Seigneur, a connu dans son infinie Sagesse qu'il
fallait de toute Éternité que cette fille se damnât, pourquoi vouloir vous attarder à tenter de sauver l'âme de
cette fille? « *Malheur au monde à cause des scandales! Il est nécessaire en effet qu'il vienne des scandales : cependant malheur à cet homme-là par qui le
scandale vient.* »

MAITRE NICOLAS L'OISELEUR·

— C'est une citation, mon frère, qui est exacte : il res-
terait à l'interpréter, mais le Sauveur a daigné nous
épargner cette peine; il a daigné nous enseigner lui-même
ce que nous pouvons, et, dès lors, ce que nous devons
pour sauver les âmes : « *Tout ce que vous délierez sur
la terre sera délié dans le ciel.* » Ayant cette assurance, mon frère, et suivant son exemple, nous essayons,
selon nos faibles moyens, de sauver le plus d'âmes qu'il
se peut ; et c'est pour cela que nous faisons des procès
d'hérésie dont on puisse exécuter la sentence.

FRÈRE MATHIEU BOURAT

— ————

MAITRE NICOLAS L'OISELEUR

— Si, dans l'espèce, nous avions procédé selon ce que
vous disiez tout-à-l'heure, mon frère, nous n'eussions
pas eu seulement contre nous tous les partisans déclarés
de cette fille : nous eussions eu contre nous tous ceux,
capitaines et prélats, qui sont avec notre adversaire
ancien, Charles de Valois; nous eussions eu contre
nous messire Jean de Luxembourg, qui n'eût pas consenti, lui, à nous donner sa prisonnière ; nous eussions
mécontenté notre allié de Bourgogne, un si bon chrétien ; nous eussions indisposé notre souverain seigneur,
le roi de France et d'Angleterre, qui travaille d'un zèle
si ardent à la défense de notre sainte foi catholique.————

Frère Mathieu Bourat

— Ce qui nous eût fait beaucoup d'ennemis____

Maitre Nicolas l'Oiseleur

— Ce qui eût ameuté beaucoup d'ennemis contre notre sainte mère l'Église, pour le plus grand dommage de nos ennemis, et pour le dommage, aussi, de l'Église. Le procès n'eût jamais pu avoir lieu, car les hommes sont ainsi, mon frère,____

Frère Mathieu Bourat

— Les hommes sont ce qu'ils sont, mon maître, et font ce qu'ils font : cela ne nous regarde pas. Ce qui nous regarde, nous, c'est seulement ce que nous devons faire, nous.

Maitre Nicolas l'Oiseleur

— ____ Jamais le procès n'eût pu avoir lieu; jamais cette fille ne se fût aperçue que son âme était liée en l'hérésie, liée en le péché. Jamais elle ne fût venue à repentance. Tandis qu'à présent____

Frère Mathieu Bourat

— Tandis qu'à présent vous n'avez plus qu'elle pour ennemie____

Maitre Nicolas l'Oiseleur

— Elle n'est pas notre ennemi, mon frère, et même

elle n'est pas notre adversaire : elle est celle au contraire au salut de qui nous conspirons tous, au salut de
qui nous nous dévouons tous.____

Frère Mathieu Bourat

— ____ Au salut de qui nous nous sacrifions tous____

Maître Nicolas l'Oiseleur

— Vous l'avez dit, mon frère : au salut de qui nous
nous sacrifions tous. Nous aimons tous, nous voulons
tous le salut de son âme, et nous n'avons point d'ennemi,
que le démon qui est en elle. A présent qu'elle est en
nos mains, nos pieux efforts finiront bien par la délier
de son hérésie, par la délier de son péché. Pour la sauver,
nous n'épargnerons pas nos peines, je vous assure que
nous n'épargnerons jamais rien. Nous allons lui faire
un procès qui soit bien efficace, et qui soit bien en règle,
un procès qui lui fasse abandonner son hérésie, et qui
soit conforme à toutes les règles de l'art judiciaire ; en
un mot nous allons lui faire un procès bien fait, un beau
procès.

Frère Mathieu Bourat

— ____

Maître Nicolas l'Oiseleur

— Il faut, mon frère, que nous lui fassions un procès
qui soit tout-à-fait irréprochable : car nous voyons par
l'histoire des temps passés que le sort des armes est
changeant, et souvent Dieu, voulant nous éprouver,

permet que la victoire soit aux méchants pour de lon-
gues années; si par malheur notre adversaire ancien,
Charles de Valois, qui se dit roi de France, arrivait à
s'emparer de ce royaume, à l'usurper, il ne faudrait pas
que le plus mal intentionné de ses partisans pût trouver
au procès que nous allons faire un seul détail qui permît
d'annuler la sentence finale. Non, mon frère, il ne le
faudrait pas : car le scandale serait alors, si possible,
un scandale encore pire que le scandale présent.

Frère Mathieu Bourat

— ----

Maitre Nicolas l'Oiseleur

— Nous ne voulons pas laisser le plus léger prétexte à
qui aurait l'impiété de vouloir défaire le procès que nous
aurons fait : et c'est pour cela que nous n'avons pas
craint d'appeler à être assesseurs des personnes évidemment favorables à l'accusée, par exemple maître Fidèle
Pierret.

Frère Mathieu Bourat

— ----

Maitre Nicolas l'Oiseleur

— Il faut aussi, mon frère, que nous fassions à cette
fille un procès qui lui soit bien efficace, un procès qui
réussisse bien à lui faire abandonner son hérésie et son
péché. Puis, quand l'enfant prodigue sera de retour sous

le toit paternel, quand l'enfant égarée sera de retour en
la bonne maison de la sainte Église, notre mère à tous,
quand nous aurons eu le bonheur de retrouver enfin la
brebis perdue et de la rapporter sauve au bercail du divin
Pasteur, si alors quelqu'un vient nous reprocher d'avoir
humilié l'Église pour faire le présent procès, d'avoir
humilié l'Église en nos personnes, il nous souviendra,
mon frère, que le divin maître s'est humilié bien plus
à la recherche des mêmes égarés, et nous lui demanderons très humblement pardon d'avoir osé l'imiter jusqu'en son humilité.

Frère Mathieu Bourat

— Je ne vous en demandais pas si long, mon maître :
je sais que vous avez toujours d'excellentes raisons ;
mais j'ai un instinct, moi, qui vaut mieux que tout cela,
parce qu'il est droit. Je vous dis que vous faites une
besogne fausse, et mauvaise.

Maitre Nicolas l'Oiseleur

— ————

Maitre Fidèle Pierret se lève et s'avance à pas lents.

Frère Mathieu Bourat

— Il ne faut plus compter sur moi pour cette besogne-
là. Si la séance d'aujourd'hui ressemble aux premières,
on ne me verra plus là-dedans. Adieu, mon maître :
je vous laisse avec vos complices.

MAITRE NICOLAS L'OISELEUR

— Au revoir, mon frère, au revoir.

FRÈRE MATHIEU BOURAT passe devant MAITRE FIDÈLE PIERRET sans le
saluer. Il s'agenouille devant le maître autel, et va se placer, adossé debout,
dans la dernière stalle du second rang, au fond à droite.

MAITRE FIDÈLE PIERRET arrive au premier plan.

MAITRE NICOLAS L'OISELEUR

— Mon maître, je vous salue bien respectueusement.

MAITRE FIDÈLE PIERRET

— Bonjour, mon maître. Je viens vous demander quelques renseignements sur le procès.

MAITRE NICOLAS L'OISELEUR

— Je suis bien respectueusement à vos ordres, mon
maître; mais je dois vous avertir que la séance va bientôt
commencer.

MAITRE FIDÈLE PIERRET

— Il n'importe, mon maître : ce ne sera pas long; je
veux seulement vous demander quelques renseignements très précis.

MAITRE NICOLAS L'OISELEUR

— Mon maître, je vous écoute bien respectueusement.

XXXV

Maitre Fidèle Pierret

— Est-il vrai, mon maître, que l'accusée, dans sa prison, soit enchaînée des pieds et des mains ?

Maitre Nicolas l'Oiseleur

— Je vous avouerai, mon maître, que je n'en sais rien : c'est un détail qui, à ce qu'il me semble, ne nous regarde pas : l'accusée n'est pas gardée aux prisons d'Église; nous n'avons à nous occuper d'elle que lorsque nous l'avons devant nous.

Maitre Fidèle Pierret

— ____ C'est vrai.

Mais ne craignez-vous pas, si elle est ainsi troublée dans sa prison, qu'elle n'arrive un peu troublée à nos interrogatoires?

Maitre Nicolas l'Oiseleur

— Il se peut; mais si ce trouble assouplit, si peu que ce soit, la raideur de son orgueil et de son hérésie, mon maître, c'est pour son bien, c'est pour le salut final de son âme, et de son corps aussi, qu'elle est ainsi troublée.

Vous n'oubliez pas, mon maître, que nous pouvons aller jusqu'à tourmenter son corps périssable pour assurer l'éternel salut de son âme et de son corps.

MAITRE FIDÈLE PIERRET

— ____ C'est vrai.

Voulez-vous me dire aussi pourquoi? l'accusée reste sans conseil pendant les interrogatoires : elle va, sans penser à mal, s'enfoncer de plus en plus dans l'hérésie.

MAITRE NICOLAS L'OISELEUR

— C'est justement ce qu'il faut, mon maître, pour la guérison de son âme : l'hérésie est une maladie; mieux vaut qu'elle se déclare franchement : nous pourrons alors appliquer le remède.

Vous n'oubliez pas, mon maître, que nous pouvons aller jusqu'à faire le procès simplement et planement, sans vacarme d'avocats ni figure de jugements.

MAITRE FIDÈLE PIERRET

— ____ C'est vrai.

Voulez-vous me dire enfin si l'on aura soin de lire aux assesseurs qui seraient appelés successivement les résultats de l'enquête qui fut faite au pays natal de l'accusée?

MAITRE NICOLAS L'OISELEUR

— Je ne pense pas, mon maître, qu'on oublie cette formalité; mais j'avoue qu'elle ne sera plus guère intéressante : il me semble évident que les réponses de l'accusée, pour peu que l'accusée continue à parler comme elle a fait jusqu'ici, vont suffire amplement à justifier les poursuites.

MAITRE FIDÈLE PIERRET

— ____ C'est vrai.

C'est un procès, mon maître,____ qui est bien commencé.

Pourquoi faut-il seulement que l'on n'ait pas laissé l'honneur de le faire à notre mère nourrice, la très illustre Université de Paris?

MAITRE NICOLAS L'OISELEUR

— Je pense qu'on la consultera très respectueusement, mon maître, mais croyez-vous que l'on eût pu constituer ailleurs, même à Paris, une aussi belle assemblée d'hommes éminents?

Je ne parle pas de monseigneur Pierre Cauchon, qui est le juge : vous savez quel il est; vous savez qu'il a rendu les services les plus considérables, dans le Concile, dans le Conseil, dans les ambassades, à notre sainte mère l'Église catholique, et aussi à notre très redouté seigneur le roi de France et d'Angleterre, et encore à notre allié de Bourgogne.

MAITRE FIDÈLE PIERRET

— ____ Pourquoi faut-il donc que ce soit justement à cause de cette fille? que ses diocésains l'aient chassé, de cette fille qui est l'accusée à présent, mais qui s'avançait alors avec son armée victorieuse.

Maitre Nicolas l'Oiseleur

— Il n'en a que plus de mérite à se montrer, comme il
fait, mon maître, non pas seulement impartial envers
l'accusée, mais animé pour elle de la charité la plus
ardente, la plus attentive.

Et c'est aussi le cas de messire Jean d'Estivet, qui, à
Beauvais, était procureur général du diocèse.

Maitre Fidèle Pierret

— Ne vous semble-t-il pas qu'il s'acharne un peu
après l'accusée?

Maitre Nicolas l'Oiseleur

— Il est le promoteur du procès, mon maître : c'est sa
fonction, que de poursuivre l'accusée. Il s'en acquitte
ainsi qu'il doit le faire, sans colère contre la personne
en cause, mais avec une âpre colère contre l'hérésie
elle-même, et cette sainte colère est sans doute ce qui
nous aidera le mieux à sauver l'hérétique.

Je ne vous parle pas de lui non plus, mon maître : je
veux seulement vous parler de ceux qui sont assesseurs
au procès. Considérez-les un peu, mon maître, l'un
après l'autre, et dites-moi si vous connaissez, ailleurs,
beaucoup d'hommes aussi savants, aussi zélés, aussi
bons chrétiens.

Un silence.

Voyez un peu, mon maître : il y a, parmi ceux qui

sont assesseurs au procès,____ il y a_____, enfin, il y a
d'abord vous, mon maître.

Un silence bref.

Oh! sans doute il me serait facile de flatter votre
modestie en vous passant sous silence ; mais je ne suis
pas un flatteur, je ne sais pas flatter, et je préfère con-
stater tout uniment ce que vous savez, ce que nous savons
tous, mon maître, c'est que l'autorité du savoir, l'autorité du caractère, l'autorité de l'âge font de vous celui
que nous écoutons le plus respectueusement dans cette
assemblée.

MAITRE FIDÈLE PIERRET

— C'est vrai. Mais je ne suis pas seul.

MAITRE NICOLAS L'OISELEUR

— Et pour vous montrer combien nous sommes au-
dessus des politesses faciles, vous et moi, je vous
avouerai sans difficulté que je me considère comme un
de ceux qui savent le mieux tout ce qui se passe dans le
présent procès.

MAITRE FIDÈLE PIERRET

— Cela est vrai.

MAITRE NICOLAS L'OISELEUR

— Considérez, mon maître, que nous sommes au moins
douze docteurs en théologie, que nous sommes au moins

cinq docteurs en droits civil et canon; considérez que
nous sommes au moins six ou sept bacheliers en théologie, au moins dix licenciés en droit canon, plusieurs
licenciés en droit civil : savez-vous que c'est là une bien
belle assemblée ?

MAITRE FIDÈLE PIERRET

— — Cela est vrai.

MAITRE NICOLAS L'OISELEUR

— Les grades, je le sais, ne sont pas tout dans la vie;
mais dites-moi si la plupart de ceux qui sont assesseurs
au procès n'ont pas une excellente situation personnelle,
et s'ils ne valent pas encore mieux que cette situation.
Tenez, je prends, au hasard, ceux qui arrivent pour la
séance de ce matin.

Arrivent au fond, à droite, causant ensemble, MAITRE NICOLAS MIDI,
MAITRE JEAN BEAUPÈRE et MAITRE GUILLAUME EVRARD.

MAITRE FIDÈLE PIERRET

— Je ne les connais pas bien tous, mon maître : ils ne
sont pas de mon temps.

MAITRE NICOLAS L'OISELEUR

— Voici maître Jean Beaupère avec deux de ses amis,
maître Nicolas Midi, à sa droite, et maître Guillaume
Evrard, celui qui est à sa gauche : Ils sont justement
venus à Rouen pour notre mère nourrice, la très illustre

Université de Paris. Eh bien, tous les trois, ils ne sont
pas seulement des hommes qui ont pris leurs grades bril-
lamment : ils sont, aussi, des hommes de toute première
valeur.

Maître Guillaume Evrard est un homme d'une éloquence prodigieuse.

Maître Jean Beaupère fut recteur ; maître Guillaume
Evrard était recteur l'année dernière ; et tous deux, s'ils
n'avaient préféré nous faire la faveur de venir ici nous
éclairer de leurs lumières, seraient en ce moment-ci au
Concile, à Bâle, et brilleraient au premier rang parmi
les docteurs de toute la chrétienté.

Voyez cet homme qui s'avance à pas lents, tout jeune
encore, seul, timide et les yeux baissés. Il n'a pas
dépassé la trentaine, et déjà nous, qui sommes ses
anciens, nous l'écoutons respectueusement quand il veut
bien nous donner de ses conseils.

On sent qu'il est quelqu'un, celui-là : maître Thomas
de Courcelles sera la gloire de notre chère Université.

MAITRE FIDÈLE PIERRET

— C'est une grande consolation pour ceux qui vieil-
lissent, mon maître, que de voir ainsi pousser, parmi

les jeunes, ceux qui seront de taille à les remplacer un
jour.

N'est-ce pas un Anglais? celui-ci.

MAITRE WILLIAM HAITON s'agenouille devant le maître-autel, puis va
s'établir dans une stalle, au premier rang, après maître Nicolas Midi.

MAITRE NICOLAS L'OISELEUR

— C'est un clerc anglais, maître William Haiton.

C'est d'ailleurs le seul clerc anglais qui soit assesseur
au procès.

Et puis n'est-ce pas la gloire de notre sainte mère
l'Église, d'être universelle, et, ainsi, d'ignorer ces di-
stinctions humaines entre l'Angleterre et la France.

Arrivent au fond, à droite, causant ensemble, MESSIRE JEAN D'ESTIVET,
MONSEIGNEUR PIERRE CAUCHON et MAITRE JEAN DE LA FONTAINE.

Mon maître, la séance va commencer : voici monseigneur qui arrive, et avec lui monsieur le promoteur.

MAITRE FIDÈLE PIERRET

— Et aussi, à leur gauche, maître Jean de la Fontaine,
si je vois bien : mon maître, je vais vous laisser avec
eux.

MESSIRE JEAN D'ESTIVET, MONSEIGNEUR PIERRE CAUCHON, et MAITRE JEAN
DE LA FONTAINE s'agenouillent devant le maître-autel et s'avancent en causant.

Arrivent au fond, à droite, LES AUTRES ASSESSEURS, par petits groupes et
causant ensemble. Ils s'agenouillent devant le maître-autel et vont s'asseoir
dans les stalles des deux rangées.

Les assesseurs déjà placés se lèvent pour saluer monseigneur Pierre Cauchon à mesure qu'il passe devant eux, sauf que FRÈRE MATHIEU BOURAT
reste adossé dans sa stalle sans saluer, et que MAITRE THOMAS DE COUR-
CELLES reste agenouillé sans rien voir.

Maître Fidèle Pierret

à maître Nicolas l'Oiseleur :

— Mon maître, je vous remercie beaucoup pour les renseignements que je vous avais demandés. Voyez-vous, c'est un procès qui m'intéresse tout-à-fait, et je veux en suivre les séances avec l'attention la plus scrupuleuse.

Même je vous avouerai qu'il me semble qu'il y a parfois, dans les réponses de l'accusée, vraiment un admirable bon sens.

Maître Nicolas l'Oiseleur

— Oui, mon maître : et c'est justement cela qui est dangereux pour elle : cet admirable bon sens est le bon sens humain, qui n'a rien de commun, peut-être, avec les vérités divines, et qui lui masque les vérités divines.

Maître Nicolas l'Oiseleur

— Mon père, je vous salue bien humblement.

Monseigneur Pierre Cauchon

— Bonjour, mon fils. Y a-t-il du nouveau? ce matin.

Maitre Nicolas l'Oiseleur

— Il y a, monseigneur, frère Mathieu Bourat qui ne
veut plus être assesseur au procès.

Monseigneur Pierre Cauchon

— Pourquoi donc? mon ami.

Maitre Nicolas l'Oiseleur

— Son âme est fière, mon maître : il ne veut pas s'humi-
lier jusqu'à sauver avec nous, par les moyens les plus
humbles, l'âme et le corps de cette fille et de tous ceux
qu'elle a scandalisés.

Monseigneur Pierre Cauchon

— Ce n'était pas une raison pour ne pas me saluer
quand nous avons passé devant lui. J'ai bien peur qu'il
ne soit un mauvais esprit, mon fils, et qu'il ne hasarde
un jour en la mésaventure sa vie éternelle. Ce serait un
bien grand malheur, car j'aime sa force et sa solidité.

Les assesseurs, à mesure qu'ils arrivent, s'agenouillent devant le maître-
autel, et continuent à se placer, jusqu'au nombre total de quarante environ.

Y a-t-il encore du nouveau? mon fils.

Maitre Nicolas l'Oiseleur

— Il y a aussi, monseigneur, maître Fidèle Pierret :____
il commence à m'inquiéter un peu.

MONSEIGNEUR PIERRE CAUCHON

— Pourquoi donc? mon ami.

MAITRE NICOLAS L'OISELEUR

— Il suit les séances avec l'attention la plus scrupuleuse.

MONSEIGNEUR PIERRE CAUCHON

— C'est un grand bonheur pour nous, mon fils, que
d'avoir des auxiliaires aussi consciencieux.

Les assesseurs ont tous fini de se placer.

MAITRE NICOLAS L'OISELEUR

— Il entend, mon maître, les suivre toutes ainsi, et ce
n'est pas cela qui me fait peur.

MONSEIGNEUR PIERRE CAUCHON

— Je vous écoute, mon ami.

MAITRE NICOLAS L'OISELEUR

— Son âme est douce, mon maître : il ne consentira
jamais à traiter cette jeune âme en péril de mort par
les remèdes un peu vigoureux qui seuls, sans doute,
seraient efficaces.

— Vraiment? mon ami. C'est bien dommage. Il est bien dommage que cet excellent homme soit faible à ce point. C'est un de ceux que j'aime le plus ici, parce qu'il est bien respectueux.

Un silence.

Il est bien douloureux, mes amis, de ne pas trouver, pour les saintes besognes, chez tous ceux que l'on a dû se choisir pour collaborateurs l'assistance entière et tout-à-fait irréprochable dont on a besoin.

Un silence bref.

Cette épreuve est bien douloureuse.____ Nous la subirons, mes frères, dans un esprit d'humilité, comme il convient de subir toutes celles qu'il plaît à Dieu, notre Seigneur, de nous envoyer ici-bas.

Un silence.

Mais il est bien consolant aussi, mes amis, d'avoir avec soi pour les besognes saintes les auxiliaires zélés que vous êtes.

Un silence bref.

Il n'est pas de jour, mes fils, que je ne prie Dieu, notre Père du Ciel, pour qu'il vous rende en consolations éternelles, mes fils, les consolations que vous me donnez tous les jours.

Un silence.

A maître Nicolas l'Oiseleur :

Pour aujourd'hui, mon ami, je vous prierai de vouloir

bien veiller avec un zèle tout particulier, car je ne
pourrai pas présider la séance.

Il faut que j'aille à des affaires que j'ai, qui sont plus
pressées, plus importantes.

Je vais laisser à maître Jean de la Fontaine le soin
d'interroger l'accusée.

Maître Nicolas l'Oiseleur

— Ne craignez-vous pas qu'il n'ait l'âme un peu faible,
lui aussi.

Monseigneur Pierre Cauchon

— Justement, mon ami : nous saurons après cela ce
qu'il vaut.

Messire Jean Massieu

— Monseigneur, il y a là messire Pierre Sureau, le
receveur-général des finances du roi notre sire au duché
de Normandie, qui demande à vous parler pour son
office, à vous et à quelques-uns des assesseurs ici pré-
sents.

Monseigneur Pierre Cauchon

— S'il vient pour son office, mon ami, nous allons
commencer la séance et le recevoir en notre office.
Vous pouvez le faire entrer.

Ah! mon ami, pendant que j'y pense : il ne sera plus

nécessaire de convoquer aux séances frère Mathieu
Bourat, ni maître Fidèle Pierret.

MESSIRE JEAN MASSIEU

— Bien, monseigneur.

Il salue, se retire, s'agenouille devant le maître-autel, et sort au fond, à
gauche.
MAITRE NICOLAS L'OISELEUR salue et se retire. Il s'agenouille devant le
maître-autel et va se placer, adossé debout, dans la dernière stalle du premier rang, légèrement tourné face en avant.
MESSIRE JEAN D'ESTIVET salue et se retire. Il s'agenouille devant le maître-
autel et va s'asseoir sur une chaise, dans le chœur, à droite, à la hauteur de
la dernière stalle du premier rang, face en avant.
LES ASSESSEURS font silence.
Arrivent au fond, à droite, MESSIRE GUILLAUME COLLES et MESSIRE GUIL-
LAUME MANCHON. Ils s'agenouillent devant le maître-autel et vont s'asseoir
sur deux chaises, dans le chœur, à droite, devant les stalles du fond, face à
gauche. Ils se disposent à écrire.

MONSEIGNEUR PIERRE CAUCHON

— Mes frères, je voulais travailler avec vous ce matin ;
je voulais travailler encore avec vous à sauver l'âme
de cette fille pour la plus grande gloire de Dieu, notre
Seigneur, et pour la défense de notre sainte Mère
l'Église catholique. Je ne le pourrai pas : d'autres devoirs
pieux, plus pressants, me rappellent ailleurs. Mais je
ne vous quitterai pas sans avoir fait la prière avec
vous.

Si vous le voulez bien, nous allons commencer la
séance et donner audience d'abord, pour nous débarrasser de ces formalités vaines, à messire Pierre Sureau,
receveur général des finances du roi notre sire au duché
de Normandie, qui demande à nous parler pour son
office.

MESSIRE JEAN MASSIEU

— Monseigneur, messire Pierre Sureau.

MESSIRE PIERRE SURÉAU

— Monseigneur, je vous prie très respectueusement
de vouloir bien me laisser vous lire les lettres que, par
le commandement du roi notre sire, j'ai reçues de messire Thomas Blount, chevalier, trésorier et gouverneur
général des finances du dit roi notre sire au pays et
duché de Normandie

MONSEIGNEUR PIERRE CAUCHON

— Mon ami, nous vous écoutons.

MESSIRE PIERRE SUREAU

« HENRI, par la grâce de
Dieu roi de France et d'Angleterre, à notre aimé et
féal chevalier Thomas Blount, trésorier et gouverneur

général de toutes nos finances au pays et duché de
Normandie, salut et dilection.

« Considérant que notre très
révérend Père en Dieu et Seigneur Pierre Cauchon,
évêque et comte de Beauvais, pair de France, vidame
de Gerberoy, notre conseiller, dit et affirme avoir vaqué
cent cinquante-trois jours à notre service, en plusieurs
voyages, en allant vers notre très cher cousin de Bourgogne et vers Jean de Luxembourg, comte de Guise en
Flandres, au siège devant Compiègne, à Beaurevoir,
pour le fait de Jeanne, qui se fait appeler la Pucelle, et
aussi en la ville de Rouen par notre commandement ;

« les dits cent cinquante-
trois jours commençant le premier jour de mai quatorze
cent trente et finissant le dernier jour de septembre
ensuivant dernier passé, inclus, au prix de cent sous
tournois par jour, ce qui fait pour le tout la somme de
sept cent soixante-cinq livres tournois ;

« savoir vous faisons que
nous vous mandons et enjoignons expressément que
par notre aimé Pierre Sureau, receveur général de nos
dites finances de Normandie, soit baillée à notre dit
Seigneur la somme dessus dite aussitôt qu'il voudra
bien la recevoir.

« Et que soit ainsi fait,
sans aucun contredit ou difficulté, car ainsi voulons et
nous plaît être fait.

« Donné en notre ville de
Rouen, sous notre sceau, le vingt-cinquième jour de

février, l'an de grâce mil quatre cent trente-et-un et le neuvième de notre règne, avant Pâques.

« Par le roi, à la relation du Grand Conseil étant par devers lui. »

MONSEIGNEUR PIERRE CAUCHON

— Mon ami, c'est une affaire ancienne, et qu'il faut régler au plus tôt, pour s'en débarrasser : Voulez-vous passer tout-à-l'heure chez moi? Vous savez où est ma maison?

MESSIRE PIERRE SUREAU

— A côté de Saint-Nicolas-le-Painteur?

MONSEIGNEUR PIERRE CAUCHON

— C'est cela. Vous aurez avec vous le reçu tout prêt.

MESSIRE PIERRE SUREAU

— Bien, monseigneur.

Un silence bref.
MESSIRE PIERRE SUREAU salue.

MESSIRE PIERRE SUREAU

— Je vous prierai, monseigneur, de vouloir bien me laisser lire une seconde lettre que j'ai reçue : Elle concerne les maîtres qui sont venus de Paris vous assister au procès.

MONSEIGNEUR PIERRE CAUCHON

— Vous n'avez plus, mon ami, que cette lettre à
nous lire ?

MESSIRE PIERRE SUREAU

— Oui, monseigneur.

MONSEIGNEUR PIERRE CAUCHON

— Alors, messire Jean Massieu, vous pouvez aller
chercher l'accusée.

MESSIRE JEAN MASSIEU

— Bien, monseigneur.

Il salue, s'agenouille devant le maître-autel et sort au fond, à gauche.

MONSEIGNEUR PIERRE CAUCHON

à messire Pierre Sureau :

— Nous vous écoutons, mon ami.

MESSIRE PIERRE SUREAU

lit :

« HENRI, par la grâce de
Dieu roi de France et d'Angleterre, à notre aimé et
féal chevalier Thomas Blount, trésorier et gouverneur
général de toutes nos finances au pays et duché de Normandie, salut et dilection.

« Considérant que pour notre
très chère et très aimée fille l'Université de Paris sont
arrivés en notre ville de Rouen, voulant travailler au
procès d'hérésie naguère commencé contre une femme
vulgairement appelée la Pucelle, plusieurs docteurs et
maîtres de la dite Université, desquels particulièrement maître Jean Beaupère, docteur en la Faculté de
Théologie, devait aller pour notre dite fille l'Université
de Paris siéger et parler au saint Concile général que
l'on disait qui se tiendrait prochainement à Bâle ;

« savoir vous faisons que
nous vous mandons et enjoignons expressément que
par notre aimé Pierre Sureau, receveur général de nos
dites finances de Normandie, à vénérables et savantes
personnes, maîtres Jean Beaupère, ____

Les intéressés se lèvent successivement, saluent et se rassoient.

Nicolas Midi, ____
Guillaume Évrard, ____ docteurs, ____
et Thomas de Courcelles, ____ bachelier formé en
théologie, ____
soit baillée la somme de vingt sous tournois pour
chaque jour qu'ils affirmeront avoir vaqué au dit procès ;

« et comme il a fallu que
notre bien aimé maître Jean Beaupère, en plus, s'ha-
billât et se montât, selon ce qu'il dit, de trois chevaux ;

« savoir vous faisons que
nous voulons que lui soit baillée, en plus, en une fois,
la somme de trente livres tournois ;

« car il convient que nous aidions les dits maîtres à supporter les grands frais qu'ils ont pris sur eux pour notre service.

« Donné en notre ville de Rouen, sous notre sceau, le vingt-cinquième jour de février, l'an de grâce mil quatre cent trente-et-un, et le neuvième de notre règne, avant Pâques.

« Par le roi, à la relation du Grand Conseil étant par devers lui. »

Monseigneur Pierre Cauchon

à maître Jean Beaupère :

— Messire Pierre Sureau, mon maître, attend vos ordres.

Maître Jean Beaupère

— Qu'il vienne, s'il veut, chez moi régler le dernier compte, les trente livres tournois. Quant aux premières sommes, aux vingt sous tournois de chaque jour, il vaut mieux, n'est-ce pas ? mes frères, les laisser s'amasser à mesure que le procès continuera :

Les intéressés font un signe d'assentiment.

Nous règlerons, mes maîtres, si vous le voulez bien, quand le compte en vaudra la peine.

Messire Pierre Sureau s'incline.

Messire Pierre Sureau

— Monseigneur, je n'ai pas reçu d'autres ordres que ceux que je vous ai lus.

Monseigneur Pierre Cauchon

— Nous attendons toujours tous très patiemment les ordres du roi notre sire. Nous vous remercions.

Messire Pierre Sureau salue et s'éloigne. Il s'agenouille devant le maître-autel et sort au fond, à gauche.

Monseigneur Pierre Cauchon

— Mes frères, je prierai maître Jean de la Fontaine, maître es arts, licencié en droit canon, de vouloir bien continuer ce matin l'interrogatoire en ma place

Maitre Jean de la Fontaine s'incline.

Arrive au fond, à gauche, messire Jean Massieu. Il s'arrête avant d'arriver au maître-autel, et salue monseigneur Pierre Cauchon.

Messire Jean Massieu

— Monseigneur, voici l'accusée.

Monseigneur Pierre Cauchon

— Qu'elle attende un instant.

Messire Jean Massieu s'incline et fait un signe vers la gauche.

Monseigneur Pierre Cauchon

à maître Jean de la Fontaine :

— Vous aurez soin, si vous le voulez bien, mon fils, que la séance ne dure pas plus de trois heures, pour ce matin : vous finirez à onze heures au plus tard. Nous recommencerons ce soir, et je serai là.

Maitre Jean de la Fontaine s'incline.

MONSEIGNEUR PIERRE CAUCHON

— Mes frères, avant de continuer à procéder à l'interrogatoire, nous allons faire la prière à Celui qui est le maître-juge, à Celui qui peut seul juger parfaitement, à Celui qui prononce en définitive les absolutions ou les condamnations éternelles.

Tous les assistants s'agenouillent. Seul MONSEIGNEUR PIERRE CAUCHON reste debout.

MONSEIGNEUR PIERRE CAUCHON

s'inclinant :

Notre Père, qui êtes aux cieux, que votre nom soit sanctifié; que votre règne arrive ; que votre volonté soit faite sur la terre comme au ciel;

LES ASSISTANTS

Donnez - nous aujourd'hui notre pain de chaque jour; pardonnez-nous nos offenses comme nous pardonnons à ceux qui nous ont offensés; ne nous laissez pas succomber à la tentation, mais délivrez-nous du mal. Ainsi soit-il.

Un silence.

MONSEIGNEUR PIERRE CAUCHON

— A présent que nous avons fait la prière à Celui qui juge les juges eux-mêmes, à Celui qui dira la sentence éternelle, mes frères, nous allons faire aussi la prière à Celle qui intercède en faveur des accusés dans les procès éternels.

Je vous salue Marie, pleine de grâce, le Seigneur est avec vous, vous êtes bénie entre toutes les femmes, et Jésus, le fruit de vos entrailles, est béni.

LES ASSISTANTS

Sainte Marie, mère de Dieu, priez pour nous pauvres pécheurs, maintenant et à l'heure de notre mort. Ainsi soit-il.

Un silence.

MONSEIGNEUR PIERRE CAUCHON

— Mes frères, implorons en nous-mêmes le Saint-Esprit, l'Esprit qui saura trouver la sentence parfaite au jugement dernier, au jugement sans appel. Supplions-le de nous envoyer quelques lumières pour que ne soit pas trop imparfaite la sentence humaine que nous serons forcés de rendre en ce procès, notre pauvre et humble sentence humaine.

Il s'agenouille.

Un long silence.

Il se relève.

Les assistants se relèvent.

MAITRE JEAN BEAUPÈRE

— Nous vous supplions très humblement, mon père,

de ne pas nous quitter sans nous avoir fait la grâce de
nous donner votre bénédiction.

MONSEIGNEUR PIERRE CAUCHON

— Si elle peut, mes fils, vous réconforter en cette
épreuve————

Il fait face aux assistants, et les bénit de la gauche à la droite. Ils s'inclinent à mesure, puis se relèvent.

MONSEIGNEUR PIERRE CAUCHON

— A présent, messire Jean Massieu, vous pouvez faire
entrer l'accusée.

MESSIRE JEAN MASSIEU s'incline et fait un signe à gauche.

A ce soir, mes fils.

Les assistants qui sont plus près que monseigneur Pierre Cauchon le
saluent. Les autres le saluent à mesure qu'il passe devant eux, sauf que
FRÈRE MATHIEU BOURAT reste immobile.
MAITRE JEAN DE LA FONTAINE s'adosse debout.
MONSEIGNEUR PIERRE CAUCHON s'avance vers le maître-autel.
Arrivent au fond, à gauche, JEANNE et deux soldats anglais.
JEANNE passe devant messire Jean Massieu.
Devant le maître autel JEANNE et MONSEIGNEUR PIERRE CAUCHON s'age-
nouillent ensemble.
MONSEIGNEUR PIERRE CAUCHON se relève et sort au fond, à droite.
JEANNE reste agenouillée un instant, puis se relève, et s'avance au milieu.
L'un des soldats passe devant le maître-autel sans saluer et se poste der-
rière messire Jean d'Estivet, debout, face en avant.
Messire Jean Massieu s'agenouille devant le maître-autel et reprend sa
place.
L'autre soldat reste à gauche du maître-autel, debout, face en avant.
JEANNE s'arrête au milieu du chœur, devant l'escabeau.

MAITRE JEAN DE LA FONTAINE

à Jeanne :

— Asseyez-vous.

Elle reste debout.

Maître Jean de la Fontaine

— Puisque vous êtes accusée par devant nous, selon
notre office de juge nous vous requérons à nouveau de
prêter le serment habituel : Voulez-vous jurer, sur les
saints Évangiles que vous direz, de tout ce que nous
vous demanderons, la vérité, toute la vérité, rien que la
vérité?

Les deux notaires écrivent.

Jeanne

— Je ne sais pas, moi, ce que vous allez me demander.
Vous pouvez très bien me faire des demandes où je ne
veuille pas donner de réponse du tout.

Messire Jean d'Estivet

se levant :

— Eh bien ! si elle ne veut pas donner de réponse du
tout, je requiers expressément que le juge la déclare
hérétique sans débat, par défaut, et l'abandonne au bras
séculier !

Jeanne

— ————

Messire Jean d'Estivet

— Et je requiers non moins expressément que le juge
déclare hérétique avec elle celui qu'elle appelle son roi.

JEANNE

— Attendez un peu, mon maître : Pourquoi voulez-vous
qu'il s'en prenne à mon roi?

MESSIRE JEAN D'ESTIVET

— Parce qu'il vous a suivie pour ses batailles et pour
son conseil.

JEANNE

— ____

Mais d'abord, qu'est-ce que c'est? ce que vous appelez
le bras séculier.

MESSIRE JEAN D'ESTIVET

— C'est les Anglais.

JEANNE

— Pour quoi faire?

MESSIRE JEAN D'ESTIVET

— Pour vous brûler, et qu'on n'entende plus parler de
vous.

JEANNE

— ____

MESSIRE JEAN D'ESTIVET

— Et quand on vous aura brûlée, tout le monde verra
bien que c'était vrai, que vous étiez une hérétique.

JEANNE

— ————

MESSIRE JEAN D'ESTIVET

— Et tout le monde verra bien aussi que c'était vrai, que c'était aussi un hérétique, celui que vous appelez votre roi.

JEANNE

— ————

MESSIRE JEAN D'ESTIVET

— Tout le monde saura bien, que ça sera toujours un hérétique.

JEANNE

— ————

Moi, je veux bien, prêter serment, mon maître.
Je veux bien prêter serment que je vous dirai la vérité de ce qui regarde les hommes.

MAITRE JEAN DE LA FONTAINE

— Cela est bien, mon enfant.

MESSIRE JEAN D'ESTIVET se rassied.

JEANNE

— Moi, pour ça, je veux bien.
Seulement tout ce que notre sire Dieu m'a fait savoir à part, pour moi toute seule, vous n'en saurez jamais rien.

MESSIRE JEAN D'ESTIVET se relève.

Cela, vous n'en saurez jamais un mot, quand vous
me couperiez la tête, parce que ça ne vous regarde
pas, ça.

MAITRE WILLIAM HAITON

— Pourquoi donc se tient-elle aussi effrontément ?
quand on l'interroge. Pourquoi regarde-t-elle ainsi dans
les yeux ceux qui lui parlent ?

JEANNE

— C'est une habitude en France, quand on parle à
quelqu'un, de le regarder en face, quand même ce serait
l'empereur Charlemagne. Et ceux qui ne regardent pas
en face, on dit que ça n'est pas des bonnes gens, puisqu'ils ne regardent pas en face.

MAITRE WILLIAM HAITON

— Les Anglais sont plus respectueux.

MAITRE JEAN DE LA FONTAINE

à Jeanne :

— Alors vous allez prêter serment que vous nous
direz la vérité de tout ce que vous saurez en matière
de foi ?

JEANNE

— Je veux bien jurer que je vous dirai la vérité de ce
que j'ai fait quand cela regardera la foi chrétienne.

Maitre Jean de la Fontaine

— Voulez-vous, messire, nous apporter les saints Évangiles.

Messire Jean Massieu se lève, s'agenouille devant le maître-autel, puis devant le saint Missel, qu'il prend respectueusement. En l'apportant, il s'agenouille encore devant le maître-autel. Puis il s'avance, passe derrière Jeanne et vient se placer devant elle, un peu à sa droite.

Jeanne se met à genoux et touche de la main droite le saint Missel.

Jeanne

— Je jure que je dirai la vérité de ce que j'ai fait quand cela regardera la foi chrétienne.

Elle se relève.

Messire Jean Massieu va replacer le saint Missel sur le maître-autel avec le même cérémonial.

Messire Jean d'Estivet se rassied.

Maitre Jean de la Fontaine

à Jeanne :

— Quand vous étiez chez vos parents, que faisiez-vous ?

Jeanne

— Je travaillais à la maison ; j'aidais ma mère à faire le ménage et à filer la laine.

Je vous défends bien de trouver une seule femme, à Rouen, qui soit plus habile que moi, pour filer la laine.

MAITRE JEAN DE LA FONTAINE

— Alors, Jeanne, si vous étiez si bonne ouvrière, pourquoi donc avez-vous délaissé les œuvres de femme?

JEANNE

— Il y avait bien assez de femmes, ces œuvres-là, pour
les faire ; et pour l'œuvre où j'ai voulu travailler il n'y
avait que moi.

MAITRE JEAN DE LA FONTAINE

— Vous avez caché votre départ à vos parents. Quand
ils ont connu que vous les aviez quittés ainsi, que vous
les aviez trompés, ils vous aimaient tant qu'ils ont failli
tomber fous de douleur.

JEANNE

—

Ils m'ont pardonné, depuis.

MAITRE JEAN DE LA FONTAINE

— Mais ils n'en ont pas moins souffert en ce temps-là.

JEANNE

—

Ils m'ont pardonné la grande souffrance que je leur
ai faite.

Maître Jean de la Fontaine

— Est-ce que ce sont vos voix qui vous ont commandé
le mensonge et la désobéissance?

Jeanne

— Vous n'en saurez pas un mot : cela ne vous
regarde pas.

Maître Jean de la Fontaine

— Avant d'attaquer les Anglais, vous leur avez écrit
plusieurs fois que Dieu vous avait commandé de les
chasser hors de toute France.

Jeanne

— Il n'y avait pas de mal, à mettre cela dans mes
lettres, puisque c'était vrai.

Maître Jean de la Fontaine

— Vous n'avez pas craint de verser le sang chrétien.

Jeanne

— ————

Je ne l'ai jamais versé.

Maître Jean de la Fontaine

— Vous aviez une épée.

JEANNE

— Jamais je ne m'en suis servie pour verser le sang
chrétien.

Dans les batailles, c'était mon étendard que j'avais
dans ma main. J'aimais quarante fois mieux mon étendard que mon épée.

MAITRE JEAN DE LA FONTAINE

— Vous commandiez à ceux qui vous suivaient de tuer
les Anglais.

JEANNE

— Je leur commandais d'entrer hardiment parmi les
Anglais, et j'y entrais moi-même. Si les Anglais se faisaient tuer, c'était de leur faute : ils n'avaient qu'à s'en
aller avant. Ils n'étaient pas chez eux.

MAITRE JEAN DE LA FONTAINE

— Est-ce que vos voix vous commandaient expressément de faire tuer les Anglais?

JEANNE

— Cela ne vous regarde pas.

MAITRE THOMAS DE COURCELLES.

— Elle croyait que sa prière avait plus d'efficace que
celle des autres.

JEANNE

— Je priais de mon mieux, et notre sire Dieu m'exau-
çait quand il plaisait ainsi à sa bonté.

MAITRE JEAN DE LA FONTAINE

— Pourquoi donc avez-vous pris un habit d'homme ?

MAITRE THOMAS DE COURCELLES

— Quand elle voulait que l'on fît le contraire de ce
qu'elle ordonnait dans ses lettres, elle y mettait le divin
signe de la Croix.

MAITRE GUILLAUME EVRARD

— Et pourquoi donc s'est-elle précipitée de la tour
de Beaurevoir ? mettant son âme en péril éternel pour
faire sortir son corps de prison temporelle.

JEANNE

— Attendez, messeigneurs, attendez : ne parlez pas
tous à la fois.

MAITRE JEAN DE LA FONTAINE

— Je vous demandais pourquoi vous avez pris un
habit d'homme.

Jeanne

— Il était bien, pour faire œuvre d'homme, avec des hommes, de prendre un habit d'homme.

Maître Jean de la Fontaine

— Vous avez refusé de quitter cet habit depuis que vous êtes en prison : cependant l'Église vous défend de le porter.

Jeanne

— ———

Je ne sais pas ce que vous appelez l'Église.

Mais c'est notre sire Dieu qui m'a commandé l'œuvre pour quoi j'ai dû prendre un habit d'homme. Tant que cette œuvre ne sera point parfaite, je ne quitterai point l'habit d'homme.

Maître Jean de la Fontaine

— Est-ce que ce sont vos voix qui vous ont commandé de prendre un habit d'homme?

Jeanne

— Cela ne vous regarde pas.

Maître Jean de la Fontaine

— Maître Thomas de Courcelles vous a demandé s'il

est vrai que vous ayez mis le signe de la Croix, qui est
divin, sur vos lettres, pour tromper ceux qui les liraient
innocemment.

JEANNE

— J'ai bien fait, puisqu'il est divin, de m'en servir pour
ce que Dieu m'a commandé.

MAITRE JEAN DE LA FONTAINE

— Mais non pas pour faire un mensonge encore.

JEANNE

— J'ai bien fait, de tromper les Anglais, puisqu'ils voulaient lire mes lettres. Ils n'en avaient pas le droit.
C'était pour ceux qui étaient chez eux, mes lettres.

MAITRE JEAN DE LA FONTAINE

— Le mensonge est toujours le mensonge : il est toujours défendu.

JEANNE

Je ne suis pas une menteuse.

MAITRE NICOLAS MIDI

— Cela ne veut pas dire que vous n'ayez menti bien
souvent, mon enfant.

JEANNE

MAITRE JEAN DE LA FONTAINE

— Maître Guillaume Evrard vous a demandé pourquoi vous avez mésaventuré votre âme en vous précipitant de la tour de Beaurevoir.

JEANNE

— Les Anglais avaient dit qu'ils ravageraient la ville de Compiègne, et qu'ils mettraient tout à feu et à sang, et qu'ils allaient massacrer jusqu'aux enfants de sept ans.

MAITRE JEAN DE LA FONTAINE

— Cela ne vous regardait pas, si vos voix ne vous avaient rien commandé?

JEANNE

— Cela ne vous regarde pas.

MAITRE GUILLAUME EVRARD

— Elle avait tout simplement peur d'être livrée aux Anglais.

JEANNE

— J'avais, aussi, peur d'être livrée aux Anglais.

MAITRE GUILLAUME EVRARD

— Pour ces fins temporelles vous avez hasardé le salut
éternel de votre âme et de votre corps. Il faut que vous
détestiez bien les Anglais.

JEANNE

— Je ne hais personne.

MAITRE GUILLAUME EVRARD

— Vous vous imaginez que c’est Dieu? qui hait les
Anglais.

JEANNE

— De l’amour ou de la haine que Dieu peut avoir pour
les Anglais, s’il en a, je n’en sais rien. Je n’en veux rien
savoir.

Tout ce que je sais, moi, c’est qu’ils seront tous mis
hors de France, moins ceux qui seront morts avant.

MAITRE JEAN BEAUPÈRE

— Est-ce par l’Esprit-Saint que vous prophétisez
ainsi?

JEANNE

— Je ne dis pas des prophéties, moi : je dis seulement
ce qui arrivera.

MAITRE JEAN BEAUPÈRE

— Les prophètes aussi, mon enfant. Vos voix vous
auraient-elles donné le don de prophétie?

JEANNE

— Cela ne vous regarde pas.

MAITRE JEAN DE LA FONTAINE

— Vous ne voulez pas avouer que vos essais d'évasion,
tous les deux, étaient coupables?

JEANNE

— Tant que mon œuvre ne sera point parfaite, je devrai
chercher à m'évader par tous les bons moyens, pour la
parfaire après.

MAITRE JEAN DE LA FONTAINE

— Alors, en ce moment-ci, vous cherchez à vous
évader?

JEANNE

— Je dois toujours chercher toujours à m'évader.
Je vous en préviens, parce que, si je réussis, à présent, vous n'aurez pas à dire que j'ai failli à garder
ma foi.

MAITRE GUILLAUME EVRARD

— Pourquoi donc avez-vous livré bataille devant
Paris le jour de la Nativité de notre vénérable Mère, la
bienheureuse Vierge Marie?

JEANNE

— C'était le meilleur jour, pour faire ce que Dieu
m'avait commandé.

MAITRE GUILLAUME EVRARD

— Tel n'a pas été sans doute l'avis de Dieu, puisqu'il
vous a laissé battre.

MAITRE JEAN DE LA FONTAINE

— Est-ce que vos voix vous avaient expressément
commandé de tenter l'assaut ce jour-là?

JEANNE

— Cela ne vous regarde pas.

MAITRE WILLIAM HAITON

— Mais pourquoi donc ne s'est-elle pas contentée de
prier Dieu pour la victoire de celui qu'elle appelle
son roi?

JEANNE

— C'est une habitude, en France, quand on voit qu'on a du travail à faire, de commencer par essayer d'y travailler soi-même : « Aide-toi », comme on dit, « le ciel t'aidera. »

MAITRE WILLIAM HAITON

— Les Anglais sont plus respectueux : quand ils ont fait la prière, ils attendent.

JEANNE

— Il y avait des malheurs qui arrivaient, pendant ce temps-là, qui n'avaient pas le temps, d'attendre.

MAITRE NICOLAS MIDI

— Pourquoi s'est-elle imaginé que Dieu l'avait choisie de préférence à tous les capitaines qui servent celui qu'elle appelle son roi?

JEANNE

— Il a plu à notre sire Dieu de faire ainsi par une simple bergère.

MAITRE NICOLAS MIDI

— S'il était vrai que Dieu vous eût choisie, mon enfant, pour donner par vous la victoire à celui que vous appelez votre roi, il ne vous eût pas abandonnée ensuite à la défaite.

JEANNE

— Il a plu à notre sire Dieu de me donner la victoire,
et de me donner la blessure, et de me donner la défaite,
et de me donner la prison.

MAITRE NICOLAS MIDI

— Savez-vous, mon enfant, s'il vous donnera la mort?

JEANNE

— Je pense que je mourrai.

MAITRE NICOLAS MIDI

— Savez-vous, mon enfant, quelle mort il vous donnera?

JEANNE

— Je ne sais pas cela, mais qu'il en soit fait selon sa
volonté.

MAITRE NICOLAS MIDI

— Savez-vous, mon enfant, s'il vous donnera la mort
éternelle?

JEANNE

— Je ne sais pas cela, mais je le prie pour qu'il me
sauve de la mort éternelle.

Frère Mathieu Bourat

— D'abord, on n'a jamais demandé ça aux hérétiques.

Maître Thomas de Courcelles

— Voyons, Jeanne : il faut cependant que l'on s'entende ensemble une bonne fois ;

Vous prétendez, Jeanne, que vous êtes envoyée de Dieu : c'est bientôt dit, mais encore faut-il nous en donner la preuve. Tous ceux que Dieu nous a vraiment envoyés sur la terre, les saints Prophètes et son fils même ont eu le soin de nous donner leur preuve, de faire la preuve qu'ils étaient bien envoyés, envoyés de Dieu. Or il y a preuve en deux cas, et en deux cas seulement : il y a preuve si les envoyés de Dieu font, de leur personne, des miracles évidents; et il y a preuve si les envoyés de Dieu sont évidemment annoncés dans les Livres-Saints. Eh bien, Jeanne : je viens de relire à votre intention tous les Livres-Saints : je n'y ai pas trouvé une seule parole qui vous annonçât.

Maître Guillaume Evrard

— Il y est pourtant parlé de l'Antéchrist.

Maître Thomas de Courcelles

— Vous entendez ce que je dis, mon maître, en un sens qui n'est pas le mien, et vous posez une question que je ne veux point poser encore.

JEANNE

— Lisez, mes maîtres, lisez vos livres : il y a plus au
livre de mon Dieu qu'aux livres des docteurs.

MAITRE THOMAS DE COURCELLES

— Nous vous demandons pardon, Jeanne : les livres
dont nous vous parlons, ce sont les livres de notre Dieu,
c'est le livre de Dieu, le seul que nous connaissions pour
être de lui, le seul que son Esprit ait dicté à des hommes
et pour des hommes, pour les hommes, le seul enfin
qui ait annoncé la gloire et la souffrance de son fils.

JEANNE

— ————

MAITRE THOMAS DE COURCELLES

— Et j'ai lu dans ce Livre que l'armée céleste chantait: « Paix sur la terre aux hommes de bonne volonté »;
mais je n'ai pas vu qu'il y fût dit qu'il fallût faire guerre
sur terre aux hommes de mauvaise volonté.

JEANNE

— ————

MAITRE THOMAS DE COURCELLES

— D'autre part vous n'avez jamais fait de miracles évidents; vous n'avez jamais fait de miracle.

— Vous voulez dire que je n'ai jamais donné de signes?
Et la délivrance d'Orléans? et les victoires que j'ai gagnées? Ce sont là mes signes et mes preuves. C'est là
que j'ai fait ma preuve.

Maître Thomas de Courcelles

— Si vos victoires étaient des signes, Jeanne, est-ce
que vos défaites aussi ne seraient pas des signes? et
ne prouveraient pas que vous n'êtes plus, à présent,
une envoyée de Dieu. Mais vos victoires ne sont pas
des signes : elles furent gagnées par des moyens dont
la plupart, à ce qu'il me semble, étaient des moyens
humains, et le merveilleux qu'elles peuvent sembler
présenter, la simple assistance des Puissances infernales
suffit à l'expliquer.

Jeanne

— Je ne sais pas ce que c'est que ces puissances-là.

Maître Thomas de Courcelles

— C'est leur coutumière habileté que de se faire passer
pour les puissances du Ciel.

Jeanne

— J'ai déjà dit que tout ce qui est de mes voix ne
vous regarde pas.

Maître Thomas de Courcelles

— Oui, Jeanne, vous l'avez déjà dit; vous l'avez dit
souvent, Jeanne, et toutes les fois avec la même viva-
cité. Il faut croire que vos voix ne vous ont pas conseillé le bon conseil, puisque vous vous défendez si
vivement dès qu'on veut parler d'elles.

Jeanne

vivement:

— Mais puisque cela ne vous regarde pas!

Maître Thomas de Courcelles

souriant :

— Vous voyez bien.

Jeanne

hausse les épaules.

Maître Jean de la Fontaine

— Pourquoi donc celui que vous appelez votre roi
vous a-t-il abandonnée?

Jeanne

— Cela ne regarde pas la foi.

MAITRE JEAN DE LA FONTAINE

— N'est-ce pas qu'il s'est aperçu que vous étiez hérétique?

JEANNE

— Je ne suis pas hérétique, je suis bonne chrétienne.

MAITRE JEAN DE LA FONTAINE

— Pourquoi donc, alors, celui que vous appelez votre
roi vous a-t-il abandonnée?

JEANNE

— Je ne suis pas une hérétique, je suis une bonne
chrétienne.

MAITRE NICOLAS MIDI

— Alors, c'est lui, qui était un mauvais chrétien, d'abandonner une bonne chrétienne comme vous.

JEANNE

— C'est un bon chrétien, mon roi.

MAITRE NICOLAS MIDI

— Un bon chrétien mais un mauvais roi?

Jeanne

— C'est un bon roi, puisqu'il sauvera son royaume.

Maitre Jean de la Fontaine

— Et messire Guillaume de Flavy, qui était capitaine à Compiègne, pourquoi donc vous a-t-il ainsi laissé prendre?

Jeanne

— C'est un bon capitaine : il a gardé sa ville.

Un silence.

Maitre Jean de la Fontaine

— Et vous, Jeanne, avez-vous quelque requête à nous adresser?

Jeanne

— ____

Je voulais vous demander,____ puisque c'est pour un tribunal d'église,________ d'être gardée aux prisons d'église.

Messire Jean d'Estivet

se levant:

— Je requiers qu'elle ne soit point gardée aux prisons d'Église, puisqu'elle ne veut pas soumettre à l'Église tout ce qu'elle a fait.

Mais d'abord, dites-moi, vous, ce que c'est au juste, pour vous, que l'Église, comme vous dites.

Maitre Thomas de Courcelles

— L'Église est la communion des fidèles qui suivent la véritable religion instituée par Notre-Seigneur-Jésus-Christ, sous l'autorité des pasteurs légitimes.

Jeanne

— Je ne comprends pas bien, mon maître, tout ce que vous dites là.

Maitre Thomas de Courcelles

— Cependant je ne pense pas que l'on puisse mieux vous dire, Jeanne.

Jeanne

— Alors l'Église, comme vous dites, c'est la chrétienté?

Maitre Thomas de Courcelles

— Non, Jeanne : ces deux mots n'ont pas tout-à-fait le même sens.

Jeanne

— Alors je ne comprends pas.

xxxviii

MAITRE THOMAS DE COURCELLES

— Seulement l'Église veut que vous soyez bonne chrétienne. Et même vous ne serez de l'Église que si vous êtes bonne chrétienne.

JEANNE

— Alors j'en suis, moi, de l'Église, comme vous dites, parce que je suis bonne chrétienne, je veux rester bonne chrétienne, toujours; je ne veux rien faire, jamais, qui soit contre la foi chrétienne.

MAITRE THOMAS DE COURCELLES

— Alors, Jeanne, il faut commencer par soumettre à l'Église tout ce que vous avez fait.

JEANNE

— Mais je ne demande pas mieux, moi, mon maître.

MAITRE THOMAS DE COURCELLES

— Vous soumettez à l'Église tout ce que vous avez fait?

JEANNE

— Mais oui, mon maître; je veux bien, moi.

MAITRE THOMAS DE COURCELLES

— Tout sans exception?

JEANNE

— Tout sans exception.

MAITRE THOMAS DE COURCELLES

— Sans aucune exception ?

JEANNE

— Sans aucune exception,____ à condition, bien entendu, qu'on ne parle pas de tout ce que notre sire Dieu
m'a dit et commandé pour moi seule.

MAITRE THOMAS DE COURCELLES fait un geste de découragement.

JEANNE .

— Mais ça ne peut pas faire de difficulté, cela.

MAITRE JEAN DE LA FONTAINE

— Puisque vous refusez de vous soumettre entièrement
à l'Église, nous ne pouvons pas, nous ne devons pas
vous mettre aux prisons d'Église.

JEANNE

— ____

Alors,____ je vous prie seulement pour que je reçoive
le corps de mon Sauveur.

MESSIRE JEAN D'ESTIVET

— Je requiers, puisqu'elle ne veut pas se soumettre

entièrement à l'Église, qu'elle ne soit pas admise à
recevoir le corps de Notre-Sauveur.

MAITRE JEAN DE LA FONTAINE

à messire Jean d'Estivet:

— Attendez un peu, monsieur le promoteur.

à Jeanne:

— Voyons, Jeanne : encore une fois, voulez-vous
soumettre sans aucune exception ni réserve à l'Église
tout ce que vous avez fait?

JEANNE

— ____

MAITRE JEAN DE LA FONTAINE

— Pour la dernière fois, voulez-vous, oui ou non, servir
sans aucune exception ni réserve l'Église? qui est notre
mère à tous.

JEANNE

— Mais je veux bien, moi, servir l'Église,____ pourvu,
bien entendu, que notre sire Dieu soit premier servi.

MAITRE JEAN DE LA FONTAINE fait un geste de découragement.

MAITRE JEAN DE LA FONTAINE

— Vous nous mettez au désespoir, mon enfant, mais
puisque vous refusez toujours de vous soumettre sans
réserve à l'Église, nous devons vous refuser de vous

admettre avec ceux qui sont de l'Église à recevoir le
corps de Notre-Sauveur.

Jeanne baisse la tête.

Maitre Thomas de Courcelles

— Vous désirez beaucoup recevoir le corps de votre
Sauveur?

Jeanne

— Oui, mon maître.

Maitre Thomas de Courcelles

avec intérêt :

— Vous désirez vraiment beaucoup le recevoir?

Jeanne

relevant lentement la tête :

— Oui mon maître, je le désire beaucoup.

Maitre Thomas de Courcelles

— Dieu soit loué, Jeanne, et grâces lui soient rendues par vous et par nous, par nous tous; grâces lui
soient rendues pour ce désir que vous avez encore : il
survit sans doute en vous je ne sais quelles réserves
d'amour divin, d'autant plus vivaces et désireuses du
sauveur que le voisinage des Maudits à qui vous avez
fait si longtemps bon accueil les a plus douloureuse-

ment froissées. Dieu soit loué, Jeanne : c'est par là que nous vous sauverons.

JEANNE

— Tout ce qui est de mes voix, ça ne vous regarde pas.

MAITRE THOMAS DE COURCELLES

— Jeanne, je vous assure que nous vous sauverons.

JEANNE

— ----

Eh bien je vous prie seulement, pour cette fois, de vouloir bien m'accorder qu'il me soit permis d'aller à la messe.

MAITRE THOMAS DE COURCELLES

— Vous voyez bien que nous finirons bien par vous sauver.

MESSIRE JEAN D'ESTIVET

— En tout cas, je requiers, pour à présent, qu'elle n'aille pas à la messe.

MAITRE JEAN DE LA FONTAINE

— Pour les mêmes raisons, mon enfant, nous ne devons pas non plus vous accorder cela.

JEANNE

— Eh bien, alors, faites-en comme il vous plaira. Je

n'ai pas besoin de vous, pour avoir une messe. Mon Dieu saura bien m'en donner une, puisque c'est lui qui l'a faite, la messe..

MAITRE THOMAS DE COURCELLES

— Non, Jeanne, il est écrit seulement : « *Faites cela en mémoire de moi.* » Nulle part il n'est écrit que Jésus referait jamais pour personne lui-même le divin sacrifice de la Cène.

MAITRE NICOLAS L'OISELEUR

— Est-ce que l'on ne pourrait pas au moins l'entendre en confession ?

MESSIRE JEAN D'ESTIVET

— Je requiers que non.

MAITRE THOMAS DE COURCELLES

— Il est évident que l'on ne peut pas l'entendre en confession, puisque, elle-même, elle s'est mise hors de l'Église

MAITRE NICOLAS L'OISELEUR

— La mystérieuse bonté de Dieu, mon maître, est infinie : sans doute l'accusée a voulu se mettre hors de l'Église, mais il se peut très bien que Dieu lui ait fait cette faveur, cette grâce, qu'elle n'ait pu y réussir.

Maître Guillaume Evrard

— Alors, elle n'a plus besoin de nous : Qu'est-ce que nous faisons là?

Maître Nicolas l'Oiseleur

— Si elle n'est pas hérétique, c'est justement alors qu'elle a besoin de l'Église, comme étant pécheresse : car il est évident qu'elle n'est pas en état de grâce. Pensez-vous, Jeanne, que vous soyez en état de grâce?

Maître Fidèle Pierret

— Mon maître, c'est une question trop difficile.

Frère Mathieu Bourat

— Jamais on n'a demandé ça à une hérétique.

Jeanne

— Si j'y suis, Dieu m'y garde; et si je n'y suis, Dieu veuille m'y mettre.

Maître Thomas de Courcelles

— Ce sont là d'excellents sentiments, Jeanne : j'ai toujours pensé que nous vous sauverons.

Maître Jean de la Fontaine

— Votre question, maître Nicolas l'Oiseleur, n'était

pas de celles que l'on fait ; votre proposition, si charitable qu'elle fût, ne se peut approuver. Tant que l'accusée refusera de se soumettre sans réserve à l'Église, personne, à moins de se mettre aussi hors de l'Église, ne pourra l'entendre en confession, parce que le sacrement ne vaudrait pas, et qu'il y aurait sacrilège.

Continuons à travailler, mes maîtres.

Jeanne, voulez-vous nous dire, justement, s'il est vrai que vous ayez reçu plusieurs fois dans un même jour le corps de Notre-Sauveur, quand vous étiez encore avec celui que vous appelez____

Rideau : un quart d'heure

DEUXIÈME ACTE

Un peu avant la mi-mai 1431.

Deux mois et demi plus tard.
Dans la Grosse Tour du Château de Rouen, le bas étage. La salle
est sombre, éclairée seulement par trois meurtrières, à droite. Au
fond la porte, plus sombre. Dans l'ombre, un peu à droite, les
instruments pour les deux questions de l'eau et du brodequin. A
droite, deux fauteuils et quelques chaises autour, sur deux rangées, en rond, face à gauche.

Un peu avant huit heures du matin.

Jeanne a dix-neuf ans passés.

Honorable homme, Mauger le Parmentier, clerc non marié, appariteur de la cour archiépiscopale de Rouen,

trente ans passés ;

Julien l'Anget, l'un de ses aides,

environ seize ans ;

Vénérable personne, maître François Brasset, maître-serrurier, bourgeois de Rouen,

environ quarante-cinq ans ;

Lucien Clamet, un de ses apprentis,

environ treize ans ;

Vénérable et religieuse personne, frère Jean le Maître, de l'ordre des Frères Prêcheurs, bachelier en théologie, prieur du couvent des Dominicains de Saint-Jacques-de-Rouen, vicaire de monseigneur l'inquisiteur de la dépravation hérétique au royaume de France, délégué par lui pour la cité et diocèse de Rouen,

environ cinquante ans;

Vénérable et religieuse personne, frère Isambard de la Pierre, prêtre, de l'ordre des Frères Prêcheurs, bachelier en théologie,

environ trente-cinq ans.

Mauger le Parmentier

— Tu sais! mon garçon : si tu veux me remplacer, plus tard, quand j'aurai assez travaillé, si tu veux être un jour appariteur de la cour archiépiscopale de Rouen, et tourmenteur-juré, mon garçon, il faudra voir à faire ton service un peu mieux que ça : Est-ce que tu crois que tu m'as monté assez d'eau? là-dedans?

Julien

— Mon maître,⎯⎯ vous savez bien⎯⎯ qu'elle n'est pas grande⎯⎯

Mauger le Parmentier

— Qui ça? mon garçon, qui n'est pas grande?

Julien

— Mon maître,⎯⎯ celle qu'il faut que l'on travaille aujourd'hui.

MAUGER LE PARMENTIER

— Ça ne fait rien ! ça, mon garçon, ça ne fait rien. On voit bien que tu ne sais pas encore le métier. On ne peut pas s'imaginer tout ce qu'il tient d'eau, dans le corps d'un hérétique. Il m'en faut encore au moins la moitié d'un seau, mon garçon.

JULIEN

— ____ Mon maître,____ je vais aller en tirer.

MAUGER LE PARMENTIER

— Dépêche-toi, mon garçon.

A part ça, tu n'as pas trop mal travaillé. Les outils sont bien reluisants. Tu as bien fait, mon garçon, parce qu'il va y avoir aujourd'hui beaucoup de ces messieurs : il va y avoir monseigneur de Beauvais ; il va y avoir monsieur le vicaire de monsieur l'inquisiteur de France ; il va y avoir maître Guillaume Evrard, qui est un bien savant homme ; et plusieurs encore, à ma connaissance, qui sont aussi des savants, mon garçon, et des hommes capables.

Mais, il manque une boucle, au chevalet ? ici.

JULIEN

— Maître François Brasset,____ mon maître,____ m'a dit qu'il ne manquerait pas de l'apporter avant huit heures.

XXXIX

— Maître François Brasset,____ maître François Brasset,____ il faut qu'il se dépêche aussi, alors, maître François Brasset. Ça ne va pas tarder à sonner, huit heures : Il y a longtemps, déjà, que maître Jacques a fini, de balayer la salle.

On n'est jamais sûr d'avoir ses outils quand il faut, avec tous ces serruriers-là.

Ah ! tu sais ! mon garçon : Quand on aura commencé la séance, tu auras soin de rester derrière moi.____ Et de te tenir tranquille.____ Et de ne pas bouger.____ Et de ne pas t'amuser à faire des enfantillages, parce que, tu sais, tout ça, c'est sérieux, ce que l'on va faire aujourd'hui, mon garçon.

Entrent, au fond, MAITRE FRANÇOIS BRASSET et son apprenti. LUCIEN CLAMET porte sur son épaule une grosse boucle et une chaîne.

Maitre François Brasset

— Nous voilà, nous voilà, maître Mauger ; nous voilà ! vous savez bien que nous n'arrivons jamais en retard.

Mauger le Parmentier

— Mais oui ! maître François, mais oui. Seulement j'ai toujours peur : vous savez bien que je n'aime pas qu'on me fasse des reproches pour mon travail.

MAITRE FRANÇOIS BRASSET

— Moi non plus, maître Mauger, moi non plus!

lui montrant la boucle :

Aussi, vous pouvez voir si c'est fait, du travail comme ça.

MAUGER LE PARMENTIER

examinant la boucle :

— Pour du travail bien fait, c'est du travail bien fait! ça, maître François. Mais ça n'est pas tout : A présent, il faut me visser ça sur mon chevalet.

MAITRE FRANÇOIS BRASSET

— Tu entends? Lucien.

LUCIEN

— Et la chaîne? mon maître.

MAITRE FRANÇOIS BRASSET

— Demande à maître Mauger.

MAUGER LE PARMENTIER

— Ça n'est pas pour nous! ça, la chaîne.

Maitre François Brasset

— Comment? ça n'est pas pour vous!

Mauger le Parmentier

— Mais non ! ça n'est pas pour nous. Ça n'est pas pour la tourmenter, ça, la chaîne : c'est pour qu'elle se tienne tranquille dans la prison.

Maitre François Brasset

— Alors à qui donc faut-il que j'aille m'adresser? pour la chaîne?

Mauger le Pàrmentier

— Je ne sais pas. Mais en tout cas, ça ne me regarde pas, moi.

Maitre François Brasset

— On ne sait jamais à qui s'adresser, ici : c'est presque aussi mal ordonné que du temps des Français. Enfin ! je vais rester là jusqu'à ce que monseigneur soit arrivé : je lui demanderai ce qu'il faut que j'en fasse, de la chaîne. Il doit savoir, lui.

Lucien Clamet, laissant la chaîne à son maître, s'est mis à visser la boucle sur le chevalet. Julien l'Anget s'est approché pour le regarder.

LUCIEN

— Tu as beaucoup d'outils, dans ton métier, toi.

MAITRE FRANÇOIS BRASSET

— Mais oui, maître Mauger, vous avez sorti tous vos
outils?

MAUGER LE PARMENTIER

— Et pourtant, maître François, je ne sais pas si
j'aurai besoin de m'en servir.

MAITRE FRANÇOIS BRASSET

— Pourquoi donc ça? maître Mauger.

MAUGER LE PARMENTIER

— Parce que c'est maître Guillaume Evrard qui doit
la prêcher, ce matin, et cet homme-là, voyez-vous,
maître François, cet homme-là, rien qu'en parlant, il
est plus fort que moi, vous entendez bien? que moi,
avec tous mes outils.

MAITRE FRANÇOIS BRASSET

— Alors il s'y entend? à faire peur aux hérétiques?

Mauger le Parmentier

— Plus que moi ! je vous dis. Et pourtant, moi, quand je me rappelle, ce que j'en ai déjà converti ! des hérétiques.

Maitre François Brasset

— Vous savez le métier, vous, maître Mauger.

Mauger le Parmentier

— Mon Dieu oui, maître François ; mon Dieu oui, sans m'en faire accroire.

Ils s'avancent à gauche en causant.

Malheureusement c'est un métier qui s'en va : Si vous saviez comme on en voit, à présent, des questionneurs qui gâchent la besogne, des maladroits, qui tuent les hérétiques sans que cela serve à les sauver.

Lucien

à Julien :

— Tu as des beaux outils, dans ton métier. Mais c'est égal ! c'est un sale métier !

Julien

— Je le sais bien.

Lucien

— Pourquoi ? que tu t'es mis dans un métier comme ça ?

Pourquoi que tu ne t'es pas mis dans les serruriers?
On est apprenti pendant cinq ans,____ on est compa-
gnon cinq ans aussi;____ après ça, on fait un chef-
d'œuvre;____ et alors on passe maître-serrurier.

JULIEN

— Ce n'est pas de ma faute,____ à moi.

LUCIEN

— Pourquoi donc?

JULIEN

— ____ Parce que je n'avais pas assez d'argent, pour
payer mon apprentissage.____ Les autres maîtres n'ont
pas voulu de moi.____ Alors maman m'a mis en appren-
tissage ici. — « C'est toujours un métier, » qu'elle a
dit, « Je ne veux pas que mon garçon n'ait pas de
métier. »

LUCIEN

— Tu sais, ce que je t'en disais, moi, ça n'était pas
pour te faire de la peine.

Mauger le Parmentier et maître François Brasset se sont arrêtés à gauche.
Ils reviennent au milieu.

MAUGER LE PARMENTIER

— Quand on n'est bon qu'à tuer les gens qu'on a
devant soi, on ne se fait pas questionneur : on se fait
bourreau ; on se fait soldat : on n'a que l'embarras du

choix. On ne prend pas un métier où il faut conserver les personnes le plus longtemps possible dans le meilleur état possible.

A Julien :

— Dis donc! Julien : Tu ferais mieux d'aller me tirer mon eau, que de regarder.

Julien prend le seau et sort.

MAITRE FRANÇOIS BRASSET

— Le fait est que c'est un métier difficile, votre métier, maître Mauger, un métier difficile; et qu'il y faut du courage.

MAUGER LE PARMENTIER

— C'est un des métiers où il faut le plus de courage : Il y a des fois, si vous saviez, le cœur vous manque, en travaillant. Seulement on se raidit, parce qu'on sait ce qu'on doit.

MAITRE FRANÇOIS BRASSET

— Enfin, le principal, dans la vie, c'est qu'on fasse bien son métier, chacun le sien, et qu'on n'en sorte pas; et surtout qu'on ne s'occupe pas des autres : si celle d'aujourd'hui n'avait pas quitté son métier, si elle ne s'était pas occupée des autres,____ Qu'est-ce qu'elle faisait? de son métier? au juste.

MAUGER LE PARMENTIER

— On dit qu'elle gardait les vaches.

MAITRE FRANÇOIS BRASSET

— Eh bien, si elle n’avait jamais quitté ses vaches, elle
n’aurait pas besoin de nous déranger, à présent.

Rentre Julien.

JULIEN

— Mon maître,_____ il y a monseigneur qui vient,
avec maître Nicolas l’Oiseleur.

MAUGER LE PARMENTIER

— Ça va bien, mon garçon : tout est prêt.

MAITRE FRANÇOIS BRASSET

— Tu as fini? Lucien.

LUCIEN

— Oui mon maître.

MAITRE FRANÇOIS BRASSET

— Qu’est-ce qui fait le plus d’effet? dans tout ça,
maître Mauger.

MAUGER LE PARMENTIER

— On ne peut pas dire, maître François, parce que c’est
difficile à comparer._____ Et puis ça dépend des per-

sonnes.____ Enfin, avec le brodequin, la souffrance est
plus pénétrante, plus entrante, plus fausse, plus faus-
sante ; elle porte mieux au cœur ; et surtout on a mieux
la force de la sentir.____ Avec l'eau, la souffrance est
plus large, plus envahissante, plus troublante ; c'est à
peu près comme de se noyer, seulement on peut respirer,
après chaque fois.

MAITRE FRANÇOIS BRASSET

— C'est bien intéressant, tout ça.

Entrent MONSEIGNEUR PIERRE CAUCHON et MAITRE
NICOLAS L'OISELEUR.

MAUGER LE PARMENTIER

— Monseigneur____

MAITRE FRANÇOIS BRASSET

— Monseigneur.

MONSEIGNEUR PIERRE CAUCHON

— Bonjour, mes amis.

MAITRE FRANÇOIS BRASSET

— Monseigneur, c'était pour vous demander ce qu'il
faut faire de cette chaîne-là ? Maître Mauger dit que cela
ne le regarde pas.

Monseigneur Pierre Cauchon.

-- Moi non plus, mon ami, cela ne me regarde pas, puisque l'accusée n'est pas gardée aux prisons d'Église. Mais je pense qu'il faut vous adresser à John Gris, écuyer du corps du roi notre sire : c'est du moins lui qui est commis à veiller sur l'accusée.

Maitre François Brasset

— Je vous remercie bien respectueusement, monseigneur.

Il sort, suivi de Lucien.

Monseigneur Pierre Cauchon

— Eh bien, maître Mauger, vous avez bien tout préparé pour votre office ?

Mauger le Parmentier

— Rien n'y manque, monseigneur, et non plus la bonne volonté.

Monseigneur Pierre Cauchon

— Vous allez monter là-haut, mon ami,____

Mauger le Parmentier

— Dans la chambre au-dessus ?

MONSEIGNEUR PIERRE CAUCHON

— Dans la chambre au-dessus; et quand nous aurons
besoin de vous, nous vous enverrons chercher par messire Jean Massieu.

MAUGER LE PARMENTIER

— Monseigneur, nous attendons vos ordres bien humblement.

Il sort, suivi de Julien.

Un silence.

MAITRE NICOLAS L'OISELEUR

— Oui monseigneur : je suis assuré que nous finirons
bientôt.

MONSEIGNEUR PIERRE CAUCHON

— Dieu vous entende, mon fils, car voici plus de deux
mois et demi que nous avons commencé les interrogatoires____

MAITRE NICOLAS L'OISELEUR

— Heureusement, mon père, que nous avons renoncé à
ces grandes assemblées d'assesseurs : on ne travaille
jamais bien dans les grandes assemblées.

Monseigneur Pierre Cauchon

— Tout s'y passe en paroles, et les scandales y ont un trop grand retentissement.

Maitre Nicolas l'Oiseleur

— Nous avons travaillé bien plus vite et bien mieux dans la pieuse intimité des séances qui ont suivi. Et cependant, mon père, nous n'avons pas toujours été assistés____

Monseigneur Pierre Cauchon

— Il faut vraiment, mon ami, que Dieu ait béni ce que nous faisons, pour que nous puissions ainsi espérer de réussir malgré les défaillances, l'indifférence et la mollesse de plusieurs de ceux qui sont censés travailler avec nous.

Maitre Nicolas l'Oiseleur

— Le fait est, monseigneur, que monsieur le vicaire de monsieur l'inquisiteur de France ne montre pas un bien grand zèle pour la besogne divine.

Monseigneur Pierre Cauchon

— Il ne travaille qu'à son corps défendant.

Maitre Nicolas l'Oiseleur

— Et ses deux compagnons, frère Isambard de la Pierre

et frère Martin l'Advenu, semblent avoir pour l'accusée
des sentiments qui sont ceux d'une étrange faiblesse.

Monseigneur Pierre Cauchon

— Ce sont d'excellentes gens, qui, pour éviter à l'accusée
des douleurs humaines, la laisseraient damner en son
éternité.

Maitre Nicolas l'Oiseleur

— Heureusement, mon père, que nous sommes là, et
que nous saurons bien réussir à tout malgré tout et
malgré tous.

Monseigneur Pierre Cauchon

— Dieu vous entende, mon fils.

Maitre Nicolas l'Oiseleur

— Pour que nous réussissions à tout, monseigneur, il
suffit que nous ne poursuivions pas deux fins à la fois.

Monseigneur Pierre Cauchon

— Vous avez un esprit, mon fils, qui sait très bien
ordonner et disposer la besogne : c'est pour cela, vous
le savez bien, que je vous ai confié le progrès de ce présent procès, pour le détail.

Maitre Nicolas l'Oiseleur

— Nous avons deux tâches, mon père, qui sont succes-

sives : Pour sauver la gloire de l'Église, il nous faut
d'abord sauver l'âme de cette fille; pour sauver la gloire
de l'Église, il nous faut ensuite satisfaire à ceux qui
sont les meilleurs défenseurs de l'Église.

MONSEIGNEUR PIERRE CAUCHON

— C'est bien cela, mon fils.

MAITRE NICOLAS L'OISELEUR

— Il nous faut éviter avec le plus grand soin de mêler
ces deux tâches, qui sont successives. Il nous faut commencer par sauver l'âme de cette fille, sans penser à la
deuxième tâche.

MONSEIGNEUR PIERRE CAUCHON

— C'est bien cela, mon ami.

MAITRE NICOLAS L'OISELEUR

— Il suffit pour cela que nous amenions l'accusée à
désavouer ce qu'elle a fait dans sa vie.

MONSEIGNEUR PIERRE CAUCHON

— Et je vous avoue, mon ami, que cela ne me paraît
point facile.

MAITRE NICOLAS L'OISELEUR

— J'en sais le moyen, mon père, et c'est pour cela que

je vous ai prié de vouloir bien me confier l'admonesta-
tion décisive, l'avertissement final.

MONSEIGNEUR PIERRE CAUCHON

— Mon fils, votre zèle est inépuisable.

MAITRE NICOLAS L'OISELEUR

— Mais je ne pouvais pas moi-même espérer que je réussirais si l'accusée n'était pas préparée, si elle n'avait
pas eu peur une bonne fois, et c'est pour cela que je
vous ai prié de vouloir bien préparer la séance d'aujour-
d'hui.

MONSEIGNEUR PIERRE CAUCHON

— Vous croyez, mon fils, qu'elle aura peur aujour-
d'hui?

MAITRE NICOLAS L'OISELEUR

— Ce ne sera pas la première fois, mon père, qu'elle
aura peur.

MONSEIGNEUR PIERRE CAUCHON

— Vraiment? mon ami.

MAITRE NICOLAS L'OISELEUR

— Vraiment, mon père : Elle a déjà eu peur bien souvent dans sa vie.

MONSEIGNEUR PIERRE CAUCHON

— Ainsi____

MAITRE NICOLAS L'OISELEUR

— Elle a eu peur bien souvent pour les autres, et pour
elle. Mais aujourd'hui, monseigneur, il faut qu'elle ait
peur tout-à-fait.

MONSEIGNEUR PIERRE CAUCHON

— Pensez-vous, mon fils, que nous y réussissions?

MAITRE NICOLAS L'OISELEUR

— Je le pense, monseigneur : D'abord l'accusée n'est
plus ce qu'elle était. Les interrogatoires longs et fré-
quents l'ont fatiguée,____

MONSEIGNEUR PIERRE CAUCHON

— Il est vrai, mon fils, que nous l'avons interrogée de
notre mieux.

MAITRE NICOLAS L'OISELEUR

— Les insomnies et la maladie l'ont épuisée,____

MONSEIGNEUR PIERRE CAUCHON

— Vous savez, mon fils, que nous l'avons fait soigner
de notre mieux.

XL

MAITRE NICOLAS L'OISELEUR

— Les rigueurs et les____ ennuis de la prison l'ont
brisée.

MONSEIGNEUR PIERRE CAUCHON

— Vous savez, mon fils, qu'elle n'est pas gardée en
nos prisons.

MAITRE NICOLAS L'OISELEUR

— Pour toutes ces raisons, monseigneur, je pense
qu'elle n'échappera pas aujourd'hui à la bienheureuse
terreur par où nous commencerons à pouvoir la sauver.

MONSEIGNEUR PIERRE CAUCHON

— Elle a eu cependant, ces temps-ci, des réponses
bien arrogantes.

MAITRE NICOLAS L'OISELEUR

— Justement, monseigneur : c'est qu'elle sentait bien
que montait dans sa chair et dans son âme la peur
invincible.

MONSEIGNEUR PIERRE CAUCHON

— Ainsi soit-il, mon fils.

MAITRE NICOLAS L'OISELEUR

montrant les instruments de la question :

— Les tourments parferont la terreur de sa chair.

MONSEIGNEUR PIERRE CAUCHON

— Ainsi soit-il, mon fils.

MAITRE NICOLAS L'OISELEUR

— Et maître Guillaume Evrard parfera la terreur de
son âme.

MONSEIGNEUR PIERRE CAUCHON

— Cet homme est vraiment un prodige d'éloquence.

MAITRE NICOLAS L'OISELEUR

— Mon père il s'est permis, pour ce matin, de s'ha-
biller comme les Frères Prêcheurs._____

MONSEIGNEUR PIERRE CAUCHON

— Est-ce bien régulier? mon ami.

MAITRE NICOLAS L'OISELEUR

— Il est si éloquent, mon père, quand il s'habille
ainsi.

MONSEIGNEUR PIERRE CAUCHON

— Je le sais bien, mon ami, mais les vrais frères
Prêcheurs ne seront-ils pas mécontents?

Maître Nicolas l'Oiseleur

— Vous savez bien, mon père, que monsieur le vicaire de monsieur l'inquisiteur de France, qui est leur prieur au couvent de Saint-Jacques de Rouen, est un homme très docile.

Monseigneur Pierre Cauchon

— Cela est vrai, mon ami.

Maître Nicolas l'Oiseleur

— Et d'ailleurs cet habillement n'est pas irrégulier : car la règle de chaque ordre ne concerne que les personnes qui sont de cet ordre, et maître Guillaume Evrard n'est d'aucun. Il ne doit donc obéissance à aucune règle.

Monseigneur Pierre Cauchon

— Cela est vrai, mon ami.

Un silence.

Il salue en silence.

MONSEIGNEUR PIERRE CAUCHON

— Bonjour, mon fils.

MAITRE NICOLAS L'OISELEUR

— Bonjour, mon maître.

Maitre Thomas de Courcelles va s'agenouiller à la droite au second rang, sur une chaise qu'il tourne face à droite.

Un silence.

Entre MAITRE WILLIAM HAITON.

Il salue en silence.

MONSEIGNEUR PIERRE CAUCHON

— Bonjour, mon fils.

MAITRE NICOLAS L'OISELEUR

— Bonjour, mon maître.

MAITRE WILLIAM HAITON va s'établir dans une chaise à la droite au second rang, à gauche de maître Thomas de Courcelles.

Un silence.

MONSEIGNEUR PIERRE CAUCHON

Entre messire Jean Massieu.

Messire Jean Massieu

— Monseigneur......

Monseigneur Pierre Cauchon

— Bonjour, mon fils.

Maître Nicolas l'Oiseleur

— Bonjour, messire.

Messire Jean Massieu

— Monseigneur, j'attends vos ordres bien respectueusement.

Monseigneur Pierre Cauchon

— Savez-vous, mon ami, si maître Guillaume Evrard va tarder encore longtemps?

Messire Jean Massieu

— Je l'ai vu qui arrivait, monseigneur.

Monseigneur Pierre Cauchon

— Alors vous pouvez aller chercher l'accusée.

Messire Jean Massieu

— Bien, monseigneur.

Il salue et sort.

Un silence.

Entre MAITRE GUILLAUME EVRARD, en Frère Prêcheur.

MAITRE GUILLAUME EVRARD

— Monseigneur,____

MONSEIGNEUR PIERRE CAUCHON

— Soyez le très bien venu, mon fils.

MAITRE GUILLAUME EVRARD

à maître Nicolas l'Oiseleur :

— Mon maître____

MAITRE NICOLAS L'OISELEUR

à maître Guillaume Evrard :

— Bonjour, mon maître, et que soit votre éloquence la très bien venue aussi parmi nous.

MAITRE GUILLAUME EVRARD va s'asseoir dans une chaise à la droite, un peu en avant du premier rang, tout à côté des fauteuils. Il reste le front penché dans les mains.

Un silence.

Entre MESSIRE JEAN D'ESTIVET.

MESSIRE JEAN D'ESTIVET,

— Monseigneur____

MONSEIGNEUR PIERRE CAUCHON

— Bonjour, mon fils.

MESSIRE JEAN D'ESTIVET

à maître Nicolas l'Oiseleur :

— Bonjour, mon maître.

MAITRE NICOLAS L'OISELEUR

à messire Jean d'Estivet :

— Bonjour, monsieur le promoteur.

MESSIRE JEAN D'ESTIVET regarde un instant les instruments de la question, puis va s'asseoir à la droite, assez en avant du premier rang, dans une chaise qu'il tourne face en avant.

Entrent FRÈRE JEAN LE MAITRE et FRÈRE ISAMBARD DE LA PIERRE.

FRÈRE JEAN LE MAITRE

— Monseigneur____

MONSEIGNEUR PIERRE CAUCHON

— Mon frère____

FRÈRE JEAN LE MAITRE

à maître Nicolas l'Oiseleur :

— Mon maître____

MAITRE NICOLAS L'OISELEUR

à Frère Jean le Maître :

— Mon père____

FRÈRE JEAN LE MAITRE et FRÈRE ISAMBARD DE LA PIERRE considèrent un instant les instruments de la question, puis ils vont se placer, le premier, dans le fauteuil de droite, le second dans une chaise à la gauche, tout à côté des fauteuils.

Un silence.

Entre MESSIRE JEAN MASSIEU.

MESSIRE JEAN MASSIEU

— Monseigneur, voici l'accusée.

MONSEIGNEUR PIERRE CAUCHON

— Qu'elle attende un instant, mon ami.

MESSIRE JEAN MASSIEU fait un signe au dehors.

MAITRE NICOLAS L'OISELEUR va s'asseoir au premier rang dans la dernière chaise à la droite, en la tournant un peu face en avant.

MONSEIGNEUR PIERRE CAUCHON

— Prions, mes fils, pour que Dieu bénisse nos efforts,————

Il regarde les instruments de la question.

———— pour qu'il bénisse en particulier l'avertissement que va dire à l'accusée notre bien aimé, maître Guillaume Evrard.

Tous les assistants se lèvent, sauf que maître Thomas de Courcelles reste agenouillé.

MONSEIGNEUR PIERRE CAUCHON se place devant le premier fauteuil, et s'incline.

Les assistants s'inclinent.

Un long silence.

MONSEIGNEUR PIERRE CAUCHON s'assied.

Tous les assistants s'asseyent, sauf que MESSIRE JEAN MASSIEU, debout, attend les ordres. MAITRE GUILLAUME EVRARD s'assied le dernier.

Monseigneur Pierre Cauchon

à messire Jean Massieu :

— Faites entrer l'accusée, messire.

Messire Jean Massieu fait un signe au dehors.

Puis il va se placer un peu à gauche, debout, face en avant.

Entre Jeanne.

Entrent deux soldats anglais qui se placent à côté de la porte, l'un à droite, l'autre à gauche, debout, face en avant.

Jeanne

s'avance à pas lents et se tourne vers le tribunal. Elle aperçoit les instruments de la question, frissonne, se reprend aussitôt.

Monseigneur Pierre Cauchon

— Nous allons, Jeanne, aujourd'hui pour la dernière fois, vous demander ____

Jeanne

— Ça n'est pas la peine, de me faire encore des demandes.

Monseigneur Pierre Cauchon

— Pourquoi donc? mon enfant.

Jeanne

— Parce que je n'en veux plus dire un mot que je n'aie dit : je m'en tiens pour tout aux réponses que j'ai faites.

MONSEIGNEUR PIERRE CAUCHON

— Vous ne voulez pas, mon enfant, abandonner les
réponses que vous nous avez faites?

JEANNE

— Je vous ai déjà dit que je m'y tiens en tout et pour
tout.

MONSEIGNEUR PIERRE CAUCHON

— C'est bien, mon enfant : nous savons ce que cela
veut dire.

JEANNE

— Eh bien! tant mieux pour vous! si vous le savez.
Mais il faut que je vous avertisse, moi, que le métier
que vous faites, c'est un métier qui pourra bien finir
un jour par vous coûter cher.

MONSEIGNEUR PIERRE CAUCHON

— Il est inutile, mon enfant, que vous nous fassiez des
menaces : Nous n'avons point peur de vos menaces, car
on ne sait pas même ce que c'est que la peur quand on
est vraiment au service de Dieu.

JEANNE

— ____

Monseigneur Pierre Cauchon

— Et nous vous pardonnons vos menaces, mon enfant;
nous vous les pardonnons selon qu'il est écrit : « Pardonnez-nous nos offenses comme nous pardonnons à
ceux qui nous ont offensés. »

Maitre Thomas de Courcelles

— Mais nulle part il n'est écrit qu'il nous faille pardonner à ceux qui ont offensé Dieu pour que Dieu nous
pardonne à son tour nos offenses.

Monseigneur Pierre Cauchon

— Nous vous pardonnons, Jeanne, et bien volontiers,
celles de vos offenses qui nous ont offensés. Mais nous
n'avons pas qualité, mon enfant, pour vous pardonner
celles de vos offenses qui ont offensé Dieu.

Jeanne

— ----

Monseigneur Pierre Cauchon

— Et nous ne savons pas si, même, il se pourrait que
Dieu, mon enfant, vous les pardonnât, tant que vous ne
les aurez pas désavouées.

Messire Jean d'Estivet
se levant :

— Pour la forcer à les désavouer, je requiers que le
juge la fasse questionner.

MONSEIGNEUR PIERRE CAUCHON

— Voyons, mon enfant : le questionneur est là-haut.

JEANNE

— ____

MONSEIGNEUR PIERRE CAUCHON

— Le questionneur est là-haut, mais il est temps encore :
pour la dernière fois, voulez-vous désavouer les réponses
que vous nous avez faites?

JEANNE

— Quand vous me feriez couper la tête, et détraire tous
les membres du corps, je ne renoncerais pas un mot de
tout ce que j'ai dit.

MONSEIGNEUR PIERRE CAUCHON

— C'est ce que nous allons voir, mon enfant.

à messire Jean Massieu :

— Messire Jean Massieu, allez chercher monsieur le
questionneur.

MESSIRE JEAN MASSIEU salue et sort.

Un long silence.

Rentre MESSIRE JEAN MASSIEU. Il salue.

— Maître Mauger le Parmentier, appariteur de la cour archiépiscopale de Rouen.

Messire Jean Massieu reprend sa place.

Entre maître Mauger le Parmentier, suivi de Julien. Il salue et se place devant les instruments de la question, Julien derrière lui.

Monseigneur Pierre Cauchon

— Monsieur le questionneur,————

Jeanne

interrompant :

— Et puis, quand même : si vous arriviez à me forcer à renoncer un seul mot de ce que j'ai dit, ça ne vous avancerait pas.

Quand ce serait fini, je dirais toujours que si je l'ai renoncé, ce mot-là, c'est parce que j'avais peur, et que cela ne compte pas.

Un silence.

Messire Jean d'Estivet

— Puisqu'il en est ainsi, puisque l'accusée a son âme à ce point endurcie et corrompue qu'elle se refuse même à subir le remède, je requiers que le juge la déclare hérétique sur-le-champ, et tout-de-suite l'abandonne au bras séculier, et qu'on la brûle, et qu'elle s'en aille en enfer.

Il se rassied.

Maitre Guillaume Evrard.

Elle ira dans l'enfer avec les morts damnés,
Avec les Condamnés et les Abandonnés,
Elle ira dans l'Enfer avec les Morts damnés;

Dans l'Enfer où Satan mange les Cœurs damnés,
Où le Forgeron fort forge la Chair damnée,
Tordant de ses doigts forts les Tenaillés vivant;

Elle ira dans l'Enfer où clament les Damnés,
Dans les hurlements fous des Embrasés vivant,
Dans les hurlements sourds des Emmurés vivant,
Dans les hurlements fous des Écorchés vivant,
Dans les folles clameurs des Damnés affolés;

Dans tous les hurlements de tous les Tourmentés,
Et des Damnés soldats et du Damné Judas,
De Judas le Pendu qui nous avait vendus,
Et dont l'argent servit pour le Champ du Potier,

Jeanne baisse lentement la tête.

De Judas le Vendeur qui nous avait vendus.

Là tu verras Satan le Prince Tourmenteur ;
Il te pourra parler du vrai Michel archange :
Il a senti sur soi peser la pesanteur
Du Pied qui lui fonçait la face dans la fange,
Du Pied victorieux qui lui broyait les reins.

Et quand sera le Jour de la Colère là,
Quand le froid passera dans toute Chair vivante,
Quand le Roi siègera, le Roi de Majesté ;

Quand tout Péché sans voile aux yeux s'étalera,
Quand l'Effroi soufflera dans toute Ame vivante,
Quand le Roi siègera pour l'Effroi des Vivants ;

Quand le Maître des Blés aura sa Moisson là,
Quand il aura ses Blés amassés dans sa Grange,
Entassés par les soins de ses bons Serviteurs,

Et quand au Van de sa Colère il vannera
Les Blés vivants pour séparer le Grain vivant
De la Paille vivante et sauver le bon Grain,

Quand la Paille en Enfer s'envolera légère,

Ton corps s'envolera pour que le Feu l'embrase,
Et ton Ame avec lui pour que le Feu l'embrase.

Alors commencera l'Éternité sans bord,
Et tu seras noyée au Flot de la Souffrance,
Quand aura commencé l'Éternité sans plage.

Et tu seras noyée au Flot de la Souffrance,
Et là tu clameras la Prière damnée,
La Prière hurlée au Flot de la Souffrance :

« Seigneur ! » clamerez-vous, « La souffrance éternelle
Mange nos cœurs vivant : ô Seigneur ! tuez-nous !
Seigneur nous avons faim de la mort éternelle.

« O Seigneur ! La souffrance inexorable et folle
Nous mange tout vivant : ô Maître ! tuez-nous !
Seigneur nous avons soif de la mort éternelle.

« La souffrance éternelle, inexorable et folle,
Nous mange tout vivant, nous mange tout vivant :
        Notre père, qui êtes aux cieux,
Donnez-nous aujourd'hui notre mort pour de bon ;
Donnez-nous aujourd'hui notre mort éternelle,

Ô père, donne-nous notre mort éternelle. »

Mais l'Enfer sera clos sur ta Prière aussi,
Et vous, Dépossédés éternels d'Espérance,
Clamerez la Prière éternellement vaine,
Clamerez la Prière éternellement folle ;

Et les hurlements fous d'éternelle souffrance,
Et les hurlements fous d'éternelle prière
Seront comme un silence au flot de la souffrance

Noyés comme un silence au flot de la souffrance :

Car ta mort éternelle est une mort vivante,
Une vie intuable, indéfaisable et folle;
Et dans l'éternité tous les hurlements fous,
Tout le hurlement fou de souffrance et prière
Sera comme un silence____

Un très long silence.

MONSEIGNEUR PIERRE CAUCHON fait un signe.

MESSIRE JEAN MASSIEU vient toucher l'épaule de Jeanne.

Jeanne sursaute.

Sort le premier soldat anglais.

Jeanne

sort à pas lents, la tête baissée.

Sort le second soldat anglais.

Sort messire Jean Massieu.

MAÎTRE GUILLAUME EVRARD tombe à genoux.

Rideau : quarante secondes

                              Le même jour,

                         Au soir descendant.

Au même Château, dans la tour vers les champs, la chambre où
Jeanne est gardée prisonnière. Cette chambre est très sombre,
éclairée seulement par une meurtrière, à droite. Au fond la porte,
tout-à-fait sombre. A gauche le lit de Jeanne.

                                               Jeanne

est assise au bord de son lit, la tête penchée. Elle a les mains
enchaînées ensemble, et le pied droit attaché par une chaîne à la
barre de son lit.

Deux soldats anglais, debout, gardent la porte, l'un à gauche et
l'autre à droite.

LE PREMIER SOLDAT

au deuxième :

— Alors, c'est la première fois ? que tu es de service
pour la garder ?

LE DEUXIÈME

— Oui mon vieux : c'est la première fois que je suis de
garde pour elle.

LE PREMIER

— Tu connais la consigne ?

LE DEUXIÈME

— La consigne ? Parbleu ! ça n'est pas difficile à savoir,
la consigne ! La consigne, c'est de la garder, tout bonnement ?

LE PREMIER

— Oui, mais pas comme tout le monde : messire John
Gris veut qu'on y fasse bien attention, à elle.

XLII

LE DEUXIÈME

— Pourquoi donc? mon vieux.

LE PREMIER

— Parce qu'il paraît qu'elle a coûté cher.

LE DEUXIÈME

— Ah?

LE PREMIER

— Oui, et que c'est pour ça qu'on tient à sa peau.

LE DEUXIÈME

— ————

LE PREMIER

— Et puis on dit que c'est une sorcière.

LE DEUXIÈME

— Ah?

LE PREMIER

— Oui.

LE DEUXIÈME

— On m'avait dit aussi qu'elle était du côté de saint Michel?

LE PREMIER

— Oui, et pas du tout du côté de monsieur saint Georges, mais pas du tout.

LE DEUXIÈME

— Ah ?

LE PREMIER

— Oui : on dit qu'elle a voulu faire la guerre à monsieur saint Georges pour faire plaisir à saint Michel, et que c'est pour ça qu'elle est en prison.

LE DEUXIÈME

— Ça ne m'étonne pas : c'est toujours comme ça, les affaires des saints.

LE PREMIER

— ....

LE DEUXIÈME

— Aussi, mon vieux, quand on leur a bien fait sa prière, comme ça se doit,.... moi, je les laisse tout seuls s'arranger comme ils peuvent. Ils sont bien assez grands pour faire leurs affaires sans nous.

Un silence.

Entre le troisième soldat.

LE TROISIÈME SOLDAT

— Dites donc, les amis : il y a maître Maussois, le
maçon, qui vient de m'apporter cinq ou six bouteilles
de vin, je ne vous dis que ça.

LE DEUXIÈME

— Où donc? mon vieux.

LE TROISIÈME

— En bas, dans la salle voûtée. Vous n'allez pas me
laisser boire ça tout seul?

LE DEUXIÈME

— N'aie pas peur, mon vieux : il n'y a pas de danger,
qu'on laisse comme ça les amis dans l'embarras. Mais
pourquoi donc? qu'il t'a apporté ça, maître Maussois.

LE TROISIÈME

— Parce que, la semaine passée, il voulait voir celle-là
dans sa prison : alors moi, j'étais de garde, je l'ai laissé
monter sans rien dire à personne.

LE DEUXIÈME

— Tu as bien fait, mon vieux, puisque c'en est un qui

régale. Il n'y en a déjà pas tant, par le temps qui court.
Allons-y.

Le premier

— Oui, mais si elle s'en va? pendant ce temps-là. Ça
en ferait, une affaire.

Le deuxième

— Pour ça, mon vieux, il n'y a pas de danger : par en
haut, la porte est bouclée ; par en bas, il faut passer par
la salle voûtée.

Le premier

— Oui, mais puisque c'est une sorcière____

Le deuxième

— Alors, mon vieux, si c'est une sorcière, ça n'est pas
la peine. de rester, parce qu'elle peut aussi bien s'en
aller devant toi, pendant que tu es là, à la regarder.

Le premier

— ____

Le deuxième

— Allons, allons !

Le premier

— Oui, mais si messire John Gris fait sa ronde____

LE DEUXIÈME

— Sois tranquille, mon vieux : on fera le guet. Il n'est
pas sorcier, lui.

LE PREMIER

— Ah, c'est embêtant ! tout ça. Heureusement qu'on
va la brûler un de ces quatre matins.

Ils sortent.

Un long silence.

JEANNE

Oh j'irais dans l'enfer avec les morts damnés,
Avec les condamnés et les abandonnés,
Faut-il que je m'en aille avec les morts damnés;

Faut-il que je m'en aille aux batailles damnées,
Avec mes soldats morts, morts et damnés par moi,
Faut-il que je m'en aille aux batailles d'en bas?

Faut-il que je m'en aille à tout jamais en bas?

Faudra-t-il que je mène en la bataille en bas
Tous ceux que j'ai tués, tous ceux que j'ai damnés,
Tous ceux que j'ai menés aux batailles passées,

Tous ceux que je menais en la bataille humaine ;

Ceux qui tombèrent morts aux batailles de Beauce,
Et tous ceux qui sont morts à la Loire oublieuse ;
Tous ceux qui sont tombés aux batailles de plaine,
Et tous ceux qui sont morts aux batailles d'assaut,
Devant Paris, la ville, ou dans la Beauce plate ;

Et ceux-là qui sont morts aux bords lointains de Loire,

Tous ceux que je menais à la défaite humaine.

En la bataille en bas plus déloyale et fausse
Et gauche et plus brutale et plus lâche et plus sale
Que la bataille humaine et la trahison d'homme ;

Oh faut-il donc que j'aille en bataille à jamais ?
Faudra-t-il qu'à jamais en bataille, à jamais
En défaite je sois la meneuse damnée ?

Faudra-t-il que je sois à tout jamais là bas ;

Morte et damnée avec les damnés et les morts.

Faudra-t-il que je sois chef de guerre damnée,
Damnée à batailler sans la trêve et la cesse
Et le sommeil dormi dans les bonnes maisons ;

Que je fasse l'appel de mes soldats damnés,
Chef de guerre damneuse et damnée avec eux,
L'appel de mes soldats, des damnés mes soldats.

Je ne dormirai plus jamais dans les maisons.

Faudra-t-il que je sois prisonnière damnée,
A tout jamais enclose en la geôle infernale,
Gardée à tout jamais en la geôle infernale,
— — — — — — — — — —

Faudra-t-il que je sois menteuse et trahisseuse,
Enseignée au mensonge, aux gauches trahisons,
Par le maître à mentir, par Judas le menteur;

Par le damné suprême, ô madame Gervaise,

Par Judas le vendeur qui nous a tous vendus,
Par Judas le menteur — et qu'il m'enseigne assez
Pour que je réussisse à le duper lui-même;

Faut-il que j'en arrive à le duper lui-même ?

Ô comme il me souvient de l'enfance passée,
De l'enfance lointaine où j'ai tant mal aimé,
Menteuse en mon enfance, ô menteuse déjà,

Comme il me ressouvient de la lointaine enfance.

Meuse endormeuse et douce et que j'ai mal aimée,
Je ne te verrai plus t'en aller par chez nous,
Ne reverrai jamais la vallée embaumée,

Ô Meuse inépuisable, inaltérable et calme,
Et qui ne peux aimer et que j'ai mésaimée.

Me ressouvient le temps lointain de la lointaine enfance

Ô maison de mon père où je filais la laine,
Où les longs soirs d'hiver, assise au coin du feu,
J'écoutais les chansons de la vieille Lorraine,

Faut-il que je te dise un éternel adieu?

Passagère à présent à l'enfer éternel,
Faut-il que je te dise un éternel adieu?

Me ressouvient aussi le temps de ma jeunesse,
La jeunesse passée où j'ai fait ma partance,
Menteuse en ma partance, oh! menteuse toujours.

Maison de pierre calme et que j'ai mal aimée,
Où j'ai dû délaisser un jour la laine là,
Laisser à tout jamais la tâche encommencée,

Ô toi qui ne pouvais nous aimer, ô maison
Qui ne pouvais aimer et que j'ai mésaimée,

Jamais ne reverrai le foyer clair et jeune,
Large ouvert aux chansons des fileuses de laine,

Jamais ne parferai la tâche encommencée.

Ô mon père, ô ma mère, ô vous que j'ai laissés,
Vous m'avez pardonné ma partance menteuse,
Mais le mensonge est là, qui n'est pas effacé,

La tache du mensonge, ineffaçable et sale ;

Et mon âme est tachée à jamais, et vous deux,
Menteuse que j'étais vous m'avez mésaimée,
Je vous ai mésaimés à cause du mensonge.

Vous que j'ai délaissés, ô mon père, ô ma mère,
Faut-il donc que je sois sans vous revoir jamais,
Que dans l'enfer je sois sans savoir où vous êtes.

Me ressouvient le temps de jeunesse passée.

Un très long silence.

Le soir est descendu sur la bataille humaine,
Les femmes de chez nous dorment dans les maisons,
Le soir est descendu sur la souffrance humaine ;

A présent il fait nuit pour le repos du monde,
Les femmes d'Orléans dorment dans les maisons,
Les soldats sont couchés pour le repos du monde,

Les soldats sont couchés pour le repos des blés.

Il fait nuit par le monde et sur toute souffrance,
Mais moi je suis enclose en la prison mauvaise,
En attendant la geôle infernale éternelle,

Et je suis toute seule, enclose en la prison,
Seule avec ceux-là_____

____

Seule sans un de ceux que j'avais avec moi,
Seule sans une amie et sans un de tous ceux
Que j'avais avec moi dans la souffrance humaine,

Seule sans une amie et sans vous ô mes sœurs,
Mes sœurs du Paradis qui m'avez renoncée,
Qui me laissez seule____

Hier au soir encor je vous entendais là,
J'écoutais comme avant la voix inoubliable,
Et j'étais votre sœur ainsi qu'au temps passé ;

J'étais la sœur humaine et vous les sœurs célestes,
J'étais la sœur plus jeune et vous les deux aînées ;

Mais depuis ce matin que j'ai connu l'enfer,
Vous n'avez pas voulu venir me consoler :
Faut-il que vous m'ayez délaissée à l'enfer?

Faut-il, mes grandes sœurs, que vous m'ayez laissée.

Aurais-je commencé déjà l'enfer damné?
Que vous n'êtes pas là quand je suis douloureuse;

L'étrange enfer d'absence où vous n'êtes pas là,
L'étrange enfer d'absence où vous n'êtes jamais;
Vous n'êtes jamais là dans l'absence de l'enfer,

Et vous n'êtes pas là dans ma prison déjà,

Et je n'ai pas reçu le corps de mon sauveur.

Mon âme s'est lassée à vous supplier.

Et depuis ce matin je n'ose pas faire ma prière au
bon Dieu.

XLIV

Je vois bien qu'il faudra que je demeure seule,
Sans vous avoir, mes sœurs, et sans avoir mon Dieu,
Seule déjà, seule à jamais, sans avoir Dieu ;

Que je demeure seule à cause du mensonge,
Du mensonge par qui je vous ai mésaimées,
Vous aussi____

Du mensonge par qui mon amour même à Dieu
N'était qu'une insulte à lui faite.

— — — — — — — — — —

Sur le bûcher de bois sera ma mort humaine,
Et mon corps brûlera, que j'avais gardé sauf,
La flamme embrasera mon corps pour la douleur;

La foule sera là par la place, anxieuse,
Entassée à mieux voir s'embraser ma chair vive,
Elle regardera ma chair s'embraser vive ;

Les prêtres et la foule, entassés par la place,
La foule se haussant, moqueusé et qui frissonne,
Et les clercs chanteront les cantiques des morts ;

Les cloches sonneront pour moi le glas des morts.

Alors la flamme embrasera ma chair vivante,
La flamme me mordra pour ma douleur humaine,
Me mangera ma chair pour ma douleur humaine :

Tel sera mon passage à la flamme infernale
Et ma douleur avant la douleur éternelle,

En la suprême, alors, des partances humaines ;

Et dans mon pays on parlera longtemps de Jeanne la
damneuse.

Et quand sera le jour de la colère là,
Quand siègera le roi, le roi des épouvantes,
Quand le roi siègera pour l'effroi des vivants,

Faudra-t-il qu'à nouveau devant ce tribunal
Je sois menteuse et fausse à l'interrogatoire?
Oh je ne pourrai pas, devant ce juge-là.

Et je serai damnée à l'exil éternel,
Et je fuirai honteuse, et douloureuse, et gauche,
En l'exil infernal à jamais exilée.

Alors commencera l'étrange exil sans plage,
L'étrange exil d'absence où vous n'êtes pas là,
La savoureuse absence, et dévorante et lente
Et folle à savourer, affolante et vivante____

Je me sentirai folle à savourer l'absence
Et vivante en folie et folle à tout jamais____

———————————

Entre brutalement, avec une torche, le premier soldat anglais.

Le soldat

— Tonnerre de Dieu !

Il regarde autour.

Faudrait voir à nous foutre un peu la paix, là-dedans :
on croirait toujours qu'il y a quelqu'un avec vous.

Se radoucissant :

Ça n'est tout de même pas de notre faute, à nous, si
vous êtes folle.

Il sort.

Jeanne

— Oh !

Un silence.

Il rentre.

LE SOLDAT

— Si c'est que vous avez peur, je vais vous laisser de la lumière.

Il plante la torche dans un crampon à côté de la porte, à droite, et sort.

Un long silence.

Jeanne

___ Quand je pense, ô madame Gervaise,
Que je me suis damnée à ne sauver personne,
Et que je fus damneuse à ne sauver personne____

J'irai dans cet enfer où la charité blanche
Est sale à tout jamais : ô folie_ _ _ _

J'irais dans un enfer où la charité sainte
Penchée aux exilés est la suprême offense
Et la suprême insulte à qui les a damnés,
Et douloureuse à vous : ô ma folie_ _ _ _ _ _ _

　　　　　Et moi je serais là
Sans avoir un espoir d'espérance à jamais
D'apaiser la douleur d'un seul des douloureux,
D'en consoler un seul du mal fou de l'absence,

　　　Ô je ne pourrais pas en consoler un seul,
Et mon absence à moi ne servirait de rien,
Ne leur servirait pas?

　　　　　Je voudrais bien savoir
Ô mon Dieu s'il est vrai que je me sois damnée.

Rideau : cinq minutes

TROISIÈME ACTE

XLV

Au commencement de l'avant-dernière semaine de mai 1431.

Un peu plus de huit jours après.
Une grande chambre au même Château, à côté de la prison, bien
éclairée par deux grandes fenêtres à droite.

En séance.

Siègent à droite, un peu en cercle, sur un rang, FRÈRE ISAMBARD
DE LA PIERRE, MAITRE JEAN DE LA FONTAINE, FRÈRE JEAN LE
MAITRE, MONSEIGNEUR PIERRE CAUCHON, MAITRE GUILLAUME
EVRARD, MAITRE JEAN BEAUPÈRE, MAITRE NICOLAS MIDI, MAITRE
WILLIAM HAITON, MESSIRE JEAN D'ESTIVET.

JEANNE est assise en face, sur un escabeau, la tête baissée.

A gauche, MESSIRE JEAN MASSIEU est assis sur une chaise.

MAITRE NICOLAS L'OISELEUR se tient debout à la droite de monseigneur Pierre Cauchon, un peu en avant.

MAÎTRE NICOLAS L'OISELEUR

— Monseigneur m'a permis, mon enfant, de vous
dire, sous ma responsabilité, quelques paroles que je
tiens à vous dire, quelques paroles charitables, amicales,
familières, simples, sans aucun apprêt.

Il se rassied.

Je vous prie de vouloir bien avoir la patience, mon
enfant, de m'écouter jusqu'à la fin : je serai très bref.

Je vous prie de vouloir bien m'écouter sans m'in-
terrompre, parce que les discussions n'ont duré que
trop longtemps, et qu'elles sont finies.

Je vous prie de vouloir bien ne pas me donner de
réponse, parce que les interrogatoires ont duré bien
assez longtemps, et qu'ils sont finis.

Votre procès est fini, mon enfant : nous ne pouvons
plus rien faire pour vous sauver. Et même je me
demande si nous avons bien fait de nous attarder si
longtemps après vous, quand il y a tant d'âmes à
sauver. Enfin, demain nous conclurons dans la cause.
Demain matin nous donnerons la sentence et nous
conclurons à ce que l'on passe à l'exécution de cette
sentence.

A présent, Jeanne, c'est à vous, à vous seule, à travailler à vous sauver.

A vrai dire, Jeanne, c'est à vous à prononcer la sentence. Vous êtes à présent le juge, le seul juge. Demain, c'est vous qui conclurez dans la cause. Demain matin c'est vous qui nous direz quelle sentence il nous faudra donner, et comme il nous faudra conclure à ce que l'on passe à l'exécution de cette sentence.

D'ici là, mon enfant, pensez-y bien : Pensez à la vie que vous vous êtes faite jusqu'à présent. Pensez à la vie que vous pouvez encore vous faire à présent.

Pour moi, mon enfant, je suis assuré que vous avez voulu vivre une bonne vie, mais je ne crois pas qu'une vie menteuse puisse être une bonne vie ; je n'oublie pas tout le mal que vous avez fait, sans le vouloir ou non, et qu'on vous l'ait ou non pardonné ; je n'oublie pas que vous seule avez prolongé la guerre, qui finissait d'elle-même ; je n'oublie point, par exemple, que la guerre vient de recommencer dans votre chère Lorraine_____

Vous y penserez, mon enfant ; vous avez une journée pour y penser : Demain matin vous nous direz si vous voulez aller où maître Guillaume Evrard vous a dit, ou si vous voulez recommencer votre vie humaine, si vous voulez commencer une autre vie, une vie nouvelle.

Vous n'avez pas vingt ans, Jeanne : il est temps encore de donner à Dieu votre vie : ce sera une vie presque entière encore, une vie, si vous le voulez, de larmes et de prières : De tout ce que nous pouvons faire ici-bas, mon enfant, il n'y a que les larmes et la prière où nous soyons sûrs de ne jamais nous tromper.

Allez, mon enfant ; ayez pitié de vous et de nous ;

pensez à Dieu, votre Créateur, qui vous a créée pour que
vous fussiez fidèle à son Église ; pensez à Jésus, votre
Sauveur, et ne lui donnez pas cette souffrance encore,
de savoir qu'il serait mort en vain pour vous.

Pensez à tout cela, mon enfant, dans la retraite où
vous demeurez pour cette journée encore.

Allez : nous allons une dernière fois prier pour vous.

Il s'agenouille.

Jeanne se lève d'elle-même, et sort à pas lents, la tête baissée.

Tous les assistants s'agenouillent.

Sort messire Jean Massieu.

Rideau : quarante secondes

QUATRIÈME ACTE

Le même jour.

Au soir descendant.

La chambre où Jeanne est gardée prisonnière.
Jeanne est assise au bord de son lit, la tête baissée. Elle a les deux
mains enchaînées ensemble, mais. pour le reste, elle est libre de
ses mouvements.

Les deux premiers soldats anglais gardent la porte, le premier à
gauche et le deuxième à droite.

Le deuxième soldat

— Alors, mon vieux, c'est comme ça depuis ce matin ?

Le premier

— Oui : elle n'a pas dit un mot depuis ce matin.

Le deuxième

— ----

Le premier

— Depuis ce matin, il y a des fois qu'elle reste comme ça une heure entière sur son lit, sans bouger. Et puis il y a des fois, elle se met à marcher dans la chambre, en long, en large, en droit, en rond, en travers. Mais elle n'a pas dit un mot depuis ce matin.

Le deuxième

— ----

Le premier

— C'est même embêtant, à la fin : Dans le temps, quand

elle causait toute seule, ça tenait encore un peu compa-
gnie____, au moins.

LE DEUXIÈME

— Heureusement que c'est la dernière fois, mon
vieux, qu'on monte la garde pour elle.

LE PREMIER

— Ça dépend, ça, mon garçon.

LE DEUXIÈME

— On m'a pourtant dit que c'est demain matin, qu'on
va la brûler.

LE PREMIER

— Ça dépend, mon garçon, ça dépend.

LE DEUXIÈME

— Ça dépend de quoi? alors? mon vieux.

LE PREMIER

— C'est d'elle que ça dépend.

LE DEUXIÈME

— Ah?

LE PREMIER

— Oui : si elle dit qu'elle a eu raison de faire ce qu'elle

a fait, on la brûlera; si elle dit qu'elle a eu tort, on ne
la brûlera pas.

Le deuxième

— Ah?

Le premier

— C'est même embêtant : parce que si on la brûle, elle
aura l'air de nous narguer jusqu'au bout; et si on ne la
brûle pas on ne sera pas récompensé de nos peines.

Le deuxième

— C'est vrai, ça, mon vieux.

Le premier

— Malgré ça, moi, j'aime encore mieux qu'on la brûle,
parce que c'est un service trop embêtant, tout de même,
d'être là à la garder.

Le deuxième

— Moi aussi. Et puis, on ne peut pas tout avoir à la
fois.

Le premier

— Et puis monseigneur a dû prendre ses précautions.

Rideau : cinquante secondes

CINQUIÈME ACTE

Le jeudi 24 mai 1431.

Le lendemain matin.
Au même endroit.

Maître Maussois, le maçon,

          environ trente ans ;

*Noble homme, John Gris, écuyer du corps du roi
notre sire,*

          environ trente ans.

Les trois soldats anglais se tiennent debout devant la porte.

Le deuxième soldat

— Ah je vais m'asseoir un peu, les enfants : c'est bien
assez de rester tout debout quand on est de service.

Le premier

— Moi je ne peux pas. C'est plus fort que moi : Quand
il se passe comme ça des affaires, je ne peux pas rester
assis.____ Depuis plus d'une heure qu'on l'a emmenée,____ ça doit commencer à se décider un peu, à
l'heure qu'il est.

Le deuxième

— Mon vieux, quand vous en aurez vu autant que moi,
des affaires____

Le troisième

— Moi, j'ai dit à maître Maussois de venir nous
avertir aussitôt que ça serait fini.

LE DEUXIÈME

— C'est un Français, maître Maussois. Seulement
c'est un bon garçon tout de même.

LE TROISIÈME

— On peut compter sur lui pour nous faire signe.

LE DEUXIÈME

— Et puis, quand on y a rendu service, on n'a pas
besoin d'avoir peur. Il n'a pas la mémoire courte.

LE TROISIÈME

— Je crois bien que c'est lui qui monte l'escalier.

LE DEUXIÈME

— On va bien voir.

Entre maître Maussois.

MAÎTRE MAUSSOIS

— Bonjour, les enfants.

LES SOLDATS

— Eh bien?

MAITRE MAUSSOIS

— Eh bien, vous n'avez plus qu'à recommencer à
monter la garde.

LE TROISIÈME SOLDAT

— On ne l'a pas brûlée?

LE PREMIER

— C'est dégoûtant.

LE DEUXIÈME

— Pourquoi? mon vieux, qu'on ne l'a pas brûlée
comme les autres.

MAITRE MAUSSOIS

— Je ne peux pas vous dire, moi, je n'ai rien vu : il y
avait trop de monde.

LE TROISIÈME SOLDAT

— C'était bien au cimetière de Saint-Ouen?

MAITRE MAUSSOIS

— Oui. Il y avait deux grands échafaudages, pleins de
monde. Il paraît qu'il y avait monseigneur le cardinal
d'Angleterre. C'était une belle cérémonie. Seulement il
y avait trop de monde.

— Moi, je n'aime pas, voir brûler des hérétiques, parce que, quand on est du côté du vent, ça sent la graisse brûlée.

— Tu es bien difficile, toi.

— Enfin on ne l'a pas brûlée, celle-là. Il y avait pourtant le bourreau tout prêt, avec sa charrette. Seulement il paraît qu'au dernier moment faut croire qu'elle a eu peur : enfin on a dit qu'elle signait un papier, pour qu'on ne la brûle pas. On va vous la ramener.

— Ça n'était pas la peine de la prendre, alors, et de la garder si longtemps.

— Ce qui m'ennuie, moi, c'est que ma femme avait mis sa robe des dimanches, et il y avait trop de monde. On y a tout abimé sa robe.

— Quoi qu'ils ont dit? mon vieux, tout le monde

qui était là, quand ils ont vu ça, qu'on n'allait pas la
brûler.

MAITRE MAUSSOIS

— Il y avait des Anglais qui n'étaient pas contents.

LE PREMIER SOLDAT

— Ça se comprend, ça.

MAITRE MAUSSOIS

— ＿＿＿ et qui faisaient un vacarme, dans la rue,＿＿＿
on n'entendait qu'eux.

LE PREMIER SOLDAT

— Ça se comprend.

MAITRE MAUSSOIS

— Ça n'est pourtant pas leur habitude beaucoup, à
eux.

LE DEUXIÈME SOLDAT

— Et les Français? mon vieux.

MAITRE MAUSSOIS

— Il y en avait qui n'étaient pas contents, parce
qu'ils disaient que ça n'était pas la peine, alors, de se
déranger pour venir voir.

LE DEUXIÈME SOLDAT

— Ils avaient joliment raison, ceux-là.

MAITRE MAUSSOIS

— Seulement il y en avait beaucoup, aussi, qui étaient contents, parce qu'ils disaient que c'était une bonne fille.

LE PREMIER SOLDAT

— Ah ?

MAITRE MAUSSOIS

— Oui. Il y a beaucoup de monde, à présent, qui disent que c'est une bonne fille.

LE PREMIER SOLDAT

— Ah ?

MAITRE MAUSSOIS

— Oui. Si on l'avait brûlée, tout-à-l'heure, il y a beaucoup de monde qui auraient pleuré.

LE DEUXIÈME SOLDAT

— Tiens____

MAITRE MAUSSOIS

— Même des Anglais.

LE DEUXIÈME SOLDAT

— Tiens !

MAITRE MAUSSOIS

— Il y en a même qui disent, à présent, que c'est peut-être une sainte.

LE DEUXIÈME SOLDAT

— Ah ?

MAITRE MAUSSOIS

— Seulement, ça, il faut n'en parler à personne.

LE DEUXIÈME SOLDAT

— Il n'y a pas de danger, mon vieux.

MAITRE MAUSSOIS

— Il y a maître Martin, Landier, le marchand qui vend des livres de messe, qui m'a dit que la semaine dernière il a vendu un beau missel à messire Jean Massieu.

LE DEUXIÈME SOLDAT

— Eh bien ?

MAITRE MAUSSOIS

— Parce que messire Jean Massieu a dit comme ça qu'il avait gagné de l'argent dans le procès,____

LE DEUXIÈME SOLDAT

— Nous aussi, parbleu, on en a gagné, de l'argent.
Seulement, pas tant que lui.

MAITRE MAUSSOIS

— Et qu'il ne voulait pas garder cet argent-là pour lui,
parce qu'on ne savait pas.

LE DEUXIÈME SOLDAT

— Ainsi !

MAITRE MAUSSOIS

— Seulement il ne faut parler de ça à personne.

LE DEUXIÈME SOLDAT

— Tu sais bien qu'il n'y a pas de danger, mon vieux.

MAITRE MAUSSOIS

— Moi, je lui ai dit, à maître Martin, que ça ne fait
rien, de la brûler, dans tous les cas : parce que, si c'est
une hérétique, ça ne fera que de la faire commencer un
peu plus tôt, et si c'est une sainte, elle aura une
meilleure place, comme ça, dans le paradis. Elle sera
mieux placée pour prier pour nous.

LE DEUXIÈME SOLDAT

— Tu n'es pas bête, toi, mon vieux.

MAITRE MAUSSOIS

— Dame !

LE PREMIER SOLDAT

— Je crois bien que les voilà qui montent.

MAITRE MAUSSOIS

— Faut que je m'en aille, alors, moi.

LE TROISIÈME SOLDAT

— Attendez, maître Maussois : vous n'avez qu'à monter
là-haut. Vous redescendrez aussitôt que messire John
Grïs sera redescendu.

MAITRE MAUSSOIS

— A tout-à-l'heure, alors, les enfants.

Il sort.

LE DEUXIÈME SOLDAT

— Faut encore pourtant que je me lève.

Il se lève.

Entre JEANNE, les yeux baissés.

Entre JOHN GRIS.

JOHN GRIS

— Rien de nouveau ? les enfants.

LE PREMIER SOLDAT

— Rien de nouveau, messire.

JOHN GRIS

— Vous allez recommencer à la garder. La consigne
sera la même qu'avant.

LE DEUXIÈME SOLDAT

— Bien, messire.

Jeanne s'avance à pas lents vers son lit. Elle s'assied sur
le bord.

JEANNE.

— Eh bien, non : ça n'est tout de même pas ça.

Rideau : une minute et demie

Deuxième Partie, en un Acte

ACTE

Le mercredi 30 mai 1431.

Une semaine après.

Dans la prison.

Le matin.

Jeanne, en chemise longue et la tête couverte, se tient droite au bord de son lit. Messire Jean Massieu se tient debout devant la porte.

MESSIRE JEAN MASSIEU

— Madame Jeanne, à présent que vous avez reçu le
corps de Notre-Sauveur,______ il faut nous dépêcher,
madame Jeanne : ils sont si impatients.

Vous savez, madame Jeanne : il ne faut pas m'en
vouloir, si on vous a volé vos habits de femme, et si on
a mis à la place des habits d'homme.

Et puis, madame Jeanne, il ne faut pas m'en vouloir
non plus si je vous dis de vous dépêcher.____ Seulement, madame Jeanne,____

JEANNE

— Voulez-vous me laisser un instant seule, que je
fasse ma dernière prière.

MESSIRE JEAN MASSIEU

— Moi je veux bien, madame Jeanne, si vous n'en
avez pas pour longtemps,____

JEANNE

— Aussitôt que j'aurai fini, je sortirai pour partir.

MESSIRE JEAN MASSIEU

— Et puis, madame Jeanne, pour la peine, vous
prierez aussi pour moi?

XLVII

— Oui.

Il sort.

JEANNE

Ô mon Dieu,

Puisqu'il faut qu'à présent Rouen soit ma maison, écoutez bien ma prière :

Je vous prie de vouloir bien accepter cette prière comme étant vraiment ma prière de moi, parce que tout-à-l'heure je ne suis pas tout-à-fait sûre de ce que je ferai quand je serai dans la rue,____ et sur la place, et de ce que je dirai.

Pardonnez-moi, pardonnez-nous à tous tout le mal que j'ai fait, en vous servant.

Mais je sais bien que j'ai bien fait de vous servir.
Nous avons bien fait de vous servir ainsi.
Mes voix ne m'avaient pas trompée.

Pourtant, mon Dieu, tâchez donc de nous sauver tous, mon Dieu.
Jésus, sauvez-nous tous à la vie éternelle.

Elle sort.

Rideau.

Fini d'écrire à Paris, en juin 1897,

Pierre Baudouin.

Fini d'imprimer en décembre 1897,

chez

G. Richard et Husson,

9, rue du Pont, à Suresnes,

par

Claude Briand,
Eugène Bridault,
Théodore Chevauchez,
Émile Daviot,
Victor Dérodé,
Hippolyte Descoins,
Guillaume Landry,
Albert Langlade,
Alfred Legrand,
Louis Levavasseur,
Auguste Mahlmann,
Émile Mariquot,
Edmond Métadieu,
Georges Muller,
Ernest Payen,
Élie Peyla,
Auguste Princhette,
Charles Robert,
Alexandre Taillade,
Antonin Teissier.

Se trouve à Paris, 17, rue Cujas, chez

Georges Bellais.

Édité par

LA LIBRAIRIE

DE LA *REVUE SOCIALISTE,*

78, passage Choiseul,   PARIS.

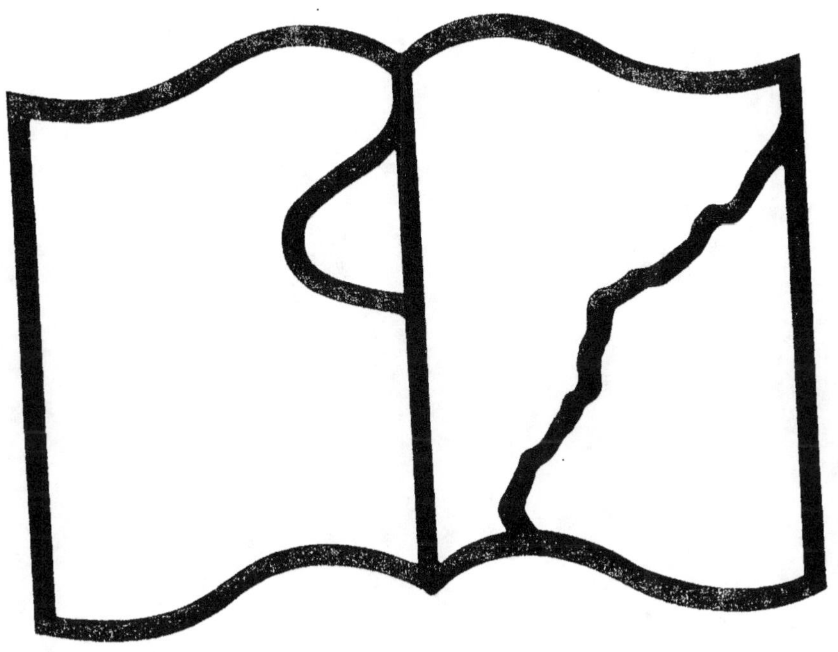

Texte détérioré — reliure défectueuse

NF Z 43-120-11

www.ingramcontent.com/pod-product-compliance
Lightning Source LLC
Chambersburg PA
CBHW070704100726
47907CB00001B/41